青少版经典名著书库

八十天环游地球

[法]儒勒·凡尔纳 著　爱德少儿编委会 编译

爱德少儿编委会

主　编：童　丹
副主编：陈慧颖
编　委：安　心　代成妙　杜佳晨　高敬华
　　　　姜　月　刘国华　路　远　谭蓉平
　　　　唐　倩　田海燕　任仕之　余小溪
　　　　余信鹏　张重庆　张凤娟　张　云
　　　　张运旭　钟孟捷　朱梦雨

浙江人民美术出版社

图书在版编目（CIP）数据

八十天环游地球 /（法）儒勒·凡尔纳著；爱德少儿编委会编译. — 杭州：浙江人民美术出版社，2021.6
（青少版经典名著书库）
ISBN 978-7-5340-8723-3

Ⅰ. ①八… Ⅱ. ①儒… ②爱… Ⅲ. ①幻想小说－法国－近代 Ⅳ. ①I565.44

中国版本图书馆 CIP 数据核字（2021）第 058539 号

责任编辑：雷　芳
责任校对：余雅汝
装帧设计：爱德少儿
责任印制：陈柏荣

青少版经典名著书库
八十天环游地球　［法］儒勒·凡尔纳　著　爱德少儿编委会　编译

出版发行：	浙江人民美术出版社
地　　址：	杭州市体育场路 347 号
经　　销：	全国各地新华书店
制　　版：	湖北省爱德森森文化传播有限公司
印　　刷：	武汉市卓源印务有限公司
版　　次：	2021 年 6 月第 1 版
印　　次：	2021 年 6 月第 1 次印刷
开　　本：	710mm × 990mm　1/16
印　　张：	16
字　　数：	260 千字
书　　号：	ISBN 978-7-5340-8723-3
定　　价：	26.00 元

如发现印装质量问题，影响阅读，请与承印厂联系调换。

前　言

《八十天环游地球》是由被誉为"现代科幻小说之父"的法国作家儒勒·凡尔纳所写。书中的主人公名叫菲利亚斯·福格，故事发生在1872年的伦敦。由于英国皇家银行的一次失窃，福格和改良俱乐部的会友以两万英镑作为赌注，打赌可以在八十天内环游地球一周。为了证实这一推算的准确性，福格带着刚刚雇佣的，绰号叫"路路通"的仆人从伦敦出发，开始了当时世人认为不可思议的环球旅行。

在环游地球的八十天中，福格和他的仆人路路通先乘火车到埃及的苏伊士运河，在那里乘船到印度，然后坐火车横穿印度，来到中国，再乘船到日本，接着横跨太平洋到美国，坐火车穿过美国后，渡过大西洋，再回到伦敦。

但是，环游地球对任何人来说都不是一件一帆风顺的事，福格他们在旅途中先后遭人跟踪、置身荒村无路可走、舍身救人、与恶僧对簿公堂、遭暗算误了轮船、主仆失散、勇斗劫匪、燃料告急、疑为盗贼以及在海关被囚等等，几乎所有的意外和困难都被福格遇到了。然而，所有的困难都没有难倒福格，他总能在危难关头找到问题的解决办法，一次次神奇地化险为夷和摆脱困难。

故事的结局充满了戏剧性，当然也是如人所愿：福格最终赢得了这次打赌，并且找到了他一生的伴侣。

纵观整篇小说，主人公福格所表现出来的从容不迫、镇定自若、慷慨大方、勇敢机智和善良细心都给读者留下了深刻的印象。正是他身上的这些异乎寻常的优秀品质使他每次均能逢凶化吉、转危为安,直至最后胜利完成旅行。

据说《八十天环游地球》的作者凡尔纳之所以投身于文学创作,也是因为一次非常偶然的际遇:凡尔纳十八岁时,按照父亲的安排在巴黎学法律。他对法律毫无兴趣,却喜欢文学和戏剧。有一次,凡尔纳在参加晚会下楼时,童心大起,沿着楼梯滑下,不慎撞上了一位胖绅士,凡尔纳连忙道歉,并随口问吃饭没有,对方回答说刚吃过南特炒鸡蛋,凡尔纳声称巴黎没有正宗的南特炒鸡蛋,而自己就是南特人而且对这道菜很拿手。胖绅士忙请凡尔纳回家,品尝了他的手艺,于是两人成了朋友,并开始合作创作剧本,这个胖绅士就是闻名世界的大作家大仲马。而《八十天环游地球》的主人公之所以开始这次冒险,也只是因为一次打赌⋯⋯

尽管这是一部科幻小说,但还是在读者之中引起了巨大的反响,这本书出版后,不断有人尝试按照书上的路线环游世界。

目录
CONTENTS

第一章　福格先生与路路通彼此确定主仆关系……………… 1

第二章　路路通认为自己总算找到一份理想的工作………… 7

第三章　福格先生因为一次谈话要付出巨大的代价………… 12

第四章　福格先生使他的仆人路路通瞠目结舌……………… 21

第五章　伦敦金融交易市场中出现新股票…………………… 26

第六章　侦探菲克斯露出急躁的心情………………………… 30

第七章　检查护照对侦探没有任何帮助……………………… 36

第八章　路路通因过于不慎总是多嘴………………………… 40

第九章　福格先生顺利渡过红海和印度洋…………………… 46

第十章　路路通脱逃成功但把鞋丢了………………………… 52

第十一章　福格先生以昂贵的价格买下大象做交通工具…… 58

第十二章　福格先生一行冒险穿过印度森林时发生的意外… 67

第十三章　路路通证实勇敢之人吉星高照…………………… 75

第十四章　福格先生无心去领略美丽的恒河谷风光………… 83

第十五章　福格先生的钱袋又吐出了数千英镑……………… 90

第十六章　菲克斯对别人跟他说的事假装糊涂……………… 98

第十七章　从新加坡开往香港的航程中发生了什么………… 104

第十八章　福格先生、路路通和菲克斯各行其是…………… 110

第十九章　路路通对主人忠心耿耿…………………………… 116

第二十章　菲克斯直接面对福格先生………………………… 124

第二十一章	"坦喀代尔号"船长险些失去两百镑酬赏……	131
第二十二章	路路通觉得无论何处钱都可以通神…………	140
第二十三章	路路通的鼻子伸得太长了…………………………	147
第二十四章	福格先生一行横渡太平洋…………………………	154
第二十五章	从街头集会来看旧金山…………………………	161
第二十六章	福格先生一行乘坐太平洋铁路的特快列车…	168
第二十七章	路路通时速二十英里赶上一夫多妻布道会…	174
第二十八章	路路通无法令人接受他的道理…………………	181
第二十九章	只有在美国铁路上才能碰见的事件……………	190
第三十章	福格先生不过在尽心尽责而已…………………	198
第三十一章	菲克斯真心在为福格先生着想…………………	206
第三十二章	福格先生与突如其来的厄运搏斗………………	213
第三十三章	福格先生应付突发事件的能力…………………	218
第三十四章	福格先生一行最终抵达伦敦……………………	227
第三十五章	福格先生用不着对路路通重复他的命令……	231
第三十六章	"福格"股票在股市行情大涨……………………	237
第三十七章	福格先生的环球之行除了幸福什么也没得到	241

《八十天环游地球》读后感 ………………………………… 246

参考答案 …………………………………………………… 248

第一章

福格先生与路路通彼此确定主仆关系

M 名师导读

本章用大段篇幅向我们介绍了一位神秘的英国绅士,他叫菲利亚斯·福格,他拥有英国传统贵族的绅士风度,以及一切令人羡慕的优点;然而他遇到了一个绰号叫作"路路通"的仆人,他耿直又诚实。他们之间会发生怎样的故事呢?

一八七二年,在萨维尔街七号的"伯灵顿花园"居住着一位菲利亚斯·福格先生,虽然他努力避免引起公众的注意,然而他还是成了伦敦改良俱乐部最显赫的大人物。

"伯灵顿花园"的已逝世的主人查理·布林斯莱·谢立丹,是十八世纪英国喜剧家,声名显赫。"伯灵顿花园"的继承者菲利亚斯·福格先生则令人捉摸不透,大家对福格先生的事情一无所知,只知道他是一位风流倜傥的绅士,而且是英国贵族阶层中长相最出色的。

人们都说他像拜伦,不过只是他的头长得像,至于脚可不像,他的脚部没有什么不正常;不同的是他的脸上和下巴上都有小胡子,看起来非常的冷静淡漠。他这副样子,大概到了一千岁也不会变样。【写作借鉴:外貌描写,非同寻常的长相暗示福格先生确实是非同一般的绅士。】

福格先生是一个真真正正的英国人,然而不能肯定他是伦敦人。【名师点睛:背景介绍,以下内容都是对福格先生背景的描述。】在贸易场所与银行里根本就不可能见到他的身影,而且城里的任何一家商店

1

八十天环游地球

内都不可能看到他的影子。福格先生所拥有的货船也从来没有停靠在伦敦的任何一家港口与码头。不管是在哪个行政委员会，都未曾见到这位先生的大名。在律师会馆、内殿和中殿法学院、林肯院和格雷院也从来没有听说过这个人。他也从来没有在大法官法庭、女皇审判庭、财政法庭与教会法庭这些地方起诉过或是被诉讼过。他不是一个实业家，也不是什么批发商；他不是商人，也不经营农业。他不是英国皇家协会会员，也不在伦敦协会的管辖范围之内；他从来都不会加入手工业者协会，罗素协会中也不见他的踪影；西方文学会同法律学会中更不会有他的存在，由英国女皇亲自管理的科学艺术联合会中也不会出现他的身影。不管怎么说，从亚莫妮卡协会到主要掌管消灭害虫的昆虫协会，有许许多多、大大小小的社会团体，福格先生不是其中任何一个协会的成员。

唯一可以说的便是菲利亚斯·福格先生仅是改良俱乐部的一员。【写作借鉴：设置悬念，改良俱乐部是一个什么样的神秘组织呢？令人好奇。】

倘若有谁对于一个奇怪的绅士居然能够成为享有盛誉的改良俱乐部会员而觉得惊讶的话，他会被告知那是因为他是巴林银行的老板推荐来的，巴林银行内有他设立的账户。他的户头上始终存款充足，因此，如果支票是他开的，肯定都是见单即付，特别讲信用。【名师点睛：暗示福格先生是一位富有而讲信用的人。】

福格先生非常有钱吗？答案不容置疑。然而他是如何富起来的呢？无论信息多么灵通的人都不清楚，假如希望了解这个秘密的真相，到头来还是不得不亲自去向福格先生请教。只不过，他从不挥霍无度，也不吝啬；当发现了哪里的社会慈善事业需要资金时，他就会默默地把钱拿出来进行援助，甚至常常不留姓名。

无论怎么说，在这个世上，这位贵族是个不爱交际的人。他不善于辞令，这种不善于辞令的性格又为他蒙上了一层更为神秘莫测的面纱。

但是他的生活非常有规律,每天的生活都千篇一律,以至好奇的聪明人不得不展开丰富的想象。

他是不是旅游过?很有可能,因为没有人能像他那样对世界了如指掌。无论是多么僻远之处,他都十分的熟悉。有些时候,他的寥寥数语便能澄清有关某某旅行家失踪或迷路的流言。他说出了种种可能性,并且事情的结果都真如他所料,他好像天生就可以洞彻一切。可以说,他是个云游四方之人,至少在精神上是这个样子。【名师点睛:福格先生具有诸多良好的品质,善良且热心公益,自律又有着广博的知识。】

然而能够确信一点,即菲利亚斯·福格先生已有多年没有离开伦敦了。一些对他有稍多了解的幸运之人可以证明:仅仅在从家里到俱乐部去的唯一道路上能够看到他,而在其他的任何地方都没有人能遇到他。他把读报与玩"惠斯特"牌作为自己唯一的消遣。他十分喜欢这种适合他稳重个性的游戏,他几乎没有输的时候,然而他从来不将赢来的钱揣进自己的腰包,而将大部分留作他的慈善基金之用。还应该注意到,福格先生纯粹是为了消磨时光才去玩的,赢钱根本不是他的目的。打牌在他眼中被看作是一场搏斗,一场不对困难妥协的搏斗,而这样的搏斗又不会消耗体力,不必走动,也不会感到疲惫,这十分符合他的性格。

人们都非常清楚,福格先生没有家室——这种事在那些安分守己的老实人身上经常发生;他连个亲人和好友都没有——这种情形非常少见。【写作借鉴:破折号的作用是补充说明,烘托出福格先生是一个非常神秘的人物。】他独自生活在萨维尔街的家里,没有任何人去过他家,也未曾有人清楚他的家境,一个用人足够他使唤了。每天他准时到俱乐部用午餐和晚餐,而且是在同一间饭厅,同一张桌子上。他从未邀请过俱乐部里的其他人去自己家,更未请过其他的客人一起进餐,每天正午十二点准时回家休息,俱乐部为会员准备的舒服客房,他压根儿就没有住过。

一天二十四小时,他仅有十个小时是在萨维尔街的家里度过的,除了休息,便是洗漱。即便散步,他也只情愿在俱乐部回厅的木地板上,抑

八十天环游地球

或是在走廊中踱来踱去。走廊的顶棚镶有蓝色玻璃,被二十根红云斑石的爱奥尼亚柱[古希腊小亚希亚爱奥尼亚人创建的,柱形优美,用于神殿的柱子]支撑着。无论是晚餐还是午餐,俱乐部的餐厅、食品间、贮酒库、鲜鱼厅、奶品部都为他准备好美味佳肴;俱乐部里那些穿黑礼服和轻便鞋的神态严肃的侍者用精美的器皿给他端上菜肴,摆在由萨克斯生产的精美的桌布上;他饮的雪梨酒、葡萄牙波尔图葡萄酒以及添了肉桂的葡萄酒都在古老的举世无双的水晶杯里盛着;他的冰冻饮料所用的冰都是从美洲湖运来,花费了巨额的金钱,如此处理过的饮料令人神清气爽。

如果觉得有这样生活方式的人过分神秘,也不可以否认这样的神秘也有其优点。[写作借鉴:过渡段,结构上起承上启下的作用。]

他在萨维尔街的房子尽管谈不上富丽堂皇,却特别舒适。由于房子主人的生活习惯一成不变,所以需要仆人做的事情就非常少。然而,福格先生要求他的仆人必须准时地、仔细认真地为他服务。十月二日,福格先生辞退了年轻的詹姆斯·弗斯特,原因便是那个不幸的青年只不过将主人要求的华氏八十六度的刮胡子用的热水变成了华氏八十四度。现在他正在等候接替这个青年的新仆人,约定在十一点与十一点半之间到这儿。[名师点睛:交代福格先生与路路通结识的渊源。]

福格先生非常稳当地坐在沙发中,双腿紧紧合在一块,看上去像一个接受检阅的士兵;他把两只手放在膝盖上,直起身子,高昂着头,一动不动地看着时钟指针走动。时钟非常复杂,可以显示年、星期、日、时、分和秒。按照常规,一到十一点半,福格先生肯定要离开家,到改良俱乐部那里去。

正在此刻,从舒适的客厅处传来了一阵敲门的声音,福格先生就坐在客厅中。

被辞掉的詹姆斯·弗斯特走了进来。

"新雇的用人到了。"他说道。

一个三十岁上下的小伙子上来向他的新主人行了个礼。

"你说你来自法国,名字叫约翰?"福格先生问他。

"我叫若望,假使老爷不反对的话,"新来的仆人回答道,"'路路通'是我的外号。凭这个名字,可以说明我天生就有精于办事的能耐。亲爱的先生,我认为我是个老实人,我清楚地告诉你,我干过不少行当。【名师点睛:初次见面,路路通的话表明他是一个耿直、诚实的人,同时又有着丰富的经历。】我干过街头艺人、马戏演员,我可以像莱奥塔一样在秋千上翻腾,犹如布龙丹那般在钢丝上跳舞。我还做过体操教练,这可以更好地发挥我的才华。后来我又做过巴黎消防队的中士,经历过几次大火灾的救援。然而我五年前就已经不住在法国了。我想体验一下安稳的家居生活,所以我在英国当过跟班。至今我还没有找到一份称心如愿的工作。菲利亚斯·福格先生,在英国没有人能比你更守时、更深居简出。得知这个情况后我便十分希望来到先生家,脚踏实地地生活,忘掉过去的一切,也没有时间再去想'路路通'这个绰号……"

"我十分喜欢路路通这个名字,"主人回答道,"我已经清楚了你的情况,知道你有很多优点。你清楚在我这儿干活有什么样的要求吗?"

"先生,我了解。"

"很好,瞧瞧你的表此刻几点?"

"十一点二十二分。"他从背心的小口袋里拿出一块大银表,回答主人说。

"你的表有点慢。"福格先生对他说道。

"先生,您不要见怪,根本就不可能。"

"你的表的确晚了四分钟。没关系,你别忘了误差就够了。那么从此刻开始,一八七二年十月二日星期三的上午十一点二十六分,你就开始为我干活了。"【写作借鉴:对话描写,福格先生与路路通的对话很有趣,两人都是有原则且耿直的人。】

话刚刚说完,福格先生便站了起来,用左手取了帽子机械地扣在脑袋上,走了出去,没有再说一句话。

八十天环游地球

路路通听到第一次关门声,那是他的新雇主出去了;接着又有一次关门声,这一次是福格先生的前任仆人詹姆斯·弗斯特走了。

仅剩路路通独自一个人待在了萨维尔街的房间中。

Z 知识考点

1. 从外貌上来说,人们都认为菲利亚斯·福格先生长得更像大诗人＿＿＿＿＿＿。福格先生阅历丰富,已经在＿＿＿＿＿＿居住很久了。

2. 福格先生位于萨维尔街的房子辉煌大气,非常舒适。(　　)

3. 福格先生和路路通初次见面便因为时间问题发生了一些争执,这暗示了什么?

＿＿＿＿＿＿＿＿＿＿＿＿＿＿＿＿＿＿＿＿＿＿＿＿＿＿＿＿

＿＿＿＿＿＿＿＿＿＿＿＿＿＿＿＿＿＿＿＿＿＿＿＿＿＿＿＿

＿＿＿＿＿＿＿＿＿＿＿＿＿＿＿＿＿＿＿＿＿＿＿＿＿＿＿＿

Y 阅读与思考

1. 福格先生为什么会录用路路通?
2. 福格先生和路路通身上各有什么优点?

第二章

路路通认为自己总算找到一份理想的工作

> **M 名师导读**
>
> 　　经过短暂的接触,路路通已经对福格先生本人以及他的家庭有了初步的了解。渴望安定的路路通非常喜欢这里的环境,他决心认真工作,以便过上安稳的生活。

　　起初有点瞠目结舌的路路通此刻咕哝着道:"说实在的,在图索太太的蜡像馆里我见到的那些善良的好心人和我如今的雇主没有什么差别!"【名师点睛:路路通认为一板一眼的福格先生像个"机器人",肯定特别好相处,这真是一份不错的工作。】

　　现在必须解释一下,图索太太那里的"善良人"都是用蜡制成的,去伦敦观赏它们的人络绎不绝,蜡像全都做得栩栩如生,仅有的缺陷便是不会说话。

　　和福格先生短短的几分钟交谈中,路路通迅速而仔细地观察了他的新主人:四十岁左右,相貌英俊,气质高贵,体格匀称,略微有点胖,但一点也不影响他的气质;头发和胡子都是金色的,额头光滑,没有一丝皱纹,脸色十分苍白,一点血色也没有,还有满口令人惊叹的整齐牙齿。他仿佛完全符合算命先生所说到的"虽动犹静"的最高境界,这是一切行动多于语言的人们拥有的相同的优点。沉稳而不浮躁,眼睛炯炯有神,眼珠连动也不动一下,【名师点睛:短暂的接触,路路通便有了自己的判断,这得益于他过去丰富的阅历。】他可

7

八十天环游地球

谓是那种冷峻的英国人中一个突出的例子,在英国随处都可以看到这种人,昂热丽卡·考夫曼[十八世纪瑞士女画家]那神奇的画笔巧妙地勾画过这类人的特征。纵观他一辈子的所作所为,这位贵族给人的印象在各方面都是稳稳当当,仿佛勒卢瓦和艾恩肖的计时器一般精确无误。福格先生正是这种精确性的化身,他的所作所为可以昭示出这一点,原因是人和动物都是一样的,四肢原本就是感情表达的器官。

福格先生是那种做事讲求精确的人:从容不迫,总是一副胸有成竹的样子,行走和动作都认真地细算过。他连一点路都不多走,习惯走近路到达目的地。他不会没有理由地看天花板,也不会做一个多余的动作。大家始终未曾发现他感动或恼怒过。他是这个世界上最慢条斯理的人,然而却从来没有迟到过。只是,大家可以谅解这个独自生活,甚至过着离群索居日子的人。他清楚生活中需要与人交往,然而结交起来往往会费时误事,所以他就不与任何人互相往来了。【名师点睛:这揭示了福格先生离群索居的原因,他不愿意把精力浪费在无意义的社交上。】

提到这,那个被称作路路通的,是个地道的巴黎人,到英国五年了,一直为别人做贴身跟班,但始终没有到过雇主的家里当仆人。

路路通一点也不像福龙丹[十八世纪法国喜剧里的小丑]和马斯卡里勒[莫里哀喜剧中的主角]那样的人全都是胆大妄为、轻视他人、目空一切、冷酷无情的无赖。然而他就不同了。他是个长相非常可爱的小伙子,人也正直,嘴唇微微向外噘,仿佛时刻准备去吃什么似的,也如同要亲吻什么。他这个人性情温和,喜欢帮助别人,那圆圆的脑袋搁在脖子上看起来如朋友般亲切可爱;他有着蓝蓝的眼球、红润的面容、胖乎乎的脸蛋;【写作借鉴:对路路通的外貌描写,突出了他诚实可爱、热心助人的特点,并且他有一副健壮的体格。】他的身体粗壮,肌肉结实,力大无穷,他强健的体格完全归功于年轻时的锻炼。他那棕红色的头发总是乱蓬蓬的。倘若说古代雕刻家掌握了密涅瓦[希腊神话中的智慧女神雅典娜]梳头的十八种方法,那么路路通只掌握了一种:用粗齿的梳子草草地在头上梳三下,就算是把头发梳完了。

倘若略加认真地思考片刻,便会发现,这小伙子个性好动,那他如何能跟福格先生相处到一块呢?雇主给用人提出的条件是绝对精确无误,路路通是否可以做到?只有到使唤他的时候才可以得到验证。他过惯了青年时代那种飘忽不定的生活,如今极为渴望能够好好地休息一下。他听见大家称赞英国人安定守时的生活习惯和冷静镇定的绅士风范,便来到了英国。然而他一直命运不济,在哪个地方都找不到一份安稳的工作。他前后受雇于十个雇主,都由于这些雇主个个反复无常、性格孤僻、到处闯荡或寻找刺激,路路通非常不喜欢那样的生活。他最终受雇于年轻的国会议员——一位叫隆菲瑞的爵士。这位先生每天夜晚都泡在海谊市场的牡蛎酒吧里,通常在清晨被警察送回家中。路路通怀着对主人的尊敬,斗胆向雇主提议,尽管措辞委婉,态度恭敬,然而雇主毫不理会,他不得不甩手不干了。【名师点睛:介绍路路通的背景及他来到福格先生家做仆人的原因。】恰好在此刻,他获悉福格先生需要找个仆人,于是便去打听有关这位老爷的情况。他被告知此绅士生活规律雷打不动,天天准时回家,也从不出门旅行,几乎未曾离开过自己的家,他正需要寻找一个像这样的合心之地。因此他将自己推荐过来,想不到他居然被接受了,前面我们已经对他们的见面进行过叙述了。

时间已经过了十一点半,仅剩下路路通一人留在萨维尔街的住宅里了。他马上开始熟悉这栋房子,由地下室到阁楼都跑了个遍。他喜欢上这栋干净整洁、物品摆放得有条不紊的房子。这栋房子仿佛一个漂亮的蜗牛壳,唯一不同的地方就是它是一个用煤气照明、取暖的蜗牛壳,原因是所有的照明设施与取暖设备都由煤气来提供。路路通一点不费力地

八十天环游地球

在三层找出了他的房间，他对这个房间非常满意。房间装有电铃和传话筒，便于他同地窖和楼下的各个房间保持联系。壁炉上面挂有一个电子钟，它的指针跟福格先生睡房里的时钟一致，两个钟所示的时间分秒不差。

"真是太好了，这下子算是称心如意了！"路路通独自咕哝着。

在他的房间中，他找到了一张工作时间表，上面非常清楚地标明了这座房子的生活规律。其中包含了早上八点福格先生起床一直到十一点半出门去俱乐部吃午餐这段时间内仆人所需要做的事情：八点二十三分送茶水和烤面包，九点三十七分准备好刮胡子所用的热水，九点四十分开始梳头等。上午十一点半直到半夜十二点是这位有条不紊的老爷睡觉的时间，这期间的活都事先规定好了。路路通非常高兴地思考着这张工作时间表，把内容一一地记在脑子中。【名师点睛：路路通喜欢这里的环境，因此，他决心认真工作，以便能获得稳定的生活。】

先生的衣橱里样样俱全，而且品位不俗，满满一柜子。所有的裤子、上衣或背心都顺次编上了序号，这些编号都写在记录本上并且还标明了什么时间该穿什么样的服装，顺序自然是按照气候的转变编排的，鞋子也按同样的方法编上了序号。

不管怎么说，这所萨维尔大街的房子，在那位名气显赫且不安分守己的谢立丹居住期间，简直混乱得一塌糊涂，如今却摆设舒服，井井有条，让人十分满意。【名师点睛：再次对比前后两任房主的行事风格，路路通自然认可喜欢干净又讲究条理的福格先生。】家中没有书房，也没有书籍，因为这些东西在福格先生家里用处不大，俱乐部里设有两间图书室可供他使用，有一间是艺术图书室，另外一间则是法律与政治图书室。他的卧室里有个不大不小的保险柜，它既能防火，又能防贼。整栋房子里没有任何武器，不管是狩猎用的，或是打仗用的统统没有。这一切充分显示着房子的主人有着好静的性情。

路路通非常仔细地从头到尾观察了这栋房子之后，高兴地搓着手，胖胖的面庞上现出了笑容,满心喜悦地又说了一遍:"真是太好了,这就是我想干的工作!我与福格先生肯定会相处得非常好!一个深居简出而生活又非常有规律的人!一台名副其实的机器!真是太好啦!为一个机器人工作我肯定不会介意的!"【名师点睛:心满意足的路路通与这个"机器人"之间会发生怎样的故事呢?】

八十天环游地球

第三章

福格先生因为一次谈话要付出巨大的代价

M 名师导读

一次银行盗窃案引发了全民关注,也引起了改良俱乐部会员之间的激烈讨论,会员们的话题忽然被引到八十天能否环游地球一圈上面。为了证实自己的观点,福格先生决定在八十天内环游地球一圈……

十一点半,又到了福格先生关上住宅门的时候。在迈了五百七十五次右腿和五百七十六次左腿后,他到达了改良俱乐部。这个庞大的建筑物矗立在帕玛尔街上,建成这栋楼房大约花了三百万英镑。

福格先生直接走进饭厅,饭厅面朝花园的九扇窗都已经敞开了,秋天为园中的所有树木披上了金黄的外衣。他坐到了老位子上,餐具全都摆好了。他的午餐有一盘凉菜、一碟加了上等调味汁的鱼、一块浇着蘑菇汁的深红色烤牛排、一块蛋糕以及一块奶酪,蛋糕中夹有大黄茎秆和青醋栗。用完饭后,他接下来还要饮几杯俱乐部里有名的上等茶。

【名师点睛:福格先生每日的生活都是一板一眼,丝毫不会有偏差,这样古板的生活什么时候才能改变呢?】现在是十二点四十七分,福格先生起身朝大厅走去。大厅被点缀得富丽堂皇,挂了很多画,每张画都被装饰在做工考究的画框里。到了大厅,他从一个侍者手中接过了一份尚未打开的《泰晤士报》。福格先生非常熟练地将报纸逐页分开,如此琐碎的事情在他非常耐心的处理下变得非常容易,证明他早已驾轻就熟了。他读这份报纸一直到三点四十五分,然后看《标准报》,一直到了吃

12

晚饭的时间。晚餐基本上同午餐一样，唯一不同的就是多了一点英国宫廷酱汁。

五点四十分的时候，他又重新回到大厅中，认真地阅读《每日晨报》。

三十分钟之后，好多改良俱乐部的会员来到大厅，大家围坐在炭火熊熊的壁炉边。这些人和福格先生都是老搭档，都非常喜欢"惠斯特"。他们是工程师安德鲁·斯图亚特、银行家约翰·苏里旺与萨缪尔·法朗丹、啤酒商托马斯·弗拉纳甘以及英国皇家银行董事会成员戈蒂埃·拉尔夫。他们个个身家丰厚，声名显赫，就算在这个充溢着实业界的翘楚和银行家的俱乐部里，他们也可以算是出类拔萃的。

"喂，拉尔夫，"托马斯·弗拉纳甘问，"那宗盗窃案处理得怎样了？"

"好啦，"安德鲁·斯图亚特抢着答道，"最终大概就是银行损失一大笔钱了。"

"我可不是如此认为，"戈蒂埃·拉尔夫插话道，"我盼着抓获这个贼。很多侦探前往美洲与欧洲的各个重要的进出港口了，我猜想这个并非绝顶聪明的盗贼是难逃法网了。"

"这也就是说，已经掌握了盗贼的外貌特征了？"安德鲁·斯图亚特问道。

"可以说，他不是个盗贼。"戈蒂埃·拉尔夫非常认真地说。

"为何不是个盗贼？偷了五万五千英镑，还不算盗贼吗？"

"不算。"戈蒂埃·拉尔夫说道。

"那他总不会是一个实业家吧？"约翰·苏里旺问道。

"《每日晨报》上面指出他是个老爷。"

这句话正是福格先生讲的。他将头在一大堆报纸中抬起来，问候大家，加入了这次谈话。【名师点睛：与其他人比起来，福格先生讲话非

常严谨。】

他们此刻议论的事情就是英国所有报纸争论不休的问题。这个案件发生在三天以前,九月二十九日:一叠五万五千英镑的钞票放在英国皇家银行的总出纳台上,竟然被人偷走了。

如此多的钱被人一点都不费力地偷走了,所有的人都会感到惊讶,银行的副总经理戈蒂埃·拉尔夫说:当时出纳员在忙着做一个三先令六便士的账,在那种情况下他不可能做到面面俱到。【名师点睛:银行副总经理的话交代了钞票丢失的直接原因。】

此刻需要指出,最好不要忘记这点——如此可以方便你分析事情——这个大名鼎鼎的英国皇家银行,特别信任顾客。没有警察,也没有守门人,更无铁栅栏!黄金白银随意放置,随便哪个人都触手可及,没有人会对顾客的行为表示怀疑。【写作借鉴:插叙,交代英国皇家银行的经营理念——信任顾客。】一位十分熟悉英国作风的分析家说过这样的一件事:一次,他来到英国皇家银行的大厅,发现一块重量大约有七八斤的黄金就放在出纳台上。因为他希望近距离地仔细看看,于是他好奇地拿起黄金,观察完又传给他旁边的人。黄金就如此在人群里传来传去,后来传到了黑暗的走廊尽头,用了半个小时才传回原来的地方,然而管理员在此期间竟然没有抬一下头。

然而九月二十九日,事情的发展可没这么顺利。一叠钱不翼而飞。在悬于"汇兑处"上方的时钟敲响五点时,就该停止营业了,英国皇家银行不得不将如此一大笔钱记入损益账里面。

证实了这是一件失窃案以后,好多精挑细选出来的侦探前往各个重要的港口:利物浦、格拉斯哥、勒阿弗尔、苏伊士、布林迪西、纽约等。破案成功者会被奖励二千英镑,外带追回赃款的百分之五作为酬劳。【名师点睛:此次银行失窃案在当地引起了轰动,引起大批侦探的注意。】这些侦探的主要任务,除了要为将来的破案找到线索,更为重要的是谨慎地盘问进出伦敦的每一个旅客。

不过,大家能够这么讲——《每日晨报》也是这样说的——盗贼不属于英国的任何一家盗窃团伙。九月二十九日那天,有人看见过一个穿戴讲究、举止文雅的先生到过付款大厅,在作案现场逗留了好长时间,还提供了盗贼的明显的体貌特征。这些情况很快被通告给了全英国乃至欧洲大陆的所有侦探。因此,一些经验非常丰富的人——也算上戈蒂埃·拉尔夫——有充分的理由认为盗贼难逃法网。【名师点睛:盗贼的体貌特征已被制成通告,看来他真的难逃法网了。】

就如大家想象的一样,对于这一案件的讨论是伦敦及全英国的第一大事。人们意见不尽相同,情绪非常激动,都在议论着英国警界成功破案的可能性。因此改良俱乐部的会员们激烈地议论这个问题也就没有什么奇怪的了,并且这里面还包括银行的几个官员呢。

这位可敬的戈蒂埃·拉尔夫先生坚信能够成功破案,认为如此可观的奖金一定会强烈地触动侦破人员的热情和才智。然而他的朋友安德鲁·斯图亚特却没有如此坚信。争执依然在这些先生们之间继续着。他们围坐在牌桌周围,斯图亚特跟弗拉纳甘坐一边,法朗丹和福格先生坐对家。玩牌的时候他们保持沉默,等结束一局打分时,停止的讨论又继续热烈地进行下去。

"我认为盗贼非常幸运,他一定是个非常机灵的人!"安德鲁·斯图亚特说。

"得了吧!"拉尔夫答复道,"他不可能逃到任何一个国家。"

"不会的!"

"你想他还可以往哪儿逃?"

"这我不知道,"安德鲁·斯图亚特说道,"然而,我知道,这个世界非常大。"

"那是以前的事情了。"【名师点睛:福格先生的话为下文中他开展一段环游地球之旅做铺垫。】福格先生小声说,然后他将洗好的牌推给托马

15

八十天环游地球

斯·弗拉纳甘,"先生,现在该您发牌了。"

玩牌的时候,争执暂时停止。然而没过多长时间又被安德鲁·斯图亚特挑起了话头。

"你说什么?是'以前'吗?是不是现在世界缩小了!"

"的确是这样,"戈蒂埃·拉尔夫答道,"我同意福格先生所说的。世界的确是缩小了,原因是现在绕地球一圈所花的时间比一百年前要少很多。也就是说,我们搜寻盗贼终会成功的可能性很大。"

"那窃贼轻易溜走的概率也可能增大!"

"现在该您发牌了,斯图亚特先生。"福格说道。【名师点睛:福格先生是个恪守规则的人,他喜欢专注地做一件事——哪怕是打牌也不会分心。】

将信将疑的斯图亚特没有认输,一局结束后他又继续争论:

"拉尔夫先生,您应该承认地球变小这个十分有趣的论点!原因是现在环绕地球一圈只要三个月,因此你才可以这样说……"

"只需要八十天就够了。"福格先生说。

"先生们,事情本来就是如此,"约翰·苏里旺补充道,"从大印度洋半岛铁路的罗塔尔至阿拉哈巴德路段通车以来,只需要八十天。你们可以看一下《每日晨报》上刊登的时间表!"

由伦敦至苏伊士途经色尼山与布林迪西(火车、船) 七天

由苏伊士至孟买(船) 十三天

由孟买至加尔各答(火车) 三天

由加尔各答至香港(船) 十三天

由香港至横滨(船) 六天

由横滨至旧金山(船) 二十二天

由旧金山至纽约(火车) 七天

由纽约至伦敦(船、火车) 九天

合计八十天

"不错,正好是八十天!"安德鲁·斯图亚特大声喊道,他激动之下出了张大牌,"但是,没有考虑坏天气、逆风、海难、火车出轨等种种的意外事故。"

"全部都包括了。"福格先生一边回答,一边继续玩牌。这次,他顾不得玩牌时停止争论的原则了。【名师点睛:福格先生打破了自己的原则,这似乎暗示着众人的争论"升级"了。】

"倘若印第安人或印度土著把铁轨全都刨掉也包括在内?"安德鲁·斯图亚特回应道,"假如他们抢车,抢劫行李,还有割旅客的脑袋呢?"

"这所有的一切都包括,"福格先生答道,他一边摊牌,一边接着说,"两张主牌。"

这回轮到是安德鲁·斯图亚特洗牌了,他一边收牌,一面说道:"福格先生,主观上您说得非常有道理。然而客观上的事情……"

"斯图亚特先生,客观上的事情也是这样。"

"我倒想见识一下八十天内您是怎样做的。"

"这就全在您了。我们一起去。"

"老天保佑!"斯图亚特大声叫道,"在这样的情形下去周游地球根本不可能,我用四千英镑作为赌注。"

"正好相反,我敢保证。"福格先生答复道。

"那您就试试好了!"

"用八十天的时间环绕地球一周?"

"不错。"

"我十分乐意去周游地球。"

"什么时候出发?"

"立刻就走。"【名师点睛:两人的对话十分精彩,福格先生说走就走,让斯图亚特有些不知所措。】

"这真是荒唐!"安德鲁·斯图亚特叫了起来,他对福格先生的倔强

八十天环游地球

已感到不快,"算了,还是打牌吧。"

"重新洗一遍牌,牌都发错了。"福格先生说道。

安德鲁·斯图亚特用发烫的手洗牌,接着突然把牌摔在桌上说:

"就这样吧,福格先生。我决意赌四千英镑的注。"

"我亲爱的斯图亚特,"法朗丹劝他说,"不要激动。这只不过是说笑而已。"

"我说话从来都算数,"安德鲁·斯图亚特答道,"绝对不是什么玩笑。"

"那就一言为定!"福格先生扭过头告诉他的牌友们,"我愿意以我在巴林银行的两万英镑存款作为这次的抵押……"

"两万英镑!"约翰·苏里旺惊讶地喊道,"如果有什么意外事故回来迟了,这两万英镑都会没有的!"

"不会有什么意外的情况。"福格先生非常肯定地答道。

"然而,福格先生,八十天可是估算中最低的标准呀!"

"合理的利用时间,这最低的标准就已经足够了。"

"要想不超过八十天,一定要精确地计算时间,下了火车马上乘船,下了船立即就上火车!"【名师点睛:福格先生如此肯定,连朋友都为他捏了一把汗。】

"我肯定会准确计算时间的。"

"这简直是太可笑了!"

"一个真真正正的英国人是不可能拿打赌开玩笑的。"福格先生答道,"我肯定用八十天时间,或许更少的时间,来环游地球一圈,也能够说成是花一千九百二十小时,或者十一万五千两百分钟,我赌注两万英镑。哪一位愿意和我赌一回?"

"我们全都愿意赌。"斯图亚特、法朗丹、苏里旺、弗拉纳甘及拉尔夫商议后异口同声地答道。【名师点睛:在座的人都认为自己是"稳赚不赔"的,自然愿意打赌了。】

"说定了!"福格先生说道,"到杜弗勒的火车八点四十五分发车,我就乘这班车启程。"

"就在今天晚上出发？"斯图亚特问道。

"就在今天晚上出发。"福格先生回答。他看了看他的袖珍日历，然后说："今天是十月二日星期三。我返回伦敦，也可以说回到改良俱乐部的大厅的时间是十二月二十一日星期六晚八点四十五分。倘若我没能如期回来，我在巴林银行的两万英镑存款不管是从法律上还是事实上都属于你们所有了，先生们。这是那张两万英镑的支票。"

六个当事人立即写好了誓约，而且在誓约上签了自己的名字。【名师点睛：誓约签好了，福格先生的冒险之旅即将开始了。】福格先生一直非常冷静。他赌这一场根本就不是因为钱，他胆敢拿这两万英镑——他所有家产的一半用来下赌注，他是料定自己能用牌友的钱完成这个计划。尽管这个计划不是完全不可能，也不是十分容易。他的搭档们却显得激动万分，也不是因为下的赌注太大，而是因为紧张的气氛产生踌躇不安的感觉。

到了七点钟的时候，大家建议牌局应该结束了，福格先生该去为出发做准备工作。

"不管什么时候我都能够立即启程！"这位沉着冷静的先生边答复边继续打牌，"我翻方块。应该您发牌了，斯图亚特先生。"

Z 知识考点

1. 福格先生每天吃完午饭后都要看_____；到三点四十五分，又会打开_____，一直看到吃晚饭的时候。

2. 福格先生开始环球之旅的那一天是星期(　　)。
A. 日　　　　　B. 五　　　　　C. 三

3. 福格先生清楚生活中需要与人交往，那他为什么独自生活？

_____

_____

八十天环游地球

阅读与思考

1. 改良俱乐部的先生们正在谈论什么事?
2. 福格先生为了这次赌局下了什么赌注?

第四章

福格先生使他的仆人路路通瞠目结舌

M 名师导读

福格和改良俱乐部的会员们打赌,他将要在八十天内环游地球一周,那么他要如何开启自己的旅程?会与谁同行呢?路上又会遭遇些什么事?

福格先生在牌桌上赢得了二十多个几尼。七点二十五分的时候,他离开了高贵的朋友们,走出了改良俱乐部。七点五十分的时候,他打开了家里的房门。

路路通已经尽心尽力地分析过那张工作时间表,看到福格先生今天破例在这个时候回来,非常的惊奇。【名师点睛:福格先生忽然打破了惯例,肯定有不同寻常的事情发生。】按照工作时间表上所要求的,萨维尔街的主人肯定在午夜十二点时回来,一点不错。

福格先生走到二楼自己的卧室里,然后叫道:

"路路通。"

路路通没有回答。这时原本用不着他,因为还没到时间。

"路路通。"接着福格先生又叫了一次,比第一次的声音高。

路路通这才过来。

"我已经喊了你两遍了。"福格先生说道。

"可是现在还不到十二点呢。"路路通手中握着怀表答道。

"我清楚,"福格先生说,"我不怪你。我们十分钟以后启程去杜弗

八十天环游地球

勒和加莱。"【名师点睛：福格先生直截了当地通知路路通，他们即将出发。】

法国人那圆圆的脸上有点困惑，他怀疑自己听错了主人的话，慌忙问道：

"老爷打算出门？"

"不错，"福格先生答道，"我们要去环游世界一周。"

路路通瞪着圆圆的眼睛，眉头抬高，两条胳膊垂下，浑身发软无力，从他的姿态可以看出，他被这令人惊奇的消息完全弄蒙了。【名师点睛：这个没头没脑的通知，换了谁，都会感到发蒙和不可思议。】

"环游世界一周！"他咕哝着。

"需要八十天的时间，"福格先生回答，"我们不可以再拖延片刻了。"

"然而，行李箱在哪里呢？"路路通边呼吸不畅地问着，边身不由己地摆摆脑袋。

"没有必要用行李箱，拿个旅行包就可以了，塞两件毛衣、三双袜子。你也一样，旅途中我会给你添置一些衣服。你将我的雨衣和旅行大衣拿下来。必须要拿些耐磨的鞋，尽管我们不会走太远，抑或是完全不用走路。抓紧时间去准备吧。"【名师点睛：福格先生如此细致地交代，看来这个决定是真的。】

路路通本想说点什么，然而他说不出来。他从福格先生的睡房走出来，来到了自己屋中，一下坐到椅子里，说了一句家乡的粗话：

"乖乖！真够呛！我原准备舒舒服服地过安稳的日子！"

他机械地装好了必备的物品。用八十天时间环游地球一周！他碰到的是一个精神病吗？这不可能做到……真是荒唐可笑！到杜弗勒去，行啊。再到加莱，也可以啊。不管怎么说，这个诚实的年轻人不会为了这趟旅行而不开心，他离开故土已经有五年了。这次或许能够到巴黎去呢，太好了，他非常高兴能够重新踏上祖国的土地。这位不愿走路的先生到了巴黎肯定就不走了……不错，肯定是这样，然而这个一直深居简出的先生这次果然要走出去，打算做一次长途旅行了！

八点整,路路通把旅行包全都装好了,里面放着他与先生的衣物;随后他离开了自己的房间,小心翼翼地将房门上了锁,到福格先生那里去,脑袋中依旧是乱糟糟的一团。【名师点睛:直到现在,路路通似乎也没有完全相信眼前的一切。】

　　福格先生早已准备好了。他胳膊下有一本《布拉德肖的大陆火车与轮船航程丛书》,从这本书里,他可以查出此次旅行需要的一切轮船火车到站和离站的时间。他从路路通的手中拿过旅行包,打开后放进了许多五颜六色的钱票,这些钱在世界各地都能用上。

　　"你没有忘带什么吧?"他问。

　　"先生,都准备好了。"

　　"我的雨衣跟旅行大衣没有忘记带吧?"

　　"已经装在袋里了。"

　　"很好,带好旅行包。"

　　福格先生将旅行包递给了路路通。

　　"仔细拿好袋子,那里面装的可是两万英镑。"

　　旅行包差点从路路通手里掉下来,好像包内装的两万英镑是非常沉重的金子一般。

　　主仆二人一块离开了家,临街的门上加了两道锁。

　　萨维尔街有个马车站。福格先生和路路通登上一辆马车,向查林克罗斯火车站直奔而去。那里是"东南铁路"一个支线的起点站。

　　八点二十分的时候,马车停在了车站的围栏一边。路路通从马车上面下来,主人也跟着下了车,接着付了车费。

　　就在此时,过来一个讨饭的女人,领着一个小孩,赤着脚走在泥地中。女人戴着一顶破烂不堪的帽子,帽子上面悬着一根肮脏破旧的羽毛,衣着破烂的她还披着一件破旧的披肩。她走到福格先生的面前,乞求他的施舍。

　　福格先生从衣袋里掏出了打牌时赢来的二十个几尼,交给了那个让

八十天环游地球

人怜悯的女乞丐：

"善良的女人，这个给你，看见你我非常开心！"【名师点睛：福格先生在赶车的过程中还如此有教养地行善，这体现了他的绅士风度。】

接下来，福格先生就走了。

路路通觉得眼眶里湿湿的，他那善良的心被自己敬重的主人打动了。

福格先生带着仆人很快到了车站大厅，他让路路通去买前往巴黎的两张头等车票。正当他要上车时，看见了他那五个改良俱乐部里的牌友。

"各位先生，我现在就要出发了，"他说，"我回来时，你们可以查看我护照上各地的签证，来核对我走过的线路是否符合我们商定好的。"

"噢！福格先生！"戈蒂埃·拉尔夫客气地说道，"根本没有必要。因为我们非常信任您！"【名师点睛：改良俱乐部的会员来到车站，此时他们的心情一定非常复杂，不敢相信福格先生真的去做了。】

"那就行了。"福格先生说。

"您没有忘掉归来的时间吧？"安德鲁·斯图亚特试探道。

"八十天之后，"福格告诉他说，"在一八七二年十二月二十一日周六晚上八点四十五分。就此告辞了，各位先生们。"

八点四十分的时候，福格先生带着他的仆人到一个头等厢中坐了下来。到了八点四十五分，伴随着汽笛声，火车发动了。【名师点睛：他们出发的时间是准时的，那么，回来的时间呢？此处设置悬念。】

夜色沉沉，外面飘着细细的雨丝。福格先生倚在角落中一言不发。路路通有些茫然，紧紧地抱着塞满钱币的旅行袋在那里发愣。

火车还没到西登汉姆，路路通绝望地惨叫一声。

"出了什么事？"福格先生问道。

"天哪！我……一紧张……给忘了……"

"把什么事给忘了？"

"忘了关我屋内的煤气开关！"

"很好，年轻人，"福格先生非常冰冷地说道，"空耗的煤气费用从你的工资中扣除！"【名师点睛：路路通忙中出错，但福格先生的反应值得思量，他心意已决，根本不会为了任何事而毁约。】

八十天环游地球

第五章

伦敦金融交易市场中出现新股票

M 名师导读

福格先生和路路通出发了,但他们根本就没想到这次环球之旅引发了巨大的轰动,甚至还出现了专门的股票,与此同时,一个谣言却使福格先生的环球之旅出现波折。

福格先生从伦敦离开时就已经想到他的这个计划必定会引起非常巨大的轰动。最初只有改良俱乐部的会员们谈论打赌的消息,后来在显贵的议员圈子里都引起了非常大的震动。很快这个消息被新闻记者抓住并被登在了报纸上,通过看报纸,伦敦甚至全英国公众都轰动了。

大家热烈地评说、分析、研讨这次环球旅行,似乎这又是一次"阿拉巴马事件"[十九世纪中期,因"阿拉巴马号"沉没而导致的英美之间旷日持久的国际官司]。部分人赞成福格先生的做法,而其他的人——也就是多数人——对此不屑一顾。用如此短的时间去环游地球,假如只是嘴上说说还可以,但要是真的用目前的交通工具来完成这个计划,不仅可以说这根本办不到,而且可以说他简直就是一个疯子!【名师点睛:众人的评说,暗示了福格先生会在旅途中遭遇不少困难。】

声名显赫的《泰晤士报》《标准报》《晨邮快讯》《每日新闻》等二十多种刊物全都对福格先生的计划持反对意见,仅有《每日电讯》或多或少有些赞成福格先生的这一计划。【名师点睛:福格先生的冒险举动,引发了轰动,多家媒体关注了这件事。】人们都觉得福格先生是个怪人,精神不正常。同时遭到谴责的还有那几位参与这次打赌的改良俱乐部的会员，下这样的赌注只能说明下赌注的人神经错乱。

关于这件事情，报纸上登载了很多逻辑严密的优美文章。英国人对一切与地理有关的问题都比较感兴趣。因此，无论处在什么层次的人都如饥似渴地看着报刊上有关福格先生旅游冒险的所有文章。

一开始的几天，某些有胆有识的人——大部分为女人——同意福格先生这样做，尤其是在《伦敦新闻画报》登出一张福格先生的相片后，这张相片是从改良俱乐部里找到的。有些先生，尤其是那些看《每日电讯》的人，大胆地说："喂！喂！干吗觉得不可以呢？比这更离奇的事情，我们都见过！"一段时间过后，这家报纸的论调也就低落下去了。

到最后，国家地理协会会刊在十月七日那天刊登了一篇冗长的文章，完整地分析了整个事件，批评这次旅游纯属愚妄之举。根据这篇论文的论点，万事都对旅行者不利，没有天时、地利、人和，而且困难非常多。倘若要顺利地实现这个旅行计划，启程与返回的时间必须要一点都不差，然而这是根本不可能做到的，要想实现非常难。可以相信，在欧洲如此短的交通线上，火车还可能准点到达；然而，乘火车横跨印度需要花去三天，穿过美国需要花费七天，如何能保证时间可以衔接得天衣无缝呢？而且还存在机器故障、火车脱轨、气候恶劣、冰雪阻塞等不利条件，这全部会对他不利。难道他不清楚冬季坐船出行肯定要被海风与雾气困扰？在横渡大洋的航线上，就算是最好的船只，延迟两三天到达也并非稀罕事吧？还有，就算仅迟到一回，如期回来的可能性就不会再有了。倘若福格先生有一次误了船，就算仅仅误了几个小时，也只能等下一班船，然而这一回延迟将会令他的旅行功亏一篑，甚至前功尽弃。【名师点睛：国家地理协会会刊作为该领域最专业的刊物，发出一连串质疑，令人震惊，读者都忍不住为福格先生担心起来。】

这篇文章引起的反响特别大，所有的报纸都转登了，这让"福格"股票顿时一落千丈。【名师点睛：国家地理协会会刊上的这篇文章引发了

八十天环游地球

恶劣的反应。】

　　福格先生离开的最初那几天，好多投机商将这回环球旅游的结果炒得火热。每个人都知道在英国开赌场的是什么样的人，他们比那些赌客们更高明一些。英国人生性嗜赌，因此不光改良俱乐部的会员对福格的旅行的成败下大赌注，就连平民百姓也都参与了这次赌注。菲利亚斯·福格的名字犹如一匹赛马的名字一样被记录在赌马的记事本里。股票市场也有了"福格"股票，并且立即在伦敦的股市上有了很好的行情。大家按照行情买进卖出"福格"股票，买卖量非常可观。然而到他离开伦敦之后的第五天，恰好是国家地理协会会刊的那篇文章刊登以后，大家便全都抛售自己手里的"福格"股票，股价大跌。在售出"福格"股票的时候，起初还以原来价格的五分之一卖出，后来慢慢地变成了十分之一，二十分之一，五十分之一，最后甚至都降到了百分之一！【名师点睛：国家地理协会会刊的评论让股民深信不疑，抛售股票便是最好的证明。】

　　到最后他仅有一位支持者了，就是那位已经瘫痪了的阿尔贝·马尔爵士。这位可敬的先生终年被束缚在座椅上，他希望能够去环游世界，就算是花掉家里一切的财产也不介意，就算需要用十年的时间也心甘情愿！他希望菲利亚斯·福格可以实现这一计划，他赌了五千英镑。在人们说这个计划非常愚昧，并且肯定徒劳无功的时候，他说道："倘若这件事情可行的话，那么由一个英国人来完成这一壮举，不是更好一些吗？"

　　然而，目前的状况非常差。支持福格先生的人一少再少，人们全都反对他，他们如此做也有自己的理由。"福格"股票已经降到一百五十分之一与二百分之一了。他走后的第七天，出了一件意想不到的事情，股票变成了一堆废纸。

　　事情是这样的。那天晚上九点，警察局长收到了一份从苏伊士至伦敦的电报，里面的内容是这样写的：

　　苏格兰广场警察总局罗文局长大人：

我盯住了窃取银行的菲利亚斯·福格先生。请立即寄拘票到孟买(英属印度)。

侦探菲克斯

这份电报一刊登,效果立竿见影。这位可敬的先生立刻变成了盗贼。

【写作借鉴:呼应上文,解释了股票变成废纸的原因。另外,一波三折的情节吸人眼球。】

大家非常认真地看着福格的相片,看到相片里的人同警察提供的罪犯的外貌特征完全一致。接着大家又考虑到他那孤僻的个性、深居简出的生活与这次的意外旅行。非常明显,他是在用环球旅行一周作为自己的挡箭牌,而且用如此惊人的数目作为这次荒唐的赌注,真正的目的就是要逃脱英国侦探对他的追捕。

Z 知识考点

1. 福格先生的环球之旅引起了普遍的关注,就连显贵的_____们都十分关注;人们把它和"_____事件"相提并论。

2. 自从国家地理协会会刊在十月七日发表了观点后,"福格"股票一落千丈。（   ）

3. 改良俱乐部的会员为什么会到火车站?

_____

_____

_____

Y 阅读与思考

1. 路路通在接到主人的通知后有什么反应?
2. 人们纷纷抛售"福格"股票,说明了哪些问题?

八十天环游地球

第六章

侦探菲克斯露出急躁的心情

M 名师导读

福格先生和路路通正式踏上了环球之旅，可他根本没有料到，他的行程早被一名侦探所掌握，侦探正等在码头上伺机逮捕他。这又是怎么回事呢？

下面我们来说一说事关菲利亚斯·福格先生的这份电报是在什么样的情形下发出来的。

十月九日星期三，大家都在等着"蒙古利亚号"商船，它会在上午十一点的时候准时抵达苏伊士。"蒙古利亚号"属于东方半岛公司，是一艘带螺旋桨推进器的钢铁轮船，能够载重两千八百吨，标准马力为五百匹。"蒙古利亚号"是经过苏伊士运河的往来于布林迪西与孟买的班船，它的航速是公司里最快的。从布林迪西到苏伊士的正常时速为十海里，从苏伊士到孟买是时速九点五三海里，然而这艘船时常加速行驶。

在等待"蒙古利亚号"到来的时候，苏伊士码头上有两名男子在人群中徘徊，人群里既有本地人，也有外国人。【名师点睛：这两名徘徊着的旅客似乎有些"与众不同"。】这里曾经只是座小城，是勒赛普斯先生[十九世纪法国修建苏伊士运河的倡导者]的宏伟工程才让世界认识到它，它拥有辉煌的前景。

这两名男子，其中一位是英国驻苏伊士领事馆的领事。虽然英国政府对运河的前景并不看好，工程师斯蒂芬逊也对此有过不好的预测，然而这名领事依然每天看着英国的船只往来于这条运河之上,这条运河比从英国拐到好望角的旧线路缩短了一半的路程。

另一名男子非常瘦小,看起来非常精明,有点神经质,我们很容易就会发现他那皱成一团的眉头。【写作借鉴:肖像描写,"皱成一团的眉头"体现了这个人焦躁不安的精神状态,似乎在等待或是寻找着什么。】他的睫毛非常长,目光犀利尖锐,然而他有意地遮掩那犀利的眼光。这会儿他有点急不可耐,不断来回踱着步。

这名男子就是英国侦探菲克斯,他是在英国皇家银行失窃以后被派往这个港口的侦探。他主要的任务是查看经过苏伊士的所有旅行者,倘若看到了可疑的对象,立刻对目标进行追踪,直到拿到逮捕证。【名师点睛:原来瘦小男子是一名来自英国的侦探,而他似乎已经有了盗贼的线索。】

两天前,菲克斯接到警察局局长寄来的一些有关罪犯外貌特征的信息,也就是上面所说的那位在银行取款大厅逗留很长时间、举止优雅的先生。

非常明显,这位侦探是看上了那笔可观的赏金,急切地等候"蒙古利亚号"的到达,他有这样的焦急心情是不难理解的。

"您想一下,领事大人,"他问道,"这艘船不会是晚点了吧?"他问这个问题不下十遍了。【名师点睛:"不下十遍"体现出菲克斯急切和焦躁的心情。】

"这不可能,菲克斯先生,"领事回答道,"它在昨天就已经到了赛伊港附近,一百六十公里的路程对它来说就是小意思。我再告诉您一次,国家对那些比规定时间早二十四小时抵达的船给予二十五英镑的奖励,'蒙古利亚号'每次都能获得这笔奖金。"

"那这艘船是径直从布林迪西驶来的吗?"菲克斯问。

"不错。它在那儿装上英国邮政快件,周六晚上五点从布林迪西开始出发。耐心等会儿,它肯定会准时抵达。然而我弄不明白,就算你要抓的人在船上,就凭这一点材料您就能够认出他来吗?"

八十天环游地球

"尊敬的领事大人,"菲克斯回答,"要凭感觉来发现,而不是辨认出他。一定要有敏锐的觉察力,因为它把听觉、视觉和嗅觉融汇为一体。我从事侦探工作之后,像这样的绅士抓过不止一个了,倘若这家伙在这船上,我一定会把他抓在我的手心里。"【名师点睛:面对领事大人的质疑,菲克斯一副胸有成竹的样子,他真有这么厉害吗?】

"但愿事情会是这样,菲克斯先生,这可不是一桩小案子啊。"

"的确是个惊天动地的大案,"菲克斯答道,"五万五千英镑!我们从来都没见过如此多的钱呀!盗贼现在都变小气了!谢帕尔德这样的大盗可是多年未遇了!当今的盗贼偷几个先令就会被抓住。"

"菲克斯先生,"领事先生说,"我看您说起话来头头是道,我由衷地希望您可以成功。然而,我还得告诉您,照目前的情况,还是有困难。就凭您手里拿着的材料,只能说明嫌犯打扮得像一个正人君子,您已经认识到这一点了吗?"

"尊敬的领事大人,"侦探以一种不容分辩的口气答复说,"盗贼看起来全都很像好人,贼眉鼠眼的人只能安分守己,否则立即就会被逮住。那些衣冠楚楚的人才需要我们密切关注。我非常清楚,这不是一件轻而易举的事。我们这一行不仅是一种职业,更是一种真真正正的艺术。"

【名师点睛:菲克斯先生的狂妄自负已经非常明显了。】

十分明显,这位菲克斯先生颇有些高傲自大。

就在此刻,码头上面逐渐地热闹起来。从不同国家来的海员、商人、说客、挑担的、出苦力的人全都挤在了码头上,这说明船快要到了。

天气非常好,因为是东北风,所以还稍稍有点冷。淡淡的日光落在城市的清真寺塔顶上。差不多有两公里长的河堤一直延伸至船泊抛锚地,如同一条搂着苏伊士运河港口的臂膀。有好多条小渔船航行在红海之上,其中夹杂着很多保留古老战船式样的优美的渔船。

菲克斯也夹杂在繁忙的人堆之中,因为职业的关系,他认真、快速地扫视着过往的行人。

此刻已经十点半了。

"这艘船一定不会来了！"他听见码头的钟报时以后，大声叫了起来。【名师点睛："叫了起来"体现出菲克斯先生的愤怒和失望。】

"它应该离这儿非常近了。"领事大人回答道。

"它在苏伊士停留的时间是多久？"菲克斯问。

"差不多需停四个小时，它要装煤。从苏伊士至红海的亚丁港，差不多一千三百一十海里，必须有足够的煤。"

"这船从苏伊士直接到达孟买吗？"菲克斯问。

"不错，它不在任何地方停留。"

"那么，"菲克斯说道，"倘若那个盗贼走这个路线，乘这条船，不用怀疑，他肯定会在苏伊士下船，然后再按另一条线路去亚洲的荷兰殖民地或法国殖民地。他一定会非常明白留在印度十分的不保险，因为印度属于英国管辖的范围。"

"倘若他神通广大就行了。"领事大人反驳道，"告诉您，一个英国罪犯待在伦敦肯定会比到国外去要好许多。"【名师点睛：菲克斯先生显然没有说服领事大人。】

领事的一番提醒叫侦探大费脑力，此刻领事大人早已回到码头旁边的办公室了。只留下菲克斯独自在那儿，他更加的急迫不安。他的心里有种预感，觉得盗贼必定就在"蒙古利亚号"上。说实话，倘若盗贼真的想离开伦敦去美洲的话，他肯定会首先选择前往印度的路线，理由是这条路的监视比大西洋那条路上要松许多，而且这条路也不便于监视。

不容菲克斯考虑太多，耳边就传来了一阵汽笛声，轮船到了。挑担的与做苦力的争先恐后地挤满了码头，他们碰撞着乘客，把乘客的衣服都挤皱了。十几只小船也离开岸边，向着"蒙古利亚号"驶去。

片刻之间，就看到巨大的"蒙古利亚号"顺着运河迎风向这边驶来。刚好是十一点，轮船在港湾中抛锚停下，烟囱内冒着滚滚浓烟，伴随那轰隆轰隆的声声巨响。

八十天环游地球

部分旅客站在甲板上观赏城市如画的景色,可是大部分的旅客都上了那些靠在"蒙古利亚号"一旁载客上岸的小船。

菲克斯非常仔细地观察上岸的所有旅客。

就在此时,一个客人走到他的身旁。这人费劲地推开涌到他身旁的苦力,彬彬有礼地询问菲克斯能不能告诉他英国领事馆的所在地,并且将护照递给了菲克斯,看起来像是打算办英国签证。

菲克斯本能地接过那个护照,把护照看得明明白白。

他的心情真是太激动了,险些显露出来。他拿着护照的手在不停地发颤。护照上所写的一切同警察局长发来的资料没有任何区别。【写作借鉴:细节描写,手不停地"发颤",流露出菲克斯激动的心情,以至于他不得不极力掩饰自己的兴奋。】

"这是您自己的护照吗?"他问这个旅客。

"不是,"旅客答道,"这是我们家主人的。"

"那么你家主人在哪里?"

"他在船里。"

"不过,"侦探说道,"必须让他自己去领事馆一趟证明自己的身份。"

【名师点睛:菲克斯正在为这两名乘客布下陷阱。】

"你说什么!用得着这么做吗?"

"只能这么做!"

"那么领事馆在什么地方?"

"在广场的那边。"侦探指着两百步以外的一栋房子说。

"好吧,我去喊老爷。他是最讨厌麻烦的人!"

随后,这名旅客便离开菲克斯,返回了船上。

Z 知识考点

1. 十月九日星期_____,苏伊士码头上,大伙都在焦急地等待着"_____号"商船,这是一艘来自_____公司的钢铁轮船。

2. "蒙古利亚号"常常加速行驶。（　　）

3. 菲克斯侦探说服领事大人了吗？

_____

_____

_____

阅读与思考

1. 菲克斯侦探有着什么样的相貌特征？

2. 菲克斯侦探是如何对付路路通的？

▶ 八十天环游地球

第七章

检查护照对侦探没有任何帮助

M 名师导读

虽然菲克斯胸有成竹,但是他一时无法找出福格先生的破绽,就连领事大人也一再质疑他,因此他不得不从路路通身上寻找一些突破口。

侦探不想再待在码头上了,匆匆忙忙朝着领事馆走去。他说有急事求见,领事大人立刻就接见了他。【名师点睛:发现"嫌犯"的菲克斯再也待不住了,他急切地求见领事大人,赏金的诱惑力可见一斑。】

"尊敬的领事大人,"他非常直截了当地说,"我敢断定那个罪犯就在这艘船上。"

随后菲克斯给领事大人讲述了他刚刚的经历和那张护照上的惊人发现。

"菲克斯先生,非常好,"领事答道,"我十分愿意看看这个贼到底长什么模样。然而他也许不会到这里来,倘若他就是你认为的那个盗贼的话,他一定不愿意自己有任何的疑点被警方抓到。还有一点,签证并不是必需的手续。"【名师点睛:领事大人的分析不无道理,但信心满满的菲克斯好像根本听不进去。】

"尊敬的领事大人,"侦探答道,"倘若他真像我所想象的那样厉害的话,他肯定会到这里来的。"

"你指的是来办理签证手续吗?"

"不错。护照唯一的用处就是为诚实的人外出增加麻烦,为坏人脱逃创造有利的条件。我敢保证他的护照没有任何问题,然而我仍然不希望您给他办理签证……"【名师点睛:菲克斯费尽心机想要拖延"嫌犯"的行程,只因他太过自信了。】

"这又是什么原因呢?如果那护照是真的,"领事大人告诉他说,"我没有权利拒绝给他办理签证。"

"可是,尊敬的领事大人,我必须要将他拖在这儿,等候从伦敦过来的拘票。"

"噢!亲爱的菲克斯先生,这好像与我没有什么关系。然而我,我不能……"

领事的话音还没落下,就听见有人敲响了他办公室的门。听差的带进来两个陌生人,有一个正好就是侦探在码头上面碰见的旅客。

来的正是福格先生和路路通主仆二人。主人拿出他的护照,非常简单地说明了自己的来意。【名师点睛:被菲克斯认定为嫌犯的居然是福格先生,这可能吗?】

领事从他手中拿过护照,仔细地看了一遍护照的内容,菲克斯却坐到一旁,一动不动地注视着这位先生。

领事看完一遍后说道:

"菲利亚斯·福格先生就是您!"

"不错,大人。"福格答道。

"他是您的仆人?"

"是的。他是法国人,叫路路通。"

"您是从伦敦来的?"

"是的。"

"打算去哪里?"

"去孟买。"

"好了,先生。您难道不了解现在没有必要办理签证,并且我们并不要求您呈验护照,这个您了解吗?"

八十天环游地球

"我清楚,大人。"菲利亚斯·福格回答,"我想用您的签证来证明我曾经来过苏伊士。"

"好了,先生。"

领事在护照上面签了自己的名字,还注上日期,加了一个大大的印章。福格先生缴了签证费,冷冷地对他说了声谢谢,然后就领着仆人离开了领事馆。

"您觉得呢?"侦探问道。

"不怎么样。"领事答道,"他看起来的的确确是个正派的人!"

"大概是吧。"菲克斯说,"然而问题不出在这里。领事大人,您没感到这位沉着冷静的先生符合我接到的那些有关盗贼的体貌特征的描述吗?"【名师点睛:原来自诩"高明"的菲克斯侦探仅从相貌上就断定福格先生就是逃亡的盗贼。】

"我承认。然而,您应该清楚,每个人的体貌特征……"

"我的心里有数。"菲克斯答道,"我认为那个仆人不像他的老爷那般让人琢磨不透。他来自法国,肯定会滔滔不绝的。行了,再见吧,亲爱的领事大人。"

于是,侦探离开了领事馆,去寻找路路通了。

福格先生从领事馆离开以后就直接到了码头。他和仆人交代了需要去做的事情之后,就上了一条小船回到了"蒙古利亚号",进了自己的舱房,打开了记录本,在上面写下:

十月二日周三晚八时四十五分离开伦敦。

十月三日周四早七时二十分抵达巴黎。

周四早八时四十分由巴黎出发。

十月四日周五早六时三十五分途经赛尼山抵达都灵。

周五早七时二十分从都灵离开。

十月五日周六下午四时抵达布林迪西。

周六下午五时登上"蒙古利亚号"轮船。

十月九日周三上午十一时到达苏伊士。

总计一百五十八点五小时,即一共六天半。

福格先生把这些时间详细记录到一个已经划分好的旅途计时表中。旅程栏里标明了从十月二日到十二月二十一日中抵达一切重要地点的计划时间与实际时间。那些重要地点有巴黎、布林迪西、苏伊士、孟买、加尔各答、新加坡、香港、横滨、旧金山、纽约、利物浦及伦敦。这样,不管是到哪个地方都能够计算出提前的时间和耽搁的时间。【名师点睛:福格先生果然是一个认真又严谨的人,做事有计划。】

这个有条不紊的日程表非常醒目。福格先生每时每刻都可以了解到自己是把时间提前了还是把时间给耽误了。

恰好是十月九日星期三,他记录了到达苏伊士准确的时间,同计划所用的时间完全吻合,没有提前也没有耽搁。【名师点睛:时间不早不晚,说明眼下的一切都在福格先生的掌控之中。】

然后,他吩咐侍从将午餐端到船舱来。对于去游览市容一事,他从来没有想过。他属于这类英国人:无论到什么样的地方,他仅仅派仆人代他去游览一下当地的景色。

八十天环游地球

第八章

路路通因过于不慎总是多嘴

M 名师导读

> 菲克斯侦探选择从单纯的路路通身上找"突破口",果然没看错人,他真的从路路通那儿得到了不少消息,这进一步印证了他的猜测。为了逮捕福格先生,菲克斯决定"加入"他们的环球之旅。

菲克斯在码头上毫不费力地找到了路路通,他正左顾右盼地溜达呢,他想:如果出来旅行一趟什么也不去欣赏,那真是太遗憾了。

"喂!朋友。"菲克斯去和他搭话,"你们的护照签好了吗?"

"哦!是您啊!亲爱的先生。"法国人答道,"真是有劳您了。所有的手续都办妥了。"【名师点睛:菲克斯阴险狡诈,路路通热情单纯,他们的性格特征形成了鲜明的对比。】

"您已经游览过这儿的景色了吗?"

"嗯!然而我们走得太匆忙,犹如在梦游一般。我们真的是在苏伊士吗?"

"千真万确,这儿是苏伊士。"

"那也就是说已经到了埃及?"

"的确是到埃及了。"

"那也就是说已经到了非洲?"

"的确是到了非洲。"

"真的来到非洲了!"路路通重复了一遍,"真的是不敢相信。先生,您知道吗？我本以为我们到巴黎后就不会再走很远。然而巴黎这个名扬四海的美丽城市，我只是从早上七点二十分至八点四十分，从火车北站到里昂站的路上，才从马车窗中向外看了一阵，并且外面下着瓢泼大雨！这简直是太可惜了！【名师点睛：路路通是一个热爱生活的人，他喜欢生活中的美景。】我真的很希望去看一眼拉雪兹神甫[司祭、司铎的尊称，是一个教堂的负责人，他们有祝福"婚配"的权利]公墓和香舍丽榭的跑马场！"

"你们为什么如此匆忙呀？"侦探问。【名师点睛：菲克斯话中有话，设有圈套，真是阴险。】

"我是不着急，是我的主人着急。行了，我还需要去买袜子与衬衫呢！我们出发时没有拿行李箱，仅带了一个旅行包。"

"我带你去个地方，那儿样样都有，想要什么就买什么。"

于是，他们一同上路了。路路通一路上仍在不停地说着。

"最重要的一点是，"他说，"我千万不可以耽搁了船！"

"来得及。此刻才十二点。"

路路通拿出了他的大怀表说：

"十二点？不要闹了！现在是九点五十二分！"

"您的表不准了。"菲克斯说道。

"我的表不准？这是古董，是我曾祖父留下来的！一年下来也不可能差上五分钟。可以说这是名副其实的最精确的表！"

"我明白了。"菲克斯答复说，"您现在用的还是伦敦时间，伦敦时间和苏伊士时间相差大约两小时。您一定要随时按当地时间来调正确自己的表。"

"让我调表？调我的表？"路路通大声喊了起来，"这是绝对不可能的！"

"那样的话，您的表就不会和太阳运行相符了。"

"那全都是太阳的错！先生。是它不正确！"

八十天环游地球

<u>这位正直的年轻人非常仔细地将表放进口袋里。</u>【名师点睛：路路通缺乏科学常识，性格又耿直，所以他的表现看起来很有趣。】

片刻之后，菲克斯又继续问道：

"你们两个是匆匆忙忙地从伦敦离开家的吗？"

"不错！上周三晚上八点，福格先生破天荒地第一次提早到家，四十五分钟以后我们就离开了家。"

"您家主人想到哪里去啊？"

"一直前行！他打算环游地球一周！"

"环球旅行？"菲克斯感到非常惊奇。

"<u>是的，只用八十天的时间！据他说是打赌。然而，实话实说，我有点怀疑。这件事情绝非寻常之事，肯定别有原因。</u>"【名师点睛：路路通的话不断"印证"着菲克斯的猜测。】

"噢！这位福格先生真是太不平凡啦！"

"我也如此认为。"

"他是不是十分富有？"

"那当然喽。他带了一大笔钱，全都是新的！途中他花钱毫不吝啬！还有，他对'蒙古利亚号'的机械师许诺：倘若轮船可以提前很长时间到达孟买，他会奖励机械师非常多的钱！"

"您到您的主人家大约有多久了？"

"您是说我呀！"路路通答道，"我正好是在离开伦敦的当天才去他家干活。"

由此不难想象，路路通的这些话在侦探的内心中起到了什么样的作用。

<u>事发仅仅几天就急匆匆从伦敦出发，还带了一笔巨款，向非常远的国度逃去，用离奇的打赌作为理由，这全部都证明了菲克斯对此事的猜想。</u>从这个年轻的法国人嘴中他又打听出非常多的详情：这个年轻人确实对主人知之甚少，他的雇主孤独地在伦敦生活，大家都说他十分富有，

<u>但又不清楚他的钱从何而来,这是个神秘莫测、让人无法琢磨的人。并且,菲克斯确定了福格先生不会在苏伊士改变自己的航线,他确实是要去孟买。</u>【名师点睛:菲克斯"探听"到的所有信息都在"印证"着他的猜测,因此,他更加坚信自己的判断。】

"去孟买还需多长时间?"路路通问。

"还非常远呢。"侦探告诉他,"在海上还需要用十几天呢。"

"孟买那地方究竟在哪里呀?"

"它在印度境内。"

"也就是说位于亚洲?"

"那是当然啦。"

"我的老天!我告诉您……有件事让我非常恼火……那就是关于我屋内的开关。"

"什么开关?"

"<u>我忘了关上屋内的煤气开关,烧的煤气费用全部都由我自己承担。我已经算过了,每月我需要花费两个先令,正好比我赚的钱多六便士。您清楚假如旅途再延迟一些……</u>"【名师点睛:路路通担心的只是他的工钱,非常可爱。】

菲克斯弄清楚那令人烦恼不已的开关的事了吗?那说不准,他已经没心思听下去了,他只在考虑自己该怎么办。他们来到货场,菲克斯让路路通去采购需要的东西,吩咐他不要耽误了船,然而他本人急忙赶到领事办公室去了。

菲克斯非常胸有成竹,此刻看起来十分镇定。

"大人,"他和领事说,"我如今再没任何疑惑了。他已经无法逃出我的手心了。他装扮成一位打算花八十天时间完成环球旅行的能人来迷惑人们。"

"他确实是够狡猾的,"领事说道,"他希望可以骗过欧洲和美洲的侦探,接着再返回伦敦!"

八十天环游地球

"我们就走着瞧吧。"菲克斯说。

"不过您不会搞错吧?"领事又问。

"我肯定不会弄错。"【名师点睛:领事的不断提醒,并没有让菲克斯醒悟。】

"那这位盗贼为何一定要来办签证以表明他来过苏伊士呢?"

"至于什么原因……亲爱的领事大人,这我也不知道。不过,请你听我说。"

然后他把自己在同福格先生的仆人闲聊之中获得那些可疑的信息告诉了领事。

"不错,"领事说道,"依据这些事实做出的推断的确说明这个人有问题。您准备用什么样的办法呢?"

"向伦敦发电报,请示快速邮递捕证来孟买。我就乘'蒙古利亚号'一路追踪这个滑头去印度。只要到了英国的管辖范围之内,我就能够有礼貌地走上前去,一手出示逮捕证,一手按住他的肩膀。"【名师点睛:菲克斯的计划非常大胆,也充满了想象力。】

他非常镇定地说完这些话,接着就离开了领事,去电报室了。他向伦敦警察局局长发了前面提到的那份电报。

过了十五分钟,菲克斯带上了一些必要的行李,拿了足够的钱,上了"蒙古利亚号"。很快,这艘快船吐了巨大的烟雾,驶进红海。

知识考点

1. 福格先生到达苏伊士运河的日期是十月九日星期_____。现在,福格先生和路路通以及菲克斯侦探都位于_____洲。伦敦和苏伊士的时差大约是_____个小时。

2. 福格先生到了某个地方时,会派他的仆人替他游览一下当地的风光。( )

3. 菲克斯大胆的计划是什么?

阅读与思考

1. 福格先生为什么主动来到领事馆？
2. 福格先生的环球之旅又多了一个人，这个人是谁？

八十天环游地球

第九章

福格先生顺利渡过红海和印度洋

M 名师导读

　　一百多个小时的海上航行顺利极了,福格先生甚至多获得了两天的时间,这真是一个美好的开始,让人对这次旅行充满了美好的想象……

　　苏伊士距离亚丁港恰好是一千三百一十海里。东方半岛轮船公司的运营规则里已经说明船只必须用一百三十八小时行完全部的路程。"蒙古利亚号"因为马力强劲,大有希望会比预计的时间提前到达。【名师点睛:介绍从苏伊士到亚丁港的航行时间。】

　　大多数从布林迪西上来的游客都是前往印度的。其中一部分是到孟买,还有一些是到加尔各答,然而必须经过孟买。自从这条横贯整个印度半岛的铁路修好以后,就不用绕道锡兰了。

　　乘"蒙古利亚号"的这些旅客里,有不同身份的文官武将。其中有英国皇家军队的军官,也有负责指挥印度兵的,他们每个人都有非常丰厚的收入,按如今国家代替印度公司发饷的规定:尉官有七千法郎,准将官有六万法郎,将官则是十万法郎。文官的薪水更高,助理级别最低,工资一万二千法郎,法官六万法郎,法院院长二十五万法郎,省长三十万法郎,总督六十万法郎。【写作借鉴:介绍船上形形色色的乘客和他们的收入,为他们的奢华生活做铺垫。】

　　所以,他们在船上的日子非常奢侈。那些将士中不乏年轻富有的英

46

国人,许多人都是带着大笔的钱财去国外经商的。这艘船上的主管是公司的代理人,和船长的权力不相上下,他把船上的饮食弄得五花八门。无论是早餐,下午两点的中餐,五点半的晚饭,还是八点的夜宵,饭桌上堆满了从船上仓库与烹调室端来的熟食与各种甜点。船上有几位女乘客,她们每天要换两次装。不刮风的时候,轮船上又是唱歌,又是跳舞,非常的热闹。

然而,与一切狭窄而漫长的海峡一样,红海也是喜怒无常,常常是狂风大浪。无论是亚洲大陆抑或是非洲大陆刮过来的狂风,都会让这艘配备着螺旋发动机的箭形巨轮在风浪里摇摆不定,非常吓人。此刻女旅客早已经消失在甲板下,也听不见弹琴的声音了,唱歌跳舞全部都停了。【写作借鉴:场面描写,渲染出红海风浪令人恐怖的威力。】然而这艘动力强大的轮船迎着怒吼的狂风与滔天的巨浪加足了马力,朝曼德海域[位于阿拉伯半岛和非洲之间]行驶。

这些时间内福格先生都在做些什么呢?或许人们肯定觉得他会愁眉不展、忐忑不安,害怕各种意外事件会阻碍轮船的正常运行,滔天的巨浪会将机器破坏;害怕意外事故迫使"蒙古利亚号"在途经的某个海港停下来,耽搁他的时间。

根本就没有这样的事。就算这位先生早已想到了这种种可能性,他也不会在脸上流露半分。他自始至终都是一个稳如泰山的人,是改良俱乐部里最稳重的一个,任何意外事故都不能让他感到惶恐不安。他就像船上的时钟一样,无论什么时候都不会情绪激动。【名师点睛:通过对福格先生的描写,证明他确实有着稳重内敛的性格。】他很少到甲板上去,对于这个有着悠久的历史,能勾起无数回忆的红海根本没有想过要去看看。他也一点都不喜欢红海两边的那些历史名城,尽管这些都市诱人的优美轮廓时不时映入眼帘。他几乎不屑去想阿拉伯海湾的各种险况,史学家斯特拉彭、阿里安、阿尔德米多、艾德里西全都对此谈虎色变,航海家们也都事先去给海神供奉祭品,绝不敢在此贸然航行。

八十天环游地球

但这位被困在"蒙古利亚号"中的家伙如何打发时光呢？首先，他还是尽情享受每天的四顿饭，轮船的漂浮不定一点都不会打乱他的生活规律。其次，他不知劳累地打"惠斯特"。

是的！他寻到了玩牌的朋友，他们全都对"惠斯特"非常着迷。一位是前往果阿[葡萄牙在印度的殖民地]就职的税务员，一位是要返回孟买的牧师德西姆斯·史密斯，第三位是到驻地集合的旅长贝纳莱斯。他们三位对"惠斯特"的迷恋程度肯定不亚于福格先生，他们玩起来就是一整天，好像没有结束，而且玩起来和福格先生同样地寂静无声。

再说路路通，他一点也不晕船。他位于船头的一个舱位，每天自觉地定时进餐。眼下他认为这次出行待遇非常好，因此不感到厌倦。他已经拿定了主意，必须要吃好睡好，让自己饱览途经的大好风光。还有，他还觉得这次心血来潮的游玩到了孟买就能够停下了。

从苏伊士出发的第二天，十月十日那天，他非常高兴地在甲板上看到了在埃及码头上跟他闲聊的那个有求必应的好朋友。【名师点睛：对于忽然出现的菲克斯，单纯的路路通竟然毫不怀疑。】

"我没有看错人吧，"他高兴地冲着那人讲，"先生，在苏伊士热心地给我带路的人就是您，对吧？"

"是的。"侦探答道，"我也认出您了。您给那位怪异的英国人当仆人……"

"不错。先生您如何称呼？"

"菲克斯。"

"哦，菲克斯先生。"路路通继续说，"十分高兴再次在船上见到您。您打算到哪儿去呢？"

"与您同路，到孟买去。"

"真是好极了，您以前去过孟买吗？"

"去过几回。"菲克斯回答他，"我是东方半岛公司的代理人。"

"这样说来，您一定十分了解印度了？"

"不错……那是自然的。"他不想说下去。【名师点睛：菲克斯的心思

全都在福格身上,对于路路通的话题,他自然是没有兴趣的。】

"印度的风景非常美吧?"

"特别好玩!印度有清真寺、尖顶塔、寺庙、僧人、宝塔、老虎、蛇,还有印度美女!但愿您会有充足的时间去领略一下它的美好风光。"

"我也是如此想的,菲克斯先生。您非常聪明,一个精神正常的人肯定不会找原因花费八十天的时间去环游世界一周,而且每天下了轮船就上火车,从火车上下来又匆匆忙忙去乘船!这根本就不行!这场体操式的旅行,到孟买之后就会停止的,您用不着担心。"

"福格先生的身体没有什么不舒服吧?"菲克斯十分自然地问道。

"他很好,菲克斯先生。我也非常好,我能够像饿鬼般吃东西,这也许与海洋气候有关吧。"

"您家主人在哪儿呢?我怎么从来没看见他到甲板上来过?"

"他根本就不会上来。他对任何事情都不会感兴趣。"

"路路通,您难道不知道这个所谓的八十天环球一周的计划或许还有着一种神秘的目的……比如一些外交之类的目的?"【名师点睛:菲克斯先生看似漫不经心地与路路通闲谈,实际是要套出福格先生的信息,菲克斯果然是个狡猾的人。】

"老天啊!菲克斯先生,我什么事情都不知道。说句老实话,我也绝对不会花费一分钱去打探这样的事。"

从那以后,菲克斯时常找路路通闲聊。这位侦探的用意就是努力获得福格的这位仆人的信任,在有用的时候能够用上他。所以他经常请路路通到"蒙古利亚号"的酒馆中喝上几杯威士忌或淡啤酒,路路通也一点都不客气,偶尔也回请他几杯,认为这位菲克斯的确是位非常好的先生。

【名师点睛:菲克斯不断向路路通示好,而他的目的果然很快就达到了。】

船依然向前飞速行进。在十三日,已经能够隐隐约约看见莫卡[也门旧都]了,这古老的城池被破败的城墙包围着,城墙上露出好多绿色的树木。遥远的山峦上面布满了成片的咖啡种植园。路路通远望这座古

49

八十天环游地球

城，不禁心潮澎湃，他认为这环状的城墙和那个犹如杯子手柄的古堡，简直像一个巨大的咖啡杯。

就是在这天夜里，"蒙古利亚号"穿过了曼德海峡。曼德海峡在阿拉伯语中意为"泪之门"。次日是十四号，"蒙古利亚号"在亚丁湾西北的轮船岬短暂停留，目的就是增添一些燃料。

由于煤矿距港口十分远，因此为过往船只供应煤是一项艰巨而繁重的工作。对于东方半岛公司来说，这笔开销每年高达八十万英镑。事实上，很有必要在许多港口建设燃料供应点，但是把煤拉到遥远的海边，一吨煤的价格会涨到八十法郎。

"蒙古利亚号"还需要航行一千六百五十海里才可以到达孟买，它必须在轮船岬停靠四个小时，来增加足够燃烧的煤。

这四个小时丝毫不会影响福格先生的环球之旅，他早就计划好了。【名师点睛：一切都在福格先生的预料之中，这说明福格先生是一个头脑清晰的人。】"蒙古利亚号"计划在十月十五日的清晨抵达亚丁，然而十四日晚上就提前到达了，如此他们就赢得了十五个小时。

福格先生领着他的仆人走下船，他要去让签证官在护照上签字，菲克斯悄悄地盯着他。签完字之后，福格先生又回到船上，继续玩他的牌。

路路通仍然照习惯在亚丁城中漫步闲逛。这个城市有二万五千居民，包括索马里人、印度商人、印度琐罗亚斯德教教徒、犹太人、阿拉伯人及欧洲人。他好奇地游览了亚丁的海边防御工事与壮观的地下储水池。正由于有了这些防御工程，这座城市才被称为"印度洋的直布罗陀"，在所罗门王的工匠之后，英国工程师接着修建了这些储水系统。

"真是太好玩了！这太有趣了！"路路通返回船上时还不停地感叹，"我现在才真正体验到了旅游的意义，可以看到许多新奇的事，能够大开眼界。"【名师点睛：世界这么大，风景却不同，难怪路路通要不断地感叹着。】

晚上六点的时候，"蒙古利亚号"的螺旋发动机不住地击打着亚丁湾的海水，不久后就驶向印度洋。照计划它要用一百六十八个小时从亚丁抵达孟买。目前印度洋的自然条件对航行非常有利,海上刮的是西北风,风力的帮助使蒸汽发动机如虎添翼。

凭借风力,船开起来很少颠簸了。已经打扮好的女客们又都挤在了甲板上。大家又欢歌曼舞,甲板上到处洋溢着勃勃生机。【写作借鉴:场面描写,一帆风顺,景色优美,自然会引起人们观赏和游玩的兴致。】

这段路程便这样顺利地走完了。路路通也因为碰巧遇到了菲克斯这个可爱的旅伴而感到欣喜不已。

在十月二十日周日的中午十二点,印度海岸已经模糊可见了。大约过了两个小时,引水员登上了"蒙古利亚号"。远处连绵不断的山峰呈现在人们的眼前,丛丛棕榈树包围着整个城市。轮船开进了由萨尔赛特岛、科拉巴岛、大象岛和屠夫岛组成的港湾内,四点半的时候,轮船停靠在了孟买的码头上。

此刻福格先生也打完了今日的第三十三局牌,他与对家在这一轮中大胆做牌,竟然抓住了十三轮牌,赢得了胜利,高兴地结束了这段旅程。

"蒙古利亚号"计划是在十月二十二日到达孟买,然而它二十日就已经抵达了。这样一算,从离开伦敦到这儿,已经赢得了两天的时间,福格先生非常仔细地在日程表上记录下来。【名师点睛:最初的旅行非常顺利,甚至还多获得了两天时间,那么,福格先生的旅行会提前结束吗?】

八十天环游地球

第十章

路路通脱逃成功但把鞋丢了

M 名师导读

福格和他的仆人路路通及尾随而来的菲克斯一同到达了印度,这是一个国情复杂的国家,因为不了解风俗,路路通居然在这里惹上了麻烦……

大家都知道,印度国土的形状是一个底边朝北、尖头朝南的大三角形,面积达一百四十万平方英里,总共有一亿八千万人口,但人口分布非常不均匀。在这样一个幅员辽阔的国度里,英国仅统治和控制一部分领土。总部设在加尔各答,马德拉斯、孟买及孟加拉湾也设有分署,在亚格拉还有一个副总署。【名师点睛:开篇向读者简单地介绍英属印度的一些简单情况。】

归属英国统治的印度领土确切地说只有七十万平方公里,有一亿到一亿一千万人口。也就是说,还有很多地方英国管不到。事实上,印度境内有不少凶残可怕的土王,他们有绝对独立的统治权。【写作借鉴:介绍印度境内有不少各自为政的土王,为下文情节做铺垫。】

从一七五六年开始——英国人在现在的马德拉斯城建立了第一个英国殖民区——从那年起一直到印度兵起义,那个非常有声望的东印度公司一直强盛无比。它用租赁的方式从土王手里逐步购买各个地区的土地,给的钱寥寥无几,甚至根本不给钱;总督和所有的将官由东印度公司任命。然而现在这家公司已经成为过去了,英属印度如今直属英皇统治。

印度半岛的风光、风俗及种族居住区的划分也是日新月异。以前，旅游不得不靠一些旧的交通方法，如步行、骑马、坐双轮车、乘轿子、靠人驮、坐马车等。如今恒河与印度河上有了快船航行，铁路线贯穿全印度，从孟买穿过半岛到加尔各答，仅需三天的时间。【写作借鉴：交通方式的变革为人们出行节约了不少时间，此处为下文情节埋下伏笔。】

　　这条贯穿印度的线路并不是一条直线，仅有一千到一千一百英里的直线距离，哪怕是普通的火车，不用三天就可以到了。然而整个线路至少要长出三分之一，因为它拐弯绕到半岛北部的阿拉哈巴德。

　　下面是途经印度各个地区的"大印度半岛铁路"的总体情况：火车从孟买出发，抵达大陆腹地，再穿过西加特山脉朝东北方向到达布尔汉普，然后横穿德尔康独立领地，北上直接抵达阿拉哈巴德，接下来向东延伸，经过贝那莱斯与恒河汇集，然后从恒河向东南，途经布尔迪旺和法属城市昌德那戈，最后抵达终点加尔各答。

　　"蒙古利亚号"是下午四点半的时候抵达孟买的，到加尔各答的火车将在八点准时启程。

　　福格先生向他的牌友告辞，从轮船上下来，吩咐仆人去采购一些必需品回来，而且一再地提醒他必须在八点钟之前赶到火车站。接着，他匀速地向办理签证的地方走去。【名师点睛："匀速"突出了福格先生有条不紊的办事风格和严谨的性格特点。】

　　他没有心情去欣赏孟买的名胜古迹，无论是政府的所在地，还是那漂亮的图书馆、古城堡、船埠、棉花集市、百货商店、清真寺、犹太教堂、亚美尼亚人的教堂，就连那个装饰有两个多角塔的非常宏伟壮观的玛勒巴山宝塔寺，他都视如草芥。他既不去欣赏象山的名胜古迹与深埋在孟买湾东南部奇怪的地下宫殿，也不去欣赏萨尔赛特岛的康艾里石窟，那的确是佛教建筑的一个奇迹呀！【写作借鉴：用铺排的方式向读者展示孟买独具魅力的自然和人文景观。】

　　什么都不看！他一点都没注意到！在签证处办完他的事情后，福格

八十天环游地球

先生便十分稳当地向着火车站走去。到车站以后他就去吃晚饭,饭店掌柜专为他推荐了本地特产烧兔肉,赞美这是一道真正的美味佳肴。

福格先生因此点了那盘菜,认真品尝。即便是加了非常多的佐料,福格先生还是认为有难以下咽的怪味。

他叫来饭馆的老板。

"老板,"他目光炯炯地看着老板说,"这真的是用兔子肉做的吗?"

"先生,的确,"老板还厚着脸皮装傻,"是从树林中抓来的兔子。"

"杀这只兔子的时候,听见它'喵喵'的叫声了吗?"【名师点睛:福格先生怀疑这只"兔子"是用猫冒充的,但他的方式非常幽默。】

"'喵喵'的叫声?噢!先生,这的确是只兔子!我敢向您保证……"

"老板,"福格非常严肃地说,"老板用不着发誓,您不要忘了,以前,猫可是印度的神圣之物,那个年代可是它们非常幸福的时期。"

"是猫幸福的时期!"

"旅游者也获得了很大的快乐!"

然后,福格先生依旧平静地用晚饭。

福格先生下船后不长时间,菲克斯也跟着离开了"蒙古利亚号",而且径自去找孟买的警察局局长。他向局长说明了他的特殊身份和所执行的任务,还提到了追踪这个盗窃嫌疑犯的全部过程。他紧张地向局长询问有没有接到伦敦邮来的逮捕证,局长表示什么东西都没收到。实际上,福格出发之后寄出的逮捕证一定不会如此快就寄到的。

菲克斯一点办法都没有。他希望局长可以下令逮捕福格先生,然而被局长一口回绝。事情发生在英国警署的管辖之内,他没有任何资格下拘捕令。【名师点睛:焦急的菲克斯甚至想到非法逮捕福格先生,幸好警察局局长是个谨慎、守法的官员。】这样严格遵守法律的精神是所有英国人都具备的:凡涉及个人自由,不允许出现没有证据、不合程序的武断行为。

菲克斯也就不再坚持了,他知道目前不得不等着那份重要文件的到来。他决心在这个难以琢磨的先生在孟买逗留期间紧紧盯住他。他完全相信福格先生会在孟买停下来,我们知道,路路通也是如此认为的。这样,他就有足够的时间等待拘票的到来了。

然而,路路通在离开"蒙古利亚号"后,按照主人的嘱咐行事时,他立即意识到在孟买跟在苏伊士与巴黎一样,旅游还没有停止,至少还需要到达加尔各答,也许是更为遥远的地方。于是他便开始琢磨福格先生下的赌注不是在开玩笑,难道命运真的不管他对安稳生活是多么渴望,都必须完成这需要花费八十天时间的环游地球的旅行?

路路通买好了日常所用的衬衫和袜子,接着就到孟买的街道上溜达闲逛去了。街道上到处是形形色色的人,有不同国籍的欧洲人,有戴尖顶帽的波斯人,本雅斯人的脑袋上包着围巾,信德人头戴方帽,亚美尼亚人的身上穿着长袍,琐罗亚斯德教教徒头戴黑色高帽子等。那天正好是琐罗亚斯德教教徒,或叫作盖伯人的节日,他们是琐罗亚斯德教派的直系传人。他们在印度是技术与文化最出色、头脑最聪明、作风最严谨的人,如今孟买的富豪们都属于这种血统。这一天,他们全都在欢庆宗教节,游行和歌舞表演随处可见,跳舞女郎身上披着镶金丝银丝的红色纱丽,踩着三弦琴与铜锣的节拍,跳得非常迷人,并且也不失优雅端庄。

路路通一看到这种新奇的宗教仪式,就睁大眼睛努力地看,竖起耳朵仔细地听,他的表情和他那副尊容就像没见过世面的傻瓜。

令人感到不幸的是他的迷恋太深了,差一点误了他家主人的这次环球旅行。

<u>是这么一回事:</u>那天当他欣赏完这个热闹的仪式后,就向着火车站走去。在他路过那座辉煌壮观的玛勒巴山宝塔寺的时候,忽然心血来潮,一心想要进去瞧瞧。【名师点睛:介绍路路通发生意外的原因。】

然而他不清楚两个条件:一是有些印度寺庙明确指出禁止基督徒进入;二是教徒自己进去也一定要在门口把鞋脱掉。在这儿需要说明的是英国政府为了方便管理,对那里的宗教非常敬重,哪怕是芝麻小的事情,

55

八十天环游地球

如果哪一位违反了当地的宗教规定,肯定会被严厉地惩治一顿。

路路通丝毫没有认识到会有什么样的后果,正陶醉于玛勒巴山寺庙中那金碧辉煌的印度教装饰时,忽然间他被摔倒在神殿的石板上面。三个横眉竖目的僧人站到他的面前,扒下他的鞋袜,对他拳脚相加,还对他破口大骂。

这个身体强健又机灵的法国青年猛地站起身来,抡起双臂将他的两个敌人打翻在地,用长袍把那两位僧人绊住了;他借机迅速地逃出寺庙,把追踪的另一个僧人与他的随从全都甩掉了。

离八点仅差五分钟,恰好离发车时间还差几分钟,路路通光着头,脚上也没有穿袜子与鞋子,上气不接下气地跑进了车站,甚至那些刚买的东西也在打架时被他弄没了。

菲克斯和他们一样也站在了月台上。他追随福格到了火车站时,才知道他真的是要离开孟买,他立刻拿定主意跟他去加尔各答,倘若有必要,去更远的地方都行。【名师点睛:为了"逮捕"福格,菲克斯的决心不可谓不大。】路路通没有发现站在暗处的菲克斯,菲克斯却清楚地听见了他对主人重复的那段刚刚经历的不幸遭遇。

"我不想再发生这样的事情。"福格先生就说了这么冷冷的一句,接着就坐到了车厢中。

倒霉的青年光着脚,非常难堪地跟着主人上了车,什么话都不敢说。

菲克斯刚要登上另一节车厢,突然脑子一转,改变主意不随着去了。

"不行,我不可以走,"他自言自语道,"倘若案件发生在印度境内,我便能够拘捕他。"

此刻传来了发动机拉响的汽笛声,火车被黑暗吞没,消失在茫茫的夜色之中。

知识考点

1. 苏伊士与亚丁港之间的距离是_____海里。福格先生在轮船上找到了三位牌友,他们不知疲倦地打起了"_____"。下午四点,"蒙古利亚号"抵达印度城市_____。

2. 路路通在轮船的餐厅里碰到了前来就餐的菲克斯侦探。(　　)

3. 福格先生对饭馆老板说:"杀这只兔子的时候,听见它'喵喵'的叫声了吗?"这句话是什么意思?

_____
_____
_____

阅读与思考

1. 路路通是如何接受并相信福格先生的环球之旅的?

2. 菲克斯为了拘捕福格先生,做出了什么决定?

57

八十天环游地球

第十一章

福格先生以昂贵的价格买下大象做交通工具

M 名师导读

通往阿拉巴哈德的火车并未像报纸上所说的那样全线贯通，福格先生不得不采用步行的方式走完剩下的路，好在路路通提供了一个办法——骑大象去，福格先生同意了，但为此支付了一大笔钱。

火车按时离开了。搭乘的旅客非常多，其中有各类文武官员及毒品贩子，还有靛蓝批发商，他们都是去半岛东半部处理商务。

路路通跟他的主人坐在一间包厢里，包厢里还有一个乘客坐在他们的对面。他恰好就是旅长弗朗西斯·柯罗马蒂先生，在苏伊士到孟买的轮船上跟福格先生一起玩过牌的对家，他打算到贝纳莱斯和部队会合。

弗朗西斯·柯罗马蒂先生身材魁梧，头发金黄，有五十多岁。他在印度军队起义事件中脱颖而出，是个真真正正的"印度通"。【名师点睛：介绍弗朗西斯先生的身份背景及体貌特征。】他在印度安了家，很少回自己的家乡。他的知识非常丰富，要是福格先生希望了解印度的话，他十分愿意为他讲解当地的风土人情、人文历史和生活状况。然而这位先生一点都不谈及印度的事，他此行的目的并不是旅游，仅仅是想绕着地球转一周而已。他如同一个重物，受地球的引力沿着轨道绕地球一周。这个时候，他心中正考虑着从伦敦出发后花掉的时间。倘若他是一个喜欢随便做一些动作的人，那么他现在肯定会搓着手表现出一副心满意足的样子。

弗朗西斯·柯罗马蒂先生只在拿着牌或两局之间核算分数时才仔细注视着他的这位旅伴,所以他根本就没有看出福格先生有什么独特之处。他对此有些不太理解!他冷冰冰的外表里可能有一颗正常的心吗?【名师点睛:福格先生如此气定神闲,令弗朗西斯捉摸不透,以至于产生了奇怪的猜想。】难道是福格先生对自然美景无动于衷?难道他什么渴望都没有?这真是个难题。他碰到的所有性格古怪的人中,没人能和这位先生相提并论。

福格先生并没有向弗朗西斯·柯罗马蒂先生隐瞒他这次的环球旅行计划,就连在什么样的条件下才可以实现这个计划也都告诉了他。【名师点睛:福格先生的坦诚从侧面证明他是个堂堂正正的公民,根本不是什么盗贼。】弗朗西斯·柯罗马蒂先生倒觉得这个赌注太不符合事实,是个不合常理的荒唐之举,下这种赌注的人肯定不太明智,任何有理智的人都会在理智的指导下行事。如此一个怪人要是这样长期下去,必将一事无成,对他人对自己都不会有好处。

火车离开孟买一个小时之后,驶过铁路桥,向着大陆腹地飞奔驶去。到达卡连站,火车走的并不是右边那条通向康达拉与浦那的线路,而是走了那条向着东南下行的线路,到达了波威尔车站。从这一站开始,火车驶向了加特山区茂密的绿色森林,加特山区是由黑色岩石与玄武岩堆积而成,山坡全部被森林覆盖着。

火车行驶着,弗朗西斯·柯罗马蒂先生时常和福格先生交谈几句。虽然他多次挑起话题,但是聊天总是没有办法继续下去,此刻,弗朗西斯·柯罗马蒂先生指出:"福格先生,倘若在几年前,您在这一带准会耽搁一些时间,您的这场赌局也就没有办法赢了。"

"弗朗西斯先生,怎么能如此说呢?"

"原因是铁轨仅修到山脚下。倘若希望到达对面的康达拉站,不得不乘轿子或是骑马了。"

"这样的小事根本耽误不了我多少时间,"福格先生回答他,"对于途

八十天环游地球

中可能遇到的麻烦我心里非常明白。"【名师点睛：福格先生非常自信，仿佛一切都在他的掌控之中。】

"然而，福格先生，"弗朗西斯·柯罗马蒂先生继续说道，"您的仆人遇到的麻烦也会给您带来许多不便的。"

路路通此刻两脚舒舒服服地伸到旅行大衣中，正睡得十分香甜呢，完全没有料到有人在议论他。

"英国法律非常明确地规定要严厉处罚这样的不法行为，如此做也是十分有道理的。"费朗西斯·柯罗马蒂先生接着说，"英国法律非常敬重印度人的宗教信仰。倘若您的仆人冒犯了的话……"

"倘若他犯了法，"福格先生答复说，"他就会被判刑，然后去服役，最后会安全地回到欧洲。我可没认为这样的事可以延误他主人的环球旅行！"【名师点睛：福格先生下定决心完成他的环球旅行，根本不会有什么事中断他的计划。】

说到这里，谈话再次停止。火车经过加特山区时已经到了深夜，穿过了纳西克。次日，也就是十月二十一日，火车在较为平坦的坎德士一带行进着。到处都是碧绿的原野，小城镇随处可见。在这些星罗棋布的小镇上空，庙宇的塔尖替代了欧式的教堂钟楼。数不清的小河——大部分是高达瓦里河的支流——浇灌着这一片肥沃的田地。

路路通醒了过来，他抬起头向车窗外看去，不敢相信自己坐着"大印度半岛"的火车，奔驰在印度的土地上。他难以置信，然而这的确是真的！【名师点睛：旅行开始有一段日子了，可路路通好像还不能相信眼前的一切，他好像在梦中一样。】这列由英国司机驾驶，用的是英国燃料的火车，吐出的浓浓烟雾在一块块棉花田、咖啡园、肉豆蔻园、丁香园与红胡椒园的上空缭绕盘旋。烟气沿着一棵棵棕榈树袅袅升起，旋转式地冲向空中。透过一片片棕榈树，隐约可见秀丽迷人的画廊式平房、几座凄凉的庙宇与美妙无比的殿堂，印度的多样化艺术风格使这些神殿锦上添花。一望无际的田野远远地呈现在人们的眼前，那里生长着茂密的丛林,林中有毒蛇,时常会有老虎出现,它们非常害怕火车的汽笛声。火车从森林中穿过,铁道边上时常可以看到大象,它们若有所思地注视着奔驰而过的火车。

就在当天上午,旅客们过了马利甘姆站,到了一个非常危险的地带,卡丽女神的信徒常常让这个地方血腥遍地。附近就是艾洛拉寺和它令人惊叹的宝塔,再往前面就是闻名遐迩的鄂仑嘎巴城,它以前是强硬的奥仑赞布的首府,现在只能算是尼赞王国的一个省会。图格会首领兼勒杀党匪首费林戈以前统治过这个地区。这群杀人成性的匪徒纠集成一个神秘的团体,以死亡女神的名义勒死了许多无辜者,不管多大年纪,而且从来不流一滴血。没用多长时间,这一带就尸骨累累。英国政府在许多地区成功地制止了这样的屠杀行为,但是这些匪徒依然存在,并且继续在这一带干着杀人的勾当。

十二点三十分的时候,火车在布尔汉普站停了下来。路路通用了不少钱才买到一双带有假珍珠的拖鞋,他穿着颇有些自命不凡的感觉。

乘客们匆忙地吃了顿饭,到塔堤河岸散了会儿步,就重新回到车厢中前往阿苏古尔。塔堤河位于苏特拉附近,汇入康拜湾。

现在来瞧瞧路路通,他正沉浸在各种奇思异想之中。没有到达孟买时,他始终觉得抵达孟买后旅行就会到此结束。然而看见火车在印度大地上奔驰时,他的想法全都变了。他又犯了老毛病,恢复了本来面目。年少时的天真这时又出现了,也开始认真看待主人的计划了,终于相信这个打赌是真的,并且是花费短短八十天的时间环游地球一周,不能超过这个天数。考虑到这所有的一切,他已经开始担心起来,害怕途中会出现各种可能的延误。他认为自己跟这次打赌息息相关,回忆起昨天做的那件不可饶恕的傻事可能断送那笔赌注,便觉得心跳突然加剧。他因为不如福格先生那么沉着冷静,所以心情变得沉重。【名师点睛:路路通终于相信了主人的计划,但紧接着,他又为此担心起来,他害怕失败。】他将花掉的时间数了又数,恨火车每站都停,诅咒火车慢慢吞吞,并且私下

八十天环游地球

里怪罪福格先生没有事先对司机许诺一笔奖金。这位可爱的年轻人一点也不了解这是火车而不是轮船，火车的时速是限定不变的。

到了傍晚的时候，火车驶入了苏泊尔山脉，这是坎德士地区和本德尔昆地区的分界。

第二日，十月二十二日，弗朗西斯·柯罗马蒂先生问现在几点了，路路通看了看怀表告知他现在是凌晨三点钟。事实上，他这家传的宝贝一直是按照格林尼治时间来行走的，而格林尼治与此地相差七十七经度，所以他的表至少迟了四个小时。

弗朗西斯·柯罗马蒂先生指出时间不正确，而菲克斯也早就纠正他了。弗朗西斯·柯罗马蒂先生告诉路路通到一个地方都应该按当地时间拨准表。因为他们一直都在向东走，也就是迎着太阳行进，所以白天的时间越来越少，每过经线一度，就会少四分钟。然而他的劝告无济于事。不清楚这个固执的年轻人听没听明白弗朗西斯·柯罗马蒂先生的解释，但他就是不肯调表，让表仍然保持伦敦时间。这样天真的怪毛病对旁人也没有什么妨碍。【名师点睛：虽然有好几个人都劝路路通调表，可他就是不听，可见他的执拗。】

早晨八点钟的时候，距洛塔尔站还有十五英里，火车停在了一块视野开阔的空地上，四周有一些带走廊的平屋和工人居住的小棚子。乘务员挨个车厢地大声喊道：

"乘客们，准备在这里下车了。"

福格先生双眼盯着弗朗西斯·柯罗马蒂先生，他对火车在这块乌梅树林里停留感到茫然不解。

路路通感到非常惊讶，急忙跳了下去，不长时间后就返回来，大声喊道：

"主人，前方没有铁路了！"【名师点睛：发现前方没有铁路，眼看就要耽搁时间，所以路路通很生气地大喊起来。】

"你的意思是？"

"火车不可以再走了！"

弗朗西斯·柯罗马蒂先生马上下了车,福格先生也随着他下去了。他们一块去找列车长。

"我们这是到哪里了?"弗朗西斯·柯罗马蒂先生问道。

"这里是科尔比啊。"列车长回答道。

"我们不可以再向前行进了?"

"不错,铁路还没修完……"

"为什么?怎么会没有修完呢?"

"是没有修完。还需要再修五十英里的路,之后才可以直达阿拉哈巴德。"

"然而报纸上明明说已经全线通车了!"

"军官大人,您想如何呢?那是报纸弄错了。"

"然而你们卖的票是从孟买到加尔各答的!"弗朗西斯·柯罗马蒂先生感到非常的恼火。

"先生,不错。"列车长说,"可是旅客都清楚从科尔比到阿拉哈巴德必须自己想办法。"

弗朗西斯·柯罗马蒂先生满腔怒火。路路通真想上去狠狠揍那个列车长一顿,但他看了自己的主人一眼后忍住了。

"弗朗西斯先生,"福格先生问了一句,"倘若您愿意的话,我们一起决定怎样去阿拉哈巴德。"

"福格先生,这样的倒霉事对您非常的不利呀!"

"没关系,弗朗西斯先生,这些都在意料之中。"

"你说什么!您清楚铁路……"

"不清楚。然而我了解路上肯定会遇到各种障碍。这一点都不会让我损失什么,我已经有两天富余的时间。从加尔各答开向香港的船是在二十五号上午十二点出发。今天是二十二号,我们肯定可以按点抵达加尔各答。"

对于如此有把握的回答,弗朗西斯·柯罗马蒂先生没有再说什么。

63

八十天环游地球

【名师点睛：估计弗朗西斯·柯罗马蒂先生开始佩服起福格先生了，他什么都算好了。】

铁路还没有修完，这是千真万确的事情。报纸像很多走快的表一样，在铁路还没有全线竣工以前就提前刊登了出来。大部分乘客都了解关于铁路的这个中断，他们下了火车就急急忙忙地去镇上雇用代步工具：四轮车、牛车、旅游车、轿子、小马等。福格先生与弗朗西斯·柯罗马蒂先生找遍了整个小镇，也没有找到一样代步工具。

"我要步行到阿拉哈巴德去。"福格先生说。

路路通刚好来到主人身旁，听见了主人说的话，又看了看自己脚上那双漂亮但不实用的拖鞋，扮了一个非常惊讶的鬼脸。多亏他突然想到了一个主意，然后犹豫地告诉自己的主人说：

"先生，我觉得我找到了一种代步工具。"

"是什么工具？"

"是大象！有一位印度人那儿有一头大象，他就在距这里一百米的地方。"【名师点睛：执拗、单纯的路路通也有聪明机灵的时候，骑大象的确比步行快一些。】

"我们去试试看。"福格先生说道。

五分钟以后，福格先生、弗朗西斯·柯罗马蒂先生与路路通到了一间小土屋的门口，房子四周围着高高的栅栏。屋内有一个印度人，院子里站着那只刚才谈到的大象。在他们的一再恳求下，印度人将三人带进了自己的院子。

他们来到大象的近前。这只大象正在被它的主人驯化，目标不是成为负重的工具，而是训练成斗象。所以，他先慢慢改变大象温良的天性，渐渐将大象驯得凶猛至极，印度人把它称作"猛骑"。听说他们在三个月内用大量的黄油与食糖饲养大象，这样的饮食结构仿佛不一定能达到预期的效果，然而好多驯化大象的人都获得了成功。这只大象刚开始用这样的方法驯养，还没有变成"猛骑"，这对福格先生来说真是万幸。

福格先生必须要用,而且开了非常高的价码:租金每小时十英镑。那个印度人就是不肯。出二十英镑,还是不同意。出到四十英镑每小时,仍然不答应。每次提高一个价位,路路通都会惊得一跳,然而这个印度人就是不肯同意。【名师点睛:福格先生开了很高的价码,可贪婪的印度人却想着敲诈一笔。】

简直是极具诱惑性的数目!假如大象花费十五个小时能到达阿拉哈巴德,那就会有六百英镑到手了。

大象主人仍然无动于衷,福格先生还是没有生气。他告诉印度人要买下这头象,并且答应给他一千英镑。

印度人还是不肯答应!大概这个人看准了这是一桩很大的生意。

弗朗西斯·柯罗马蒂先生把福格喊到一旁,叫他再仔细考虑考虑。福格先生告诉他的伙伴他没有冒失行动的习惯,因为这关系到两万英镑的赌注,他必须买下这头大象,就算花掉它本身价值的二十倍,他也一定要买下它。

福格先生重新走到印度人的面前。印度人那双充满贪婪的眯缝眼明白无误地暗示福格先生他在意的是成交的价位。福格先生连续喊出了一千两百英镑、一千五百英镑、一千八百英镑和两千英镑这些让人不可想象的价位。平常里红光满面的路路通此刻都被气得脸色发白。【写作借鉴:"脸色发白"这四个字形象地刻画出路路通被气晕的样子。】

印度人答应了这笔两千英镑的交易。

"都怪我这双破烂拖鞋,"路路通大声喊道,"就是大象肉也不值如此多的钱!"

有了大象,目前关键的问题是需要找个向导,这看起来就不那么难了。一位聪明的青年人主动请战,福格先生同意了,而且许诺给他丰厚的报酬,如此做会使青年人更加卖力。

这位帕西族青年对于驯养大象非常熟悉。他往大象的背上安好了鞍垫,然后在大象的两侧各安一把并不是太舒服的鞍椅。

八十天环游地球

<u>福格先生从那个宝贝旅行包内取出钱付给那个印度人,付如此多的钱简直就像在挖路路通的五脏六腑。</u>【写作借鉴:用幽默的语言写出了路路通心疼的样子,也说明了福格先生确实付了一大笔钱。】

福格先生邀请弗朗西斯·柯罗马蒂先生一起坐大象前往阿拉哈巴德,他非常高兴地接受了,加一个乘客也不会累坏这头巨象。

他们几个人先是到科尔比买了一些食品。弗朗西斯·柯罗马蒂先生与福格先生各自坐在两边的鞍椅上面,路路通则骑在象背上,位于他们之间。帕西族青年骑上象脖子。九点钟的时候,大象离开小镇,抄最近的路走进了一眼看不到边的棕树林。

Z 知识考点

1. 为了赶路,福格先生从贪婪的印度人那里买了一头大象,花了_____英镑。这引起了路路通的极大不满。

2. 路路通固执地不肯调表,而此时,他的表已经慢了(　　)个小时。
   A. 二　　　　　　B. 五　　　　　　C. 四

3. 福格先生在通往阿拉巴哈德的火车上遇到了谁?
   _____

Y 阅读与思考

1. 为什么火车突然停下了?

2. 福格先生一行的行进方式发生了什么变化?

第十二章

福格先生一行冒险穿过印度森林时发生的意外

[M]名师导读

　　为了节约时间,福格一行人选择了穿越茂密的丛林,但在行进途中,他们遇到了一支奇怪的队伍,他们要将一个年轻的女人杀死来殉葬,这激起了福格先生的不满,他决心救出这个女人。

　　那位带路的小伙子为了缩短路程,远离了正在修建的铁道。因为铁路线穿越弯弯曲曲的文迪亚斯山脉,不属于最近的线路,然而福格需要走的是最近的路线。帕西族青年十分熟悉这个地带的大路小道,他提议直接穿越森林,如此会少走二十多英里,几个人都同意他的想法。【写作借鉴:为节约时间,几个人选择穿越森林,这为后面的情节做了铺垫。】

　　福格先生与弗朗西斯·柯罗马蒂先生完全陷在了大象两侧的鞍椅中,只露出脖子。青年人喝令大象走得飞快,两侧的先生被颠得够呛。然而他们以英国人那种惯常的冷静,承受着这种震荡。他们几乎都不说话,并且也相互看不到对方。

　　趴在象背上的路路通受到的震荡最直接,他没有忘记主人的吩咐,避免将舌头放在上下牙齿之间,以免舌头被咬掉一块。那个青年人在象脖子和象屁股之间颠来倒去,如同杂技团的小丑在跳板上翻跟头一般。【名师点睛:众人的颠簸场景体现出森林中的路况十分不好。】他被如此

67

八十天环游地球

颠来颠去，还开心地乐个不停，不时从衣袋中拿出糖块，可爱的大象乔尼用鼻子接过糖块，丝毫不停地向前冲去。

走了差不多两个小时后，青年人让大象停下来休息一小时。他牵它到附近的山泉里喝些水，又去树林里吃了一些嫩草树枝。弗朗西斯·柯罗马蒂先生十分愿意停下来歇一会儿，他都被颠晕了。福格先生倒是非常悠闲的样子，仿佛刚刚起床。

"你可真是铁打一般！"弗朗西斯·柯罗马蒂先生非常敬佩地冲着福格先生说。【名师点睛："铁打一般"体现出福格先生非同寻常的镇定。】

"是钢铸成的！"路路通一面回答，一面在预备简单的午餐。

到上午十二点的时候，那个青年人发出了启程的信号。没有走出多远，四周的景色变得越来越荒凉。走过茂密的森林，看到了一望无际的乌梅树林和棕树林，继续向前便是看不到边的贫瘠干燥的平原地带，稀落地长着一些灌木丛，遍地都是大块大块的花岗岩。本德尔昆这一带基本上没有人居住，现在住着一些尤其疯狂的教徒，他们还严格地遵守着一些恐怖的宗教信仰。英国没有办法管制这片领地，它的权力无法延伸到这文迪亚斯山脉的茂密森林之中。【写作借鉴：福格先生一行进入了一片"法外之地"，这为接下来的事件做铺垫。】

他们已经不是一次看见一群群凶猛的印度人，这些家伙恶狠狠地盯着这头大象载着一行人从他们的面前通过。帕西族青年尽力避开这些人，因为他知道碰到他们只能是凶多吉少。这一天看到的动物非常少，偶尔见到几只猴子，它们装腔作势，做着鬼脸，然后跑去，逗得路路通直发笑。

但是路路通在为一件事情发愁。抵达阿拉哈巴德，福格先生会怎么来处理这头大象呢？牵回去？根本不可能！路费与买象的费用，已经多得让他咂舌。那么卖掉它？也许会放掉它？这头温顺的大象确实值得如此的关照。【名师点睛：路路通是一个单纯又善良的年轻人，他对待动物也同样有爱心。】倘若福格先生把它作为礼物留给路路通，那他岂不是也非常为难吗？他怎样才能不为此事操心呢？

时间到了晚上八点，他们已经越过了文迪亚斯山的大部分，接着便到北面山坡下面的一所破烂不堪的小房中歇息。

这天他们大概走了二十五英里，距离阿拉哈巴德还有同样远的路程。

深夜气温非常低，帕西族青年用枯树枝燃起了一堆篝火，几个人都被烘得热乎乎的，晚饭吃的是从科尔比买回来的食物。大家都非常累了，狼吞虎咽地吃完饭，也没有聊上几句，便都进入了梦乡。向导守在大象乔尼的身边，乔尼则靠在一棵大树旁边睡着了。

一晚上非常安全地过去了，只有几声山豹与猎豹的吼叫声打破了这深夜的宁静，偶尔也会传来猴子尖叫的声音。这些兽类只不过叫叫而已，没有一点要侵犯小房子内过路人的意思。弗朗西斯·柯罗马蒂先生因疲劳过度而睡熟了，路路通睡得很不踏实，梦见自己在大象背上翻起了跟头。福格先生则睡得安安稳稳，就如同是睡在宁静的萨维尔街的寓所里。

第二日的清晨六点，他们又继续行进了。向导计划当天晚上到达阿拉哈巴德车站。如此一算，福格先生省下的四十八小时只被用去一部分。

他们很快通过了文迪亚斯山区剩下的那几个山坡，乔尼又快步小跑起来。到了中午的时候，向导绕过位于恒河支流卡尼河边的卡兰吉镇。他一直都避开有人居住的地区，认为在人迹罕至的恒河谷低洼的旷野中行走更为可靠。阿拉哈巴德处在东北方十二英里处的位置。他们在一丛香蕉树下小憩，和面包一样营养充足、同奶油一般美味可口的香蕉让他们大饱口福。

午后两点的时候，向导将大家引进了一片延绵好几公里的茂密森林中，打算在林子中行走几英里路，他喜欢在树木的掩护下走路。不管怎么说，到目前为止，一路平安，还未碰到什么麻烦的事，这段行程或许就如此顺利地结束了。恰恰就在这时，大象站在那儿不肯前进，显露出一种不安的神色。【名师点睛：大象都被"吓到了"，看来要有不同寻常的事

69

八十天环游地球

件发生了。】

这时候已经是下午四点了。

"这是怎么回事？"弗朗西斯·柯罗马蒂先生将头从鞍椅里探出来问道。

"我也不太了解,军官大人。"向导答道,他竖起耳朵认真听着森林里混乱的声音。

片刻之后,混乱的声音越来越清楚了,仿佛是好多人的呼唤声与金属乐器的打击声音混杂在一起。

路路通也竖起了自己的耳朵,睁大了双眼,福格先生平静地等待着,什么话都不说。

向导跳下地,将大象捆在一棵树上,然后跑进密密的灌木林中。几分钟之后,他返回来了,说:"是一群婆罗门的传教士朝着这边走来了。我们必须尽可能地不被他们发现。"【名师点睛:向导如此紧张,看来"来者"不善。】

向导解开绑着大象的绳子,将它牵到密林里去,叮嘱他们千万别从象身上下来。他做好一切准备,假如逃跑,他会立即骑到象身上跑掉。不过,他认为这群教徒路过的时候不会发现他们,他们已经被茂密的树林给遮挡住了。

繁杂的乐器声与喧闹的人声越来越近了,平淡的歌声中夹杂着咚咚锵锵的锣鼓声。一群人的先头行列不久就到了距离他们藏身之处只有五十米的树林里。他们透过树枝,能够清楚地看见这群奇怪的教徒们。

走在队伍前面的是一群头戴法冠、身披花袈裟的僧人,随后簇拥着许多男女老幼。他们大唱哀歌,哀歌经常被乐器声有规律地打断。这群人的身后,有一辆大轱辘车,车厢上面刻着交错缠绕的毒蛇,车上供着一个面目狰狞的女神像,四头蒙着华丽彩披的牛拉着车。这个女神像有四条手臂,全身赤红,眼神凶狠,披头散发,吐出长长的舌头,指甲花般红色的嘴唇。她颈上挂有一条用骷髅头做成的项链,腰带是用被割断的手

臂做成的。她站在一头跪在那里的无头怪兽身上。【名师点睛：这群传教士的一切物品都是令人恐惧的，透露着残忍和杀害的讯息。】

弗朗西斯·柯罗马蒂先生认出了这具女神像。

"这位就是卡丽女神，"他压低自己的声音说道，"她是爱情和死亡之神。"

"说她是死亡女神，这我赞成，然而把她看成是爱情女神，我觉得不大可能。"路路通说道，"地道的丑老太婆！"【名师点睛：路路通的话证实了所谓"女神"的恐怖和残忍。】

向导示意大家别讲话。

那具女神像的四周有一群老僧侣，他们将身子涂满黄色的斑点，浑身布满十字形切口，鲜血不停地向下流。他们不断地蹦跳，装疯卖傻，装神弄鬼。这群着了魔似的僧人在隆重的教会上还时常争先恐后地朝车辖辘底下钻呢。

在这群僧人的身后，跟着几个婆罗门僧侣，他们身上都披有华丽的东方僧袍，拖着一位站立不稳的女子往前面走。

这是个年轻的女子，皮肤白嫩，看起来像个欧洲人。她的头、颈、肩、耳朵、手臂、手指和脚趾上都戴有各式各样的饰物：项链、手镯、耳环和戒指。她身着绣有金线的贴身胸衣，身披透明的纱衣，呈现出她那优美的体态。

在这个漂亮女郎的后面，紧紧跟随着一群士兵，形成了明显差距。他们腰中别着出鞘的军刀，手持镶金的长柄手枪，抬了一顶轿子，轿内装着一具尸体。

死的是一位老者。他和生前一样，穿着土王的豪华衣服，脑袋上缠着珍珠头巾，外披带金线的丝绸袍，腰扎缀满宝石的羊绒腰带，还佩戴土王专用的漂亮兵器。

然后是乐队和狂热信徒的队伍。他们的高声叫嚷盖过了乐器声，他们走在整个队伍的最后。

弗朗西斯·柯罗马蒂先生非常气愤地看着这群络绎不绝的人，转向

八十天环游地球

向导说:"这是在举行殉葬仪式!"【名师点睛:弗朗西斯先生的话透露了这群传教士举行疯狂而野蛮的仪式的原因。】

向导对此表示赞成,并且把手指放在了嘴唇上。浩浩荡荡的队伍缓慢地在树下走着,终于消失在不远的密林之中。

歌声渐渐地听不到了,有时会传来几声尖叫。喧嚣了一阵后,所有的一切恢复了平静。

福格先生听到了弗朗西斯·柯罗马蒂先生所说的话,等队伍完全消失以后,他问道:"殉葬是什么呀?"

"殉葬吗?福格先生,"弗朗西斯·柯罗马蒂先生回答道,"就是说要拿活人做陪葬。您刚才看见的那个年轻女子明日清晨会被活活地烧死。"

"噢!这群混蛋!"路路通不觉大声叫道。【写作借鉴:语言、神态描写,路路通被这种可怕的风俗气坏了,这体现了他的善良和正义感。】

"那死的是什么人?"福格先生问。

"是一个土王,也是她的丈夫。"向导回答他,"这个人是本德尔昆独立出来的一个土王。"

"什么原因?"福格先生说道,他看起来非常镇静,"难道还准许有如此粗暴的习俗在印度流传着吗?英国人就不会管一下吗?"【名师点睛:福格先生一向镇定,即便听说了让他愤怒的事情,他也是一副镇定的样子。】

"在印度的大部分地区,"弗朗西斯·柯罗马蒂先生说,"事实上早已取缔了这种野蛮的殉葬风俗,但是这样的偏远地带我们控制不了,尤其是本德尔昆。文迪亚斯山区北部地区变成了杀人抢劫者的天堂。"

"倒霉的女人!"路路通低声说道,"会被焚烧致死!"

"不错,"弗朗西斯·柯罗马蒂先生说道,"活活地被烧死。假如她不这样做,她的亲友们就会叫她以后的生活更为悲惨。他们可以把她的头发剃光,让她只吃几块饭团为生,还有可能将她逐出家门。她会被看作是恶魔的化身,最后像狗一般死在某个角落中。这不幸的将来促使这些倒霉的女人只有选择死,却不是为了爱情与信仰。有些时候,殉葬确实是心甘情愿的,必须要由政府来强烈干预才可以阻止她们。头几年我在孟买居住的时候,一位遗孀恳请总督大人允许她给丈夫殉葬。如同你们所愿,总督拒绝了。那位遗孀走出了孟买,藏到了独立土王的领地,她陪葬的愿望得以实现。"

弗朗西斯·柯罗马蒂先生在讲述这些事情时,向导不住地摇晃着自己的脑袋,待他说完后,向导便迫不及待地说道:

"明日早晨去陪葬可并非她心甘情愿。"

"您清楚情况吗?"

"本德尔昆的全部居民都清楚。"向导回答他。

"然而这位倒霉的女子好像没有任何反抗。"弗朗西斯·柯罗马蒂先生说道。

"他们已经叫她喝了许多的大麻与鸦片。"

"他们会把她拖到哪儿去呢?"

"拖到皮拉吉庙,距离这里差不多有两英里。她需要在那里待上一晚,等着明天的陪葬。"

"殉葬什么时候开始?"

"明日,天刚发亮就会动手。"

向导说完之后,便将大象从密林里领出来,他重新坐在了象脖子上面。正在他打算吹口哨催促大象前进的时候,福格先生喊住了他,并冲着弗朗西斯·柯罗马蒂先生说:"我们去救那个可怜的女子,如何?"

"<u>你说去救出那个女子? 福格先生!</u>"弗朗西斯·柯罗马蒂先生被吓坏了。【写作借鉴:运用对比的修辞手法,面对即将被害的陌生女子,向来文质彬彬的福格先生与军旅出身的弗朗西斯先生形成了鲜明对比,高下立见。】

"我剩下的时间还有十二个小时,应该能够救她出来。"

"我的上帝啊! 您真是太仁慈了!"弗朗西斯·柯罗马蒂先生说。

73

八十天环游地球

"有时是这样，"福格先生只是说了这么一句，"倘若我有时间那样做。"

知识考点

1. 为了节约时间，向导没有选择正在修建的_____沿线，而是直接穿越_____，这样会少走_____多英里的路程。
2. 在法律上，那种野蛮的殉葬风俗早已经被取缔了。（　　）
3. 路路通为什么把"死亡女神"称为"地道的丑老太婆"？

_____
_____
_____

阅读与思考

1. 弗朗西斯·柯罗马蒂旅长对于即将被执行殉葬的女人的评价，有何深意？她们真是为了爱情和信仰而死吗？
2. 向来文质彬彬的福格先生为什么会做出救人的决定？

第十三章

路路通证实勇敢之人吉星高照

M 名师导读

福格先生的环球之旅已被耽误了一天,但眼前的女子还是引起了几位善良人的同情。他们决定救出女子,但疯狂的教徒们把守很严,幸好有路路通的灵机一动……

这个救人的设想是非常大胆且困难重重的,也可以说是不可行的。福格先生也许会为此而危及自己的性命,也可以说是拿他的自由去冒险,自然也会影响到他实现那个环游地球的计划。【写作借鉴:剖析福格先生的内心,同时为下文情节做铺垫。】然而他决定要如此做了。并且他觉得弗朗西斯·柯罗马蒂先生肯定会成为他的得力助手。

而路路通,无论让他做什么他都会毫不犹豫,主人的提议使他大感兴趣。主人那冷酷的外表下显露出一颗有激情的心,是个非常善良的人,他更加爱戴他的主人了。

就剩下向导一人了,他会选择怎样做呢?他是不是赞成本地人的这种残酷的做法呢?倘若他不支持,至少要让他保持中立。

弗朗西斯·柯罗马蒂先生直截了当地问了他这个问题。

"长官大人,"向导回答,"我属于帕西族,这个女人也是。您就尽管下命令好了。"

"真是太好了,小伙子。"福格先生说道。

"然而,你们一定要明白,"他说道,"我们不仅要冒生命危险,倘若让

八十天环游地球

他们逮住了,肯定会受到严刑拷打。就这些,明白了吗?"

"那是自然。"福格先生回答,"我觉得我们必须等到天黑再去救她出来。"

"我也如此认为。"向导说。【写作借鉴:对话描写,几个人的对话让我们看到他们的善良和勇气。】

这位可敬的印度人将那位女子的事情详细地讲了一遍:她是个漂亮的印度女郎,临近的人都知道她长得非常美丽,是帕西族人,孟买富商的千金。她在孟买受到的是纯粹的英式教育,生活习性与风度教养跟欧洲人一样。别人都叫她艾达。

她的父母都已经去世了,她违心地嫁给了这位本德尔昆的老土王。结婚刚刚三个月,丈夫就去世了。她清楚自己的命运是什么,于是就逃了出来,然而马上又给逮了回去。老酋长的亲属执意要她殉葬,很显然她是逃不过这次劫难了。【写作借鉴:简要的叙述,向我们介绍了艾达的背景和处境,令人唏嘘。】

向导说的这番话让福格先生跟他的伙伴们更坚定了去救她出来的决心。向导将大象牵到了皮拉吉庙附近,尽量离寺庙近些。

半个小时之后,他们在距寺庙五百步的灌木林中隐秘地藏了起来。他们看不清楚寺庙,然而教徒们狂热的呼叫声倒是听得非常清楚。

然后几个人商议怎样才能靠近艾达。向导对于皮拉吉庙的情况非常熟悉,他肯定那个女子就被关在里面。是应该等到那些家伙喝得醉醺醺鼾声四起的时候,找一扇门溜进去呢?还是在墙上面打个洞钻进去呢?这一切都需要立即拍板。【名师点睛:连续的疑问表明了情况的紧急和四个人的迷茫。】营救计划必须在今晚进行,否则天亮之后,倒霉的女人就会被带去受刑。那个时候,无论如何也不可能挽救她的性命了。

福格先生和他的伙伴心情迫切地等待天黑下来。大约六点的时候,天刚刚擦黑,他们就开始了营救的行动,首先去打探寺庙周围的情况。此刻,那群僧人已经不喊叫了。按照本地的习俗,这群印度人饮了"汉酒"——用鸦片汁掺竺麻汤做成的酒,他们喝得醉醺醺的,此刻有机会从他们中间穿过去溜进庙里。

向导领着福格先生、弗朗西斯·柯罗马蒂先生及路路通,悄然无声地越过树林,在灌木林里摸索着前行了大约十分钟,然后来到了一条小河边。通过铁制火把燃烧的树脂放出的光,他们发现了那儿用木材架成的火葬坛,这就是焚火场,是用浸过香油的稀有的檀香木做成的。上面摆放着熏过香的酋长的尸体,那女子必须和这尸体一块被烧死。皮拉吉庙到焚烧场仅有百步之遥,通过树枝能够看见矗立在黑暗里的塔尖。

"上这边来。"向导低声说。

<u>他带着这些人非常谨慎地穿过野草丛。</u>

<u>宁静的夜里仅可以听到风吹树叶时发出的沙沙声。</u>【名师点睛:行动开始了,四个人都极其小心谨慎,生怕打草惊蛇。】

很快,向导就在一块空地的边缘停住脚,空地在几根树油火把的映照下亮堂堂的。地上躺满了喝醉的人,仿佛是布满死尸的战场。有男有女,有老有幼,还听见有人打鼾的声音。

通过树林深处的缝隙,模糊可见皮拉吉庙的宝顶。<u>向导感到非常失望,因为在熊熊燃烧着的火把的照耀下,可以看到酋长的卫兵,手持军刀守在庙门口,而且还来回地巡视,可以想象出寺庙里肯定会有僧侣把守。</u>

<u>年轻的帕西小伙子停住了,硬闯进去是办不到了,他示意几个同伴向后退去。</u>【名师点睛:明晃晃的火把、锋利的军刀及层层的守卫,无不为这次行动渲染出紧急危险的氛围。】

福格先生与弗朗西斯·柯罗马蒂先生和向导想的一样,想从这儿进去是不可能的。

他们停下来商议计策。

"再等一会儿吧,"弗朗西斯·柯罗马蒂先生说,"现在刚八点,不久<u>这些卫士就会打瞌睡的。</u>"

八十天环游地球

"说得也对。"向导说道。

福格先生和他的同伴们躺在一棵大树下面，等待着时机的到来。

他们显得有点着急了！向导不时地走到他们所在的树林边去观察动静。卫士们总是在火把的映照下把守着，寺庙的窗子里也映出一束昏黄的暗光。

他们始终如此地守候着，直等到半夜，情况一点没有好转，寺庙门口的那些卫士始终坚如磐石。看来想让卫兵打瞌睡是靠不住的。大概他们没有喝"汉酒"，所以他们不可能昏睡过去，只能另辟蹊径，从寺庙墙上打洞钻进去。但是现在关键是不知道里面的僧人是否和外面的卫兵一样认真谨慎地守护着那个可怜的女人。

他们终于商量妥了，向导说立刻动身，福格、弗朗西斯·柯罗马蒂先生、路路通紧随其后。他们拐了一个很大的圈子才从旁边进入了寺庙。

午夜十二点的时候，他们来到庙墙脚下，途中一个人也没有碰到，这儿连一个卫兵都没有，可是看不到门窗。

夜漆黑得伸手不见五指，一弯残月刚刚躲入了乌黑的云层之中，高耸入云的大树更显出夜的阴暗恐怖。【写作借鉴：环境描写，阴森恐怖的黑夜衬托出福格先生一行人的英勇。】

然而只是来到庙墙边还不行，还必须在墙上钻个孔。然而福格先生和他的伙伴们手里仅有一把小刀算是钻洞的器材。多亏墙是由砖和木头混合做成，掘起来比较容易一些。一块砖挖掉后，剩下的就容易对付了。

几个人始终在挖，尽量做得无声无息。帕西青年与路路通一块接一块地撬松砖头，打算挖开一个两英尺大的洞。

洞撬得非常顺利，这时庙内突然传出一声尖叫，然后庙门外也有叫喊声与其呼应。

路路通与向导不挖了。难道是被发觉了？这是在传递信号？不管怎样，还是先退出去的好，福格先生、弗朗西斯·柯罗马蒂先生、路路通与向导立即退了出来，重新躲进树丛里，等到警报解除，再继续挖。

然而真够倒霉的,寺庙旁边也布上了岗哨,再去寺庙跟前就不可能了。

他们的计划没有了希望,真是难以形容他们那种难过劲。如今他们全无法子靠近那个可怜的女人,如何能够救出她呢？弗朗西斯·柯罗马蒂先生气得挥动着拳头。路路通也是气愤至极,向导也竭力控制着自己的怒气。沉着冷静的福格先生还在等待,从他的表情里看不出他心里有任何的反应。【写作借鉴:面对突发情况,几个人被迫停止,气愤不已,但路路通等人的气愤恰好衬托了福格先生的冷静。】

"我们不得不离开了。"弗朗西斯·柯罗马蒂先生低声说道。

"我们必须走了。"向导说。

"再等等吧。"福格先生说道,"只要能在明天上午之前赶到阿拉哈巴德就可以了。"

"您还指望干什么？"弗朗西斯·柯罗马蒂先生问,"再待几个小时,天就亮了……"

"失去的时机在最重要的时刻还会出现的。"

弗朗西斯·柯罗马蒂先生真的希望自己能够从福格先生的眼神中看懂点什么东西。

这个异常冷静的英国人还在等什么呢？他是不是计划着焚尸的时候朝着那个女人跑过去,在众目睽睽之下将她的性命从屠刀之下抢回来呢？

这简直是太荒唐可笑了,没有人会想到此人竟是这样一个傻瓜？然而,弗朗西斯·柯罗马蒂先生还是同意一直等到这场惨剧结束为止。向导不允许几个人藏在这个地方,他领他们回到了刚刚躲藏的空地的边缘,从那儿可以观察到那些正在熟睡的人们。

这时,路路通骑在一棵树的树枝上,他脑中忽然想出一个办法。但是他很快又否定了这个想法。【写作借鉴:设置悬念,灵机一动的路路通想到了什么办法呢？】

他开始自言自语道:"这太不可思议了！"后来他又重复道:"为何不

八十天环游地球

去试一下呢？这可是一次机会，大概是唯一的一次机会了。再说，这帮愚蠢的东西……"

无论如何路路通决定这样做了，不可以再拖延时间了，他蛇一般灵巧地从那棵小树上溜了下来，差点把树枝都给压断了。

时间分分秒秒流逝了，天就要亮了，然而大地仍然一片黑暗。

焚尸的时刻已经来到了。那些睡过去的人又醒了过来，人们开始喧闹了，锣鼓声响了起来。【写作借鉴：场面描写，天亮了，疯狂的信徒们醒了，殉葬仪式也就要开始了。】再一次传来了歌声与呼喊声——不幸的女人就要被活活烧死了。

此刻，寺庙门被打开了，里头射出耀眼的亮光。福格先生同弗朗西斯·柯罗马蒂先生看见了那个女人，火光把她照得很亮，两个刽子手正把她向外拖。这个倒霉的女人仿佛在做生命里最后的挣扎一般来抵制麻醉药的药力，努力地想挣脱杀人魔王的手。弗朗西斯·柯罗马蒂先生的心剧烈地颤抖起来，忍不住抓住了福格先生的手，此刻他看见了福格先生手里正抓着一把打开的刀子。【名师点睛：面对这悲惨的一幕，即使是久经沙场的弗朗西斯先生也忍不住颤抖，而福格先生更是做出了拼命的架势。】

此时人们又开始骚动起来，那女人又被大麻的烟熏得昏过去了。她被拽着越过了那些念着经文的僧人。

福格先生和他的伙伴们夹杂在人群的后面，跟随在她的身后。

两分钟之后，他们来到河边，在离焚烧场仅五十步远的地方不走了。土王的尸首在柴堆上已经安放好了。昏暗里，他们看到了那个意识全无的女人倒在了自己丈夫的尸体旁。

然后一支火把点燃了柴堆，淋上油的柴堆立刻呼呼地燃烧起来。

福格先生不顾一切地冲着柴堆扑去，是向导与弗朗西斯·柯罗马蒂先生拼命地拉住了他……

福格先生奋力地推开了他们，就在这时，事态完全变了，一声恐惧的

80

叫声响起,有的人被吓晕过去,所有的人都跪在地上。

是老土王复活了,有人看见他猛地如鬼一般起来了,双手抱起年轻女人,从柴堆上走了下来,烟雾弥漫着更增添了一股恐怖的气息。

僧人们、卫兵们全被吓傻了,面朝黄土地跪在那儿,没有任何人敢去正视这样的神奇景象!

那健壮的双臂举起昏迷不醒的女人,看起来轻松自如。福格先生与弗朗西斯·柯罗马蒂先生站在那里也被吓呆了,向导也低下头,大概路路通早被吓得茫然不知所措了……

这个突然醒来的土王冲到了福格先生与柯罗马蒂先生跟前,非常迫切地说道:

"快点离开!"

原来那人是路路通!他趁着滚滚浓烟偷偷地来到柴堆旁,借着昏暗夜光的掩护,把这个女人从刽子手那里救了出来!他居然胆大包天地假装成土王,成功地吓傻了那些疯狂的信徒。【名师点睛:此处照应上文,多亏了路路通的灵机一动,才能以奇妙的方式救出了可怜的女子。】

很快,他们几个就消失在树林里,大象载着他们几个奔驰而去。然而身后传来了叫喊声,还射过来一颗子弹打穿了福格先生头上的帽子,肯定是他们的诡计被那些人识破了。

原来,正在燃烧的柴堆上仍然放着老土王的尸体。慌乱之中,僧人们恍然大悟,是有人劫走了那个可怜的女人。

他们快速冲入树林,卫兵们也是穷追不舍。胡乱地放着空枪,然而劫人者速度飞快,没用多长时间就避开了子弹与弓箭的射程。

Z 知识考点

1. 救人的形势非常危急,因此,福格先生一行人决定在_____的时候开始营救行动,他们无奈地选择了挖洞的办法来救出女子,他们唯一的工具是_____。

八十天环游地球

2. 危急关头,想出妙计,救出女子的人是(　　)。

A. 旅长　　　　　　B. 福格先生　　　　　C. 路路通

3. 弗朗西斯·柯罗马蒂和福格先生在面对女子即将被"行刑"时有什么样的表现?

_____

_____

_____

阅读与思考

1. 面对如此恶劣的情况,福格一行人为什么不报警呢?

2. 路路通总能想出一些"出其不意"的办法,这说明了什么?

第十四章

福格先生无心去领略美丽的恒河谷风光

M 名师导读

营救行动大获全胜,而众人也面临着分别:向导带着大象离开了,弗朗西斯·柯罗马蒂先生也到了自己的目的地。此刻,只剩福格先生和路路通及被救的艾达夫人了,福格先生会如何安顿艾达夫人呢?

他们终于冒险实现了救人计划。一个小时过后,路路通还沉浸在胜利的喜悦里,高兴极了。弗朗西斯·柯罗马蒂先生使劲地抓住这个勇敢的小伙子的手,向他道贺。他的主人只向他说了声"很好"。这位先生能说出"很好"来,已经是最高的评价了。【名师点睛:路路通的办法机灵巧妙,得到了同伴的夸奖,就连一向内敛的福格先生都忍不住夸他。】路路通听了主人的夸奖说道:"此事的功劳都属于我的主人,我不过是耍了一个花招罢了。"他一想到刚才那一幕,自己这位以往的体操教练、消防队长一晃变成了漂亮女人的丈夫,变成土王的熏香尸体,便高兴极了。

然而那个年轻的印度美女,还不清楚眼前的一切事情。现在她被包上旅行大衣躺在鞍椅里呢。

在帕西族青年熟练的指引下,大象在黑暗的树林里飞快地奔驰着。过了一段时间,他们已经到了一片辽阔的草原上。【名师点睛:帕西族青年有着高超的驯象技术,再加上众人急需离开这里,因此,行进速度很快。】七点钟,他们暂时停下来歇一会儿,美丽的女人一直处于昏迷不醒的状态。向导向她嘴里喂了一点水和白兰地,可是此事对她的伤害太大

八十天环游地球

了，她一时半会儿还无法从昏迷中醒过来。

弗朗西斯·柯罗马蒂先生了解大麻的麻醉性，已不再对这美丽女人能醒过来怀有担心的心理，但是他依然担心这个漂亮女人未来的归宿。他对福格先生说，假如艾达夫人留在印度，她必然还会重入虎口的。这些无法无天的杀人狂遍及全印度，无论是马德拉斯、孟买和加尔各答，他们肯定能找到要抓的人，英国政府也没有办法处置他们。弗朗西斯·柯罗马蒂先生为了说明这个问题，专门讲了前不久发生的一个相同事件。依他看来，这个美丽的女人一定要离开印度才会平安无事。

福格先生表示说他会考虑弗朗西斯·柯罗马蒂先生讲过的问题，会想尽一切办法处理好这件事。【名师点睛：一向谨慎又周全的福格先生早已想好了安顿艾达夫人的方式了。】

十点钟光景，向导对他们说快抵达阿拉哈巴德了。自阿拉哈巴德坐火车，花费二十四小时就可以到达加尔各答了。

福格先生一定要准时抵达加尔各答，才能赶上次日——十月二十五日开往香港的船只。

将那美丽的女人放在车站的一个候车室里，路路通去帮她买梳洗用具、裙子、围巾、裘皮大衣等他可以买得到的一切东西。他的主人对他花钱的数目从不限制。【名师点睛：福格先生善良又细心，对待这位"落难的女子"也非常大方。】

路路通立即行动，他把城里的街市走了个遍。阿拉哈巴德是一座圣城，属于印度最尊贵的城市，原因是它建在两条名河——恒河和祖姆纳河的交汇处，全印度半岛的朝圣者都到这里来。根据《罗摩衍那圣传》可知，恒河里的水来自于上天，多亏有了婆罗门，此河才流到人间。

路路通趁买东西的机会，转遍了整座城市，以前有一座壮观的堡垒守护着这座城，现在那堡垒变成了监狱。以前工商业繁华的景象现在都已经消失了。路路通费尽力气没有找到一家百货商店，最后只好在一间犹太老头开的旧货店，购买了一条苏格兰式的长裙、一件大披风、一件漂亮的皮毛大衣。他毫不犹豫地付了七十五英镑,接着他怀着胜利的喜悦回到车站。【名师点睛:"毫不犹豫""怀着胜利的喜悦"等短语写出了路路通的善良和兴奋之情。】

美丽的艾达逐渐苏醒过来了。皮拉吉庙中的僧人们给她灌的酒的作用渐渐消失了,她那美丽的大眼睛又开始放射出印度美女那温柔的目光。

印度诗王乌萨弗·乌朵尔在赞美阿美娜加拉皇后的漂亮时是如此写的:

她那闪亮的秀发分作两半,
衬托出娇艳而白皙的脸颊。
乌眉好像爱神卡丽的弯弓,
水汪汪两眼在长睫下闪烁,
黑亮眸子射出圣洁的光芒,
像碧波荡漾喜马拉雅圣湖。
颦然笑出整齐细白的玉齿,
如石榴花晶莹剔透的露珠,
玲珑的耳朵和红润的纤指,
及丰满柔嫩的莲花般小脚,
是全锡兰最为美丽的珍珠,
各尔贡最漂亮宝石的光芒。
腰姿纤细一只手便可搂过,
衬出柔润细腰和丰满酥胸,
露出了如花少女宝贵之处。
透过紧身胸衣软软的皱褶,
仿佛出于维瓦卡尔马神手,
用纯银雕塑成的永恒塑像。

实际上用不着这么多形容词,这个本德尔昆土王的遗孀——艾达夫人已经够迷人的了,完全与欧洲人的审美观点相符。她能说纯正的英

八十天环游地球

语,向导说过这个帕西族女青年受的教育使她完全改变了,这么讲一点也不夸张。

火车立刻就要从阿拉哈巴德离开了,向导等着福格先生的报酬呢。福格先生按讲妥的价钱一分不差地付给了他,对这位忠诚的向导表示感谢。在皮拉吉庙的冒险活动中,帕西族青年敢于冒生命危险,假如印度人发现了,肯定不会轻易放过他的。

然后就是如何处理乔尼了。这么多钱买来的大象怎么处理呢?

福格先生好像早就打算好了。【名师点睛:福格先生讲信用,同时又十分慷慨大方。】

"年轻人,"福格先生对向导说,"你办事尽心尽力,忠诚老实,你的努力我已给你报酬了,但是你的忠诚我还没有回报。你想要这头大象吗?它归你了。"

向导高兴得两眼发亮。

"先生,您给我的可是一大笔财富啊!"向导喊道。

"不要客气!"福格先生说,"就算这样,你的人情我还没有还清呢。"

"太好了!"路路通说,"牵它走吧,我的朋友,乔尼是头忠实而勇敢的牲口。"

他走近大象,拿出一块糖来给它,一边说:

"吃吧,乔尼,吃,吃吧!"

大象满足地哼哼着。它立刻拿鼻子卷起他,将他举到了空中。路路通丝毫不害怕,亲切地拍打着它,大象又轻轻地将他送回地面,对于大象举起他,路路通握住了它的鼻头,以示感谢。【写作借鉴:动作描写,通过几天的相处,路路通已经和大象建立了深厚的感情,这一场景就是最好的证明。】

过了一会儿,福格先生、弗朗西斯·柯罗马蒂先生和路路通坐到了舒适的车厢中,艾达夫人的位子最好。火车飞快地向贝那莱斯驶去。

他们仅用了两个小时,就已经远离阿拉哈巴德了,现在距离阿拉哈巴德已经有八十英里了。

在这行程中,艾达夫人完全清醒了,"汉酒"的效力不起作用了。她发现自己在火车上,身穿欧洲风格的衣服,同陌生人坐在一个车厢里,这让她很惊奇。

起初,她身边的人无微不至地照顾她,让她喝点饮料来振作精神;接下来弗朗西斯·柯罗马蒂先生又对她讲了发生的一切。他特别强调了福格先生解救她的诚意,为了解救她可算是冒着生命危险;他又谈到了是路路通的大胆主意才防止了一场悲剧的发生。

福格先生一言不发,任凭弗朗西斯·柯罗马蒂先生去讲。路路通很不好意思,一个劲地说:"不值一提!"【名师点睛:面对弗朗西斯先生的夸奖,福格先生依然淡定,而路路通则显露出可爱和羞涩的一面。】

艾达夫人感激地向恩人们致谢,她没有说话,是用眼泪来表达的。她美丽的眼睛比她的嘴更能完全表达出她的感情。此刻,她回忆起了火葬的情景,觉得在印度大地上她将面对数不尽的危险,她害怕地发起抖来。【名师点睛:被救的艾达夫人无以为报,只用眼泪来表达自己的感激之情,而痛苦的回忆依然存留在艾达夫人的心中。】

福格非常明白艾达夫人的心情。为了让她放心,他提出把她带到香港,她可以一直留在那儿等事情彻底平息了再返回印度,他讲这些话时依然一脸平静。

艾达夫人对福格先生的建议非常感谢,也同意了。她正好在香港有个亲戚。那个亲戚也是帕西人,是香港的富商。香港已经是一座英国化的城市了,即使它是中国海岸的一角。

正午十二点,火车停在了贝那莱斯,婆罗门教认为这里是卡西城的旧址,过去的卡西城就如同穆罕默德的墓穴一样位于天地之间。但是在如今的年代里,东方学者认为贝那莱斯这个印度古老的都市,也是普普通通,没有什么特殊之处。路路通偶然发现了城中的一些瓦房和茅草房,这些建筑物看起来非常荒凉,根本没有一点特别的地方。

▶ 八十天环游地球

　　弗朗西斯·柯罗马蒂先生停下来不再继续向前走了,他的部队就驻扎在城北大约几英里之外。弗朗西斯·柯罗马蒂先生向福格先生告别,祝福他一切平安,并且希望他再次旅游时,不用这么古怪的形式,而是通过旅行开阔眼界。福格先生冷淡地握了握他的手。艾达夫人给了他真挚的祝愿,她永远也不会忘记弗朗西斯·柯罗马蒂先生的救命之恩。路路通和旅长热情地话别,他觉得十分荣幸。兴奋的路路通在考虑何时再见到旅长大人,几个人便如此分开了。

　　从贝那莱斯离开,火车沿着恒河谷前进。气候不错,透过车窗向外看,可以看见贝哈尔多变的景象！茂密的群山,长满了麦子和玉米的田野,聚集着淡绿色鳄鱼的河流和池塘,洁净的村落,翠绿的树林。有些大象和犀牛在圣河里洗澡,尽管秋天未到,可温度已经很低了,一群男男女女在圣河里虔诚地接受洗礼。这群男女都是佛教的死对头,疯狂地崇拜婆罗门教。婆罗门的三个子孙分别是：太阳神维斯奴、万物生灵的主宰希娃和卜拉马。不过,在汽船鸣响了汽笛,从恒河上飞驶而过,弄脏了圣水,惊动了在水面低飞的海鸥、岸边成群结队的乌龟和附近虔诚的教徒时,卜拉马、希娃和维斯奴又将怎样看待这个被英国同化了的印度呢？

　　这一切都如闪电般地闪了过去,偶尔这美丽的风景被浓烈的烟雾挡住了。乘客们隐约可见二十英里之外的贝哈尔土王的城寨——苏纳尔城堡,加兹普,还有一些著名的香水厂,科瓦利斯勋爵的墓地位于恒河的左边,防御工程牢固的城市布萨尔,印度的工商业重镇和重要的鸦片交易所帕特纳城,欧化的蒙吉尔城,好像是英国的曼彻斯特和伯明翰,靠冶炼和打制金属兵器而闻名。<u>工业发展之城的上空到处是浓浓的黑烟,把空气弄得一塌糊涂,如此美丽的国家的上空飘浮着这样的烟雾简直大煞风景！</u>

【名师点睛：对于工业化所带来的弊端,作者给予强烈的批判。】

　　夜幕降临了,火车在飞速行驶,虎、熊、狼等野兽在火车前边咆哮着,逃窜着。乘客们无法看到孟加拉的美景、成为废墟的各尔贡、古城穆尔希达巴、布尔敦、乌各里、法属尚德纳戈尔,路路通要是可以看到迎风飞舞的祖国的旗帜,他肯定特别自豪!

第二日早上七点,火车到达了加尔各答,开往香港的船在上午十二点准时起锚。福格又有了富余的五个小时。

按照他的日程表,这位先生应该在十月二十五日到达印度首都加尔各答,恰好是出发后的第二十三天。他如今是如期抵达,没有超前也没有延后。可惜的是把由伦敦到孟买的路上节省下来的两天时间都用在了横穿印度半岛上了,我们都清楚是如何花费的,我们觉得福格先生是不会为这个抱憾的。【名师点睛:虽然计划有被延迟的危险,但是福格先生毫无怨言,所幸的是,福格先生依然赶上了自己的计划。】

Z 知识考点

1. 帮助福格先生一路穿越丛林、到达阿拉哈巴德的大象的名字叫作_____。阿拉哈巴德是一座圣城,属于印度最尊贵的城市,它位于_____河和_____河的交汇处。

2. 福格先生为了感谢帕西族青年,不仅支付他大笔的报酬,还把大象送给他了。(　　)

3. 为什么作者觉得福格先生不会为浪费时间而抱憾?

Y 阅读与思考

1. 作者设置艾达夫人这一人物形象,有哪些作用呢?
2. 福格先生是如何安顿艾达夫人的?

八十天环游地球

第十五章

福格先生的钱袋又吐出了数千英镑

M 名师导读

菲克斯侦探注定是福格先生环球之旅中的一个"麻烦制造者",这不,他又耍花招将福格先生送上了法庭。为了避免耽误行程,福格先生毫不犹豫地认罪、交保释金……

火车驶进车站了。路路通头一个跳下来,接着是福格先生扶着艾达夫人下了车。福格先生打算径直到那艘开往香港的船上去,将艾达夫人安排好。假如艾达夫人还没有离开这个危机四伏的地区,他就必须寸步不离地保护她。

正在福格先生准备走出车站时,一个警察走过来说道:

"阁下是菲利亚斯·福格先生吗?"

"是的"。

"他是您的仆人吗?"警察指着路路通问。

"是。"

"劳驾二位随我来一趟。"【名师点睛:福格先生刚下火车便遇到了专门等待他们的警察,等待他们的是什么呢?】

福格先生丝毫没有表现出惊讶。警察就代表法律,每个英国人都知道,法律是神圣不可侵犯的。路路通仍然保持着法国人的习性,想争辩理论。警察用警棍敲了他一下,福格先生示意他不要反抗。

"我们能带上这位年轻的夫人吗?"福格问警察。

"当然可以。"警察说。

一行三人被警察带到了一辆两匹马拉着的四轮马车前。几个人就这样被带走了,一路上谁也没开口说话,估计走了有二十分钟才到达目的地。

马车首先通过了"黑区",这条路很狭窄,两旁全都是破旧肮脏的房屋,居住着乱哄哄的穷人,他们全都穿得破破烂烂的,脏乱极了;随后又穿过"欧化区",处处是亭台楼阁,椰树成荫;即使还是清晨,路上也可以看到奔驰的豪华马车和威武的骑兵了。

马车将他们带到了一幢房子前面,这栋房子显得很普通,可不像是私人住宅。警察让他的罪犯们——我们应该这么称呼他们——下车来,把他们领到一所带铁窗的房间中,对他们说:

"你们等候八点半欧巴迪亚警官的庭上审讯吧。"

说完他就关门走开了。

"真倒霉!把我们抓住了。"路路通一边嚷着,一边无力地倒在一张椅子中。

艾达夫人也马上对福格先生说:

"先生,"她极力克制自己的激动情绪,"您不要再照顾我了!是我连累了你们。都是因为我!"

福格觉得这是不可能的。不可能因为阻止了殉葬之事而被抓,绝对不可能!那些家伙胆敢跑到这儿来告状?一定弄错了。福格先生还强调不管怎样他也不会丢下艾达夫人的,他非把她护送到香港不可。【名师点睛:福格先生有理有据,而他对艾达夫人的保护也体现了他的责任感和信用。看来他们"犯"了别的事。】

"可是十二点就开船了。"路路通提醒主人。

"十二点我们一定会在船上的。"这位面无表情的先生肯定地说道。

老爷讲得如此肯定,路路通忍不住对自己说:"对,肯定能做到!十二点我们一定能赶到船上!"【名师点睛:路路通内心很害怕,他只能不

91

八十天环游地球

<u>断地寻求自我安慰。</u>但是他内心一点把握都没有。

八点半时，房间的门被打开了。警察走过来把他的罪犯们带到旁边的屋子里。这里是审判法庭，听众席上坐满了欧洲人和当地人。

福格先生与他的两位伙伴坐到一条长凳子上，同法官和记事员的位子正好相对。

<u>不一会儿，欧巴迪亚审判长就进来了，接着书记员也来了。这个审判长是位圆溜溜的胖子。他取下了挂在墙上的假发，轻松地戴在头上。</u>

"第一个案件。"他开口说。

<u>这时，他伸手摸了摸脑袋说：</u>

"这假发不对吧。"

"对，欧巴迪亚先生，那是我的。"书记员回答他说。

"我亲爱的奥斯坦布夫先生，法官大人戴了书记员的假发如何能审理好案子呢！"【写作借鉴：紧张的气氛中，加入一些轻松幽默的片段，很好地调节了气氛。】

他们把假发换了回去，这一串废话已经让路路通急死了。审判庭的时钟在飞快地转着。

"第一个案件。"审判长又重复了一遍。

"菲利亚斯·福格先生？"书记员奥斯坦布夫开始叫道。

"到。"福格先生答道。

"路路通？"

"到！"路路通答道。

"很好！"欧巴迪亚审判长说，"被告，我们在所有由孟买开来的火车中找你们整整两天了。"

"但是我们犯了什么罪？"路路通不耐烦地说。

"您马上就明白了。"审判长回答道。

"先生。"福格先生说，"我是英国公民，我有资格……"

"我们有不礼貌的地方吗?"欧巴迪亚审判长说。

"没有。"

"好了,请原告到庭。"

审判长话音刚落,门就被推开了,一名警官领进来三位印度僧侣。

"就是他们!"路路通嘀咕着,"正是这群混账要烧死艾达夫人!"

三位僧侣站在审判长面前,书记员大声朗读罪行诉状,状告福格先生和他的仆人干了玷污婆罗门教圣地的事情。【名师点睛:交代福格先生被审判的原因,但状告的理由确实与艾达夫人无关。】

"您听清了吗?"审判长问福格先生。

"先生,我听清了。"福格说,他看了一眼表,"我承认。"

"哎呀!您承认了?"

"我承认了,我看这三个僧侣如何交代他们在皮拉吉庙干的事。"【名师点睛:为了能早点结束这个审判,福格先生迅速地承认了这个无关痛痒的"罪名"。】

三个僧侣都目瞪口呆,不清楚被告在说些什么。

"对!"路路通气愤地说,"正是在皮拉吉庙,他们想烧死一个大活人!"

三个僧侣更晕乎了,欧巴迪亚审判长也非常惊讶。

"想烧死一个人?"他问,"烧谁!在孟买城里吗?"

"在孟买城里?"路路通惊讶地叫道。

审判长说:"自然是孟买城。这些僧侣不是来自皮拉吉庙,而是来自孟买的玛勒巴山宝塔寺。"

"这儿有物证,这是闯入圣地的罪犯留下的鞋。"书记员边说边拿出一双鞋放在桌子上。

"这是我的鞋!"路路通发现自己的鞋子被作为物证,忍不住喊了出来。

我们可以猜测出这主仆二人心中该有多慌乱。他们早已把孟买庙宇中的那件事忘到九霄云外去了,但是就因为它,他们被押上了加尔各答的审判庭。

93

八十天环游地球

　　实际上,侦探菲克斯早就打定主意要在路路通这件倒霉事上做文章。他推迟了十二个小时启程,到玛勒巴山庙宇中同僧侣们商量此事。【名师点睛:原来如此,捣鬼的人居然是讨厌的菲克斯。】他告诉僧侣们这个案子一定能捞一大笔钱,原因是英国法律规定要严厉处罚这种罪犯;然后他叫僧侣们赶第二班火车去追踪这伙罪犯。但是因为福格先生在途中为救艾达夫人耽误了一点时间,因此菲克斯和僧人们先他们一步赶到了加尔各答。检察院收到电报后,只等福格他们一到站就马上抓获。菲克斯得知福格先生还没抵达印度首府,他失望极了。他认为他想逮住的盗贼肯定在半岛铁路的某一站下车,藏到印度北部的某个省份去了。菲克斯心急如焚地在火车站守候了一天一夜。今天早上,他看见福格先生带了一个女人走下火车,他高兴极了,虽然他还不清楚这个女人是谁。他急忙差一个警察上去逮住他们。福格先生、土王的遗孀和路路通就这样被送上了审判庭。

　　假如路路通不如此全神贯注地关心自己的案件,他一定可以看见躲在旁听席的侦探。侦探特别关注审问的情况,这是很自然的,在这里同孟买和苏伊士一样,也同样没收到发给他的拘票。

　　此刻,书记员已经将路路通脱口而出的话做了记录,路路通竭尽全力收回自己的失言。

　　"被告对诉状都供认不讳吗?"审判官问。

　　"是的。"福格先生冷冰冰地说。

　　"此外,"审判官继续说,"根据英国法律的规定,要公平对待印度的全部宗教信仰,用法律来保护,还有被告路路通先生承认了用脚亵渎玛勒巴寺庙的违法行为的事实,法庭判处路路通监禁十五天,并罚款三百英镑。"

　　"三百英镑?"路路通大吃一惊,他对罚款数目特别敏感。

　　"肃静!"警察高声叫道。

　　"还有,"审判官接着宣布,"因为主仆两人无法用事实来说明他们不是同案犯，而且主人一定要对其随从人员的行为负完全的责任。所以，本庭判决菲利亚斯·福格关押八天，罚款一百五十英镑。书记员，审判下一个案子。"

坐在旁边的菲克斯的欣喜是无法描述的。将菲利亚斯·福格囚禁在加尔各答八天，从伦敦寄来的拘票再慢也用不上八天时间啊。

路路通傻眼了。这样的判决会使他的主人破产的。两万英镑的赌注泡汤了，所有这一切都是由他路路通瞎游乱逛而误入那个寺庙造成的！

菲利亚斯·福格看上去镇定自如，似乎判决与他无关，他甚至没有皱一下眉毛。在书记员准备宣读审判下一个案子时，他站起来说道：

"我交保释费。"【名师点睛：福格先生沉着冷静，并且丝毫没有怪罪路路通的意思。】

"您能这么做。"审判官说。

这一下菲克斯好像被当头浇了盆冷水，但当他听了审判官的一番话后又放心了。审判官说："根据菲利亚斯·福格和他仆人的外国国籍，被告一定要每人交纳一千英镑的高额保释金。"

这样一来，如果福格先生不愿意服刑，必须交纳两千英镑。

"我答应。"福格先生回答。

他从路路通背后的旅行袋中取出一沓钞票放到了书记员桌上。

"当您服役期满时肯定将这笔钱还给您。"审判官说，"现在，您可以离开了。"

"走。"福格先生对他的仆人说。

"可是也应该把鞋还给我呀！"路路通愤怒地吵着。

书记员把那双鞋还给了他。

"这双鞋可真贵呀！"他嘀咕道，"一只鞋要一千英镑！还没算上它们给我惹的麻烦！"【名师点睛：路路通对自己的行为非常悔恨，因此他

八十天环游地球

不断地嘀咕着。】

福格先生挽着艾达夫人的手臂走出法庭,倒霉透顶的路路通跟在福格先生的身后。菲克斯原本希望他要抓住的盗贼宁可坐牢八天,也不会付两千英镑的。现在他只能继续追踪福格先生了。【写作借鉴:对比描写,菲克斯的"小算盘"与福格先生的慷慨大义形成鲜明对比。】

福格先生叫了一辆马车,艾达夫人、路路通和他很快坐上了马车。菲克斯在车后面紧紧跟随着。很快,马车到达了加尔各答的一个码头上。

"仰光号"停泊在距离码头半海里远的海港里,桅杆上已经升起了启航的信号旗。时钟敲响了十一下,福格先生提前一个小时到了。【名师点睛:行程虽然发生意外,但福格先生有大局观念,慷慨解囊,他反而提前了。】菲克斯眼睁睁地看着他、艾达夫人和路路通离开了马车,坐上了小船,侦探急得直跺脚。

"这个混蛋!"他气呼呼地叫道,"他就如此溜掉了!两千英镑就这么白扔了!盗贼真是挥金如土!哎!你不管躲到天涯海角,我都不会饶过你的;你这么继续下去,盗取的钱很快就会挥霍一空了!"

侦探的想法也是正常的,自从福格先生从伦敦离开后,车费、赏钱、买大象、保释金和罚金算在一起,他足足挥霍了五千英镑。这样计算下去,即使最后把追回的赃款按规定的百分比奖励给他,他也得不到太多了。

知识考点

1. 火车进站后,＿＿＿＿＿＿第一个跳下来,接着是福格先生扶着＿＿＿＿＿＿下了车。他打算直接去开往＿＿＿＿＿＿的船上。

2. 福格先生被审判时,他并没有因为时间紧迫而随便承认对自己的指控。（　　）

3. 福格先生是如何解决服刑问题的?

阅读与思考

1. 旅途中,福格先生又遭遇了什么麻烦?
2. 福格先生是否耽搁了行程呢?

八十天环游地球

第十六章

菲克斯对别人跟他说的事假装糊涂

M 名师导读

福格先生一行顺利地登上了"仰光号",他们开始向香港进发了。执着的菲克斯侦探也再次跟踪他们。为了快速逮捕福格先生,菲克斯又想出了一个主意,打算再次利用路路通,他的计划能实现吗?

"仰光号"是东方半岛公司的巨型客船,经常往来于中国海和日本海之间。它安装有螺旋式推进器,外壳是用铁制成的,能够载重一千七百七十吨,正常功率为四百匹马力。它的时速同"蒙古利亚号"相同,但是没有"蒙古利亚号"舒适。艾达夫人的舱室根本没有福格先生希望的那么舒服。只不过航程才三千五百海里,花十一二天就能走完了,艾达夫人也不像个爱挑剔的人。

开船后的开始几天,艾达夫人逐渐地对福格先生有所了解了。她始终不忘要感激他。这个沉默寡言的先生光听她说,看起来严肃淡然,就连语调和行动都没有一点激情。【名师点睛:对于艾达夫人的感激,福格先生只是耐心地倾听,并不居功自傲,这体现了他的绅士品格。】他十分仔细地关注这位少妇:他每隔几个小时就去艾达夫人的舱里拜访一下,或许还谈一谈,也许是听她说话。他在艾达夫人面前态度谨慎而严守礼仪,像机器人一样文雅和让人惊奇,一切动作都是一个模式的。艾达夫人一点也猜不透这位绅士。路路通向她讲述关于主人的怪异脾气,他对艾达夫人讲,福格先生是因为一场赌博才来环游地球的。艾达夫人对此置之一笑,不管怎样,他救了自己,她觉得,福格先生一定会成功。【名师点睛:艾达夫人相信福格先生的人品和头脑,因此她相信他会成功。】

艾达夫人叙述的她个人的经历和向导说的相同。她的确是帕西族人,帕西族是印度各族中地位最高的民族之一。有很多帕西商人在印度做棉花买卖发了大财,詹姆斯·杰吉伯伊勋爵便是其中的一个,被英国政府授予贵族爵位。这个富商在孟买,是艾达的亲戚。艾达夫人去香港投奔的亲戚,正是这位富商的堂兄。她是否可以得到香港亲戚的收留,她自己也不知道。福格先生安慰她不要担心,一切事情都会及时准确地被处理的!他就是这么说的。

艾达夫人清楚这些吗?我们不知道。她那双像喜马拉雅山圣水一样清澈的眼睛凝视着福格先生的眼睛,可是这个衣服扣得严严实实的福格先生根本没有要跳进圣水中的意思。

"仰光号"启程后行驶得很顺利,是上帝的帮助。海员们通常称呼为"孟加拉怀抱"的辽阔海湾可以让轮船一无险阻地驶过。乘客们很快就望见了安达曼群岛的主要岛屿大安达曼岛,岛上风景秀丽的鞍峰山海拔两千四百英尺,航海家最先能看到它。

船沿着海岸边缘前进,没有看到居住在岛上的帕普阿斯人。有人称他们为最低等的人类,但是关于他们食人肉的传说是毫无根据的。

安达曼群岛的风景真是美不胜收:辽阔无际的树林覆盖了海滨,树林里有棕榈树、槟榔树、肉豆蔻、竹子、柚木、高大的含羞草和桫椤树。远处是连绵起伏的山峰,海岸上飞着无数的名贵海燕,燕窝是中国有名的一道菜肴。【写作借鉴:环境描写,作者由远及近,层次清晰地向我们展现了安达曼群岛美不胜收的迷人风光。】安达曼群岛上多姿多彩的美景在游客们眼前匆匆掠过,"仰光号"飞快地朝马六甲海峡驶去,到中国去一定要经过这里。

那位跟踪别人被迫跟着环球旅行的菲克斯在此期间在干什么呢?

八十天环游地球

在从加尔各答出发之前，他嘱托当地警局说假如伦敦邮来了拘票，请马上转寄香港。然后，他踏上了"仰光号"。菲克斯避开路路通，原因是他无法解释清楚他为什么也在去香港的船上，路路通以为他待在孟买了。但是情况发生了转变，他又遇到了这个老实的小伙子，是怎样碰到的呢？我们立刻告诉你。

<u>侦探菲克斯寄一切希望和梦想于地球上的这个点——香港。船停留新加坡的时间太短，无法在那里解决问题。因此逮捕行动只有到香港去完成了，否则的话，盗贼会永久地逍遥法外，没法处罚他了。</u>【名师点睛：交代菲克斯侦探跟随福格先生到香港的原因。】

那时香港属英国管辖，但这是福格先生旅程里最后一个可能抓住福格的地方。离开了香港，就是日本、美洲，那是福格先生的安全避风港。如果到香港能够及时接到那张追踪而来的逮捕证，福格就能被抓住了，把他交到地方警方那儿，这太容易了。但是离开了香港，光有一张逮捕证是不可以抓人的，必须得有引渡手续，那就会延迟、耽误，会碰到种种障碍，盗贼又可以趁机逃出法网了。假如不能在香港逮住他，今后再去逮他，就算有机会，也会十分费力了。

"就如此定了，"在船舱里苦苦想了几个小时的菲克斯暗暗自言自语道，"如果逮捕证寄到了香港，我立刻抓获他；假如没寄来，我只能不惜一切代价拖延他的时间！在孟买我失败了，在加尔各答我也失了手，假如到了香港我还栽跟头，我就太没面子了！我豁出去也得搏一搏，但是如何才能让福格这个滑头留下来呢？"

思来想去，菲克斯最后打定主意告诉路路通真相，告诉他他的主人的真面目，路路通肯定不是同谋。如果路路通得知了事实真相，肯定害怕自己受牵连，就会帮侦探的。只是这么做有点冒险，不到万不得已时是不可以这么干的。假如路路通对主人走漏了半点风声，事情就全砸了。

就在侦探左右为难时，他看到福格先生同艾达夫人去甲板上散步了，他认为事情有新的转机了。

她是什么人呢？她又是怎么碰到福格先生的呢？他们肯定是在孟买到加尔各答的途中认识的。但是在半岛的哪个地方呢？这女人是偶然遇到了福格吗？难道他故意做了这个如此精密的横跨印度半岛的计划，就是期望见到这个美丽的女人吗？她太漂亮了！在加尔各答的审判庭上，菲克斯就仔细地注视过她了。

这个侦探简直伤透了脑筋。他在想这是否具有拐卖妇女的嫌疑。对，肯定是，肯定如此。这个想法又占据了他的脑子，他觉得能够抓住这个把柄。无论这女子是否成过家，这都是拐卖妇女。到达香港，他便能够给福格先生制造麻烦，叫他花多少钱也无法脱身。【名师点睛：菲克斯先生为了逮捕或是拖延福格先生的时间，真是煞费苦心。】

不可以再犹豫了，到香港再动手就来不及了。福格的可恶的坏习惯就是下了这条船就直接登上那条船。不等你下手，他就逃得无踪影了。

现在最重要的是在"仰光号"到香港之前通知英国驻港机构，等"仰光号"到了香港，抓捕福格先生就易如反掌。轮船即将停留在新加坡，而新加坡与中国可以互通电报。

不过，在行动之前，为了有十足的把握办好此事，菲克斯想找路路通探探路，探这个小伙子的口风很容易，因此他不打算继续隐藏下去了。时间刻不容缓，那天是十月三十日，翌日"仰光号"便到达新加坡了。

这天，菲克斯走出船舱，到了甲板上，假装万分惊讶地上前问候路路通。路路通在他的前头走着，他冲上去叫道：

"哎！您怎么也在'仰光号'上！"

"哎呀！菲克斯先生！您怎么也在船上！"路路通惊讶地回答，他看出了这是"蒙古利亚号"上的那个旅伴。"到底是怎么回事呀？我看您留在孟买了，为何您又在到香港的船上出现了！难道您也要环球旅行吗？"

八十天环游地球

"不，不是，"菲克斯告诉他，"我到香港去待几天。"

"啊！"路路通迷惑不解的样子，"可是离开加尔各答后我始终没见到您呢？"【名师点睛：虽然菲克斯行踪可疑，但单纯热情的路路通丝毫没有怀疑他。】

"说老实话，我身体有些不舒服，有些晕船，我一直待在船舱里。行驶在印度洋我还可以，可是到了孟加拉海域我就受不了了。您的主人——菲利亚斯•福格先生怎么样？"

"他很好，并且同他的航程一样精确无误！一天都未拖延！噢！菲克斯先生，您还不知道吧，我们又多了一位年轻的太太。"

"年轻太太？"侦探假装一无所知地答道。

于是，路路通叙述了一遍整个事情的经过。他讲到了自己到孟买的庙宇中闯下的祸，用两千英镑买了一头大象，碰到寡妇殉葬，怎样解救艾达夫人，还有加尔各答审判庭的判决，交纳保释金，等等。对于后面发生的事，菲克斯非常了解，但是装作不知，看到这样真诚的听众，路路通讲得十分起劲。

"可是最后，"菲克斯问，"您的主人想带她去欧洲吗？"

"绝对不，菲克斯先生，根本不是！我们把她托付给她在香港的一个亲戚，是一位富商。"

"完了！"侦探暗自想着，他极力去遮掩自己的失望。"路路通先生，我们去喝杯杜松子酒吧？"【名师点睛：没有得到预想中的答案，菲克斯再次失望，只能转移话题。】

"很荣幸，菲克斯先生。为我们重逢于'仰光号'喝一杯！"

知识考点

1. _____ 是东方半岛公司的巨型客船，经常往来于中国海和日本海之间。为了继续追踪福格先生，菲克斯侦探要求加尔各答方面将邮寄来的拘票直接寄往 _____ 。

2.菲克斯侦探的逮捕行动只能安排在(　　)执行了。

A. 香港　　　　　B. 新加坡　　　　　C. 日本

3.菲克斯侦探在与路路通聊天之后,为什么突然说要去喝一杯酒?

_____

_____

_____

阅读与思考

1.安达曼群岛有着怎样的美景?

2.为了拖延福格先生的行程,菲克斯侦探又想出什么办法?

八十天环游地球

第十七章

从新加坡开往香港的航程中发生了什么

> **M 名师导读**
>
> 在"仰光号"上的行程虽然漫长,但我们读起来并不觉得乏味。路路通和菲克斯侦探再次同行,他们之间发生的对话依然有趣,这也使得情节变得跌宕起伏,饶有趣味。

自从那次见面开始,路路通同菲克斯就经常见面,但是菲克斯在路路通跟前有些谨慎,不敢说太多的话。他看到过福格先生一两次,福格先生有时坐在"仰光号"的大客厅里,有时和艾达夫人在一块,有时在打"惠斯特",一直是老习惯。

路路通却将再次遇到菲克斯这件事琢磨了好久,这巧遇实在太奇怪了,也太令人不可思议了。这位和蔼可亲的先生一开始在苏伊士,然后乘上了"蒙古利亚号",到达了孟买。他自己说要在孟买待几天,却又同他在"仰光号"上不期而遇,并且也到香港。总之,他的路线始终紧跟着福格先生的航程,一定要认认真真地琢磨琢磨。这种巧遇也巧得太奇怪了。<u>菲克斯是在为谁效劳呢?他现在敢拿他的拖鞋——他始终珍藏的——下赌注,菲克斯肯定会跟他们一起从香港出发,而且可能还同他们乘一条船。</u>【名师点睛:虽然路路通很单纯,但他并不是真的笨,菲克斯的奇怪举动,终于引起了他的怀疑,那么路路通的预测会应验吗?】

给路路通一个世纪的时间,他也想不到侦探的真正意图。他无论怎样也想不到会有人把福格先生看成是盗贼,并且环绕地球来盯梢。路路通的天性是凡事必须要找个说法,因此他对菲克斯一直尾随他们的事做出了解释,而且他的解释还非常符合逻辑。他认为是福格先生的改良俱乐部的朋友派菲克斯来跟踪福格,是想证实福格先生是否真的按照计划好的路径来环游地球。

"清楚了!一定如此!"这个天真的小伙子自言自语地说,他对自己的聪明非常满意,"他肯定是那些先生们派来监视我们的!这种做法太不地道了!【名师点睛:冥思苦想之后,路路通终于有了自己的答案,只是他的思路实在大错特错。】福格先生是多么诚实可信啊!还叫人来监视他!啊!改良俱乐部的先生们,对于这件事你们是要付出代价的。"

发现了这件事,路路通特别为自己感到高兴,他决心不向主人透露一点,担心由于俱乐部其他会员的不信任而刺伤主人的心。可是他决心找机会在菲克斯耳边吹吹风,但是一定不能说穿事情。

十月三十日星期三的下午,"仰光号"进入位于马六甲半岛和苏门答腊中间的马六甲海域。风景秀丽的许多小岛屿让旅客们无暇欣赏苏门答腊的风光。

翌日凌晨四点,"仰光号"比规定所用时间提前了半天到达新加坡,准备到新加坡加煤。

福格先生将富余的半天时间记录在提前的一栏里。这回他下了船,原因是艾达夫人想到岸上散散步。【名师点睛:福格先生身上有照顾女士的绅士品格。】

福格先生所做的任何一件事都让菲克斯感到怀疑,因此他也悄悄地跟着下去了,暗中跟踪着他们。路路通看见了菲克斯的诡计,偷偷地笑着,他依然照常去买必需品。

新加坡岛不算雄伟壮观,因为没有高山的衬托,但是它秀美迷人。这个岛国如一个秀丽的大花园,中间纵横着平坦的马路。艾达夫人和福格先生乘着一辆漂亮的马车,由两匹荷兰骏马拉着,奔驰在茂密的棕榈树和丁香树之间,享有盛名的丁香子就是用这种丁香树上半开的花

105

八十天环游地球

蕊做成的。与欧洲乡村带刺的篱笆不同的是这里由一排排胡椒树构成篱笆,椰子树和高大茂密的羊齿草增加了这片热带地区的自然美,【写作借鉴:景物描写,作者敏锐地抓住了新加坡的风光特点,将其秀丽风景刻画得栩栩如生。】深绿的豆蔻树散发着浓浓的清香。树林间一群群猴子在叽叽吱吱地闹着做各种鬼脸,老虎也会出现在热带丛林中。如果谁因为这个岛上还存在着猛兽而吃惊的话,会有人回答他说它们是从马六甲海峡中泅水过来的。

艾达夫人和她的旅伴——他心不在焉地欣赏风景——乘马车在乡村游览了两个小时以后,返回城里。城市里高楼林立,美丽的花园包围着这些楼房,花园中有芒果树、菠萝树等上等果树。

十点钟左右,他们回到了船上,侦探也紧跟着他们绕了一圈,他什么也没发现,还得自己付车钱。

路路通已经在"仰光号"的甲板上等着他们了。他买了几十个苹果般大小的芒果,芒果外面是深褐色,里面是鲜红色,但是肉是雪白的,吃时入口即化。对热爱美食的人来说,这真是一种无与伦比的享受,的确是鲜美极了。路路通既热情又主动地请艾达夫人享用芒果,艾达夫人优雅大方地对他致谢。

十一点,加满了燃料的"仰光号"又从新加坡起锚了。过了几个小时,乘客们就看不到马六甲半岛那高高的山峰和有老虎出没的密林了。

从新加坡到香港的距离有一千三百海里,香港是中国南部的被英国占领的一小块殖民地。福格先生希望花六天时间来走完这段路,这样的话,十一月六日就能赶上开往日本的主要海港——横滨的船了。

"仰光号"上的乘客可太多了,不少都是从新加坡上来的,其中有来自印度、锡兰、中国、马来西亚和葡萄牙的,大多数都位于二等舱位。

天气一直很好,可是当天空冉冉升起弦月时,气候大变了。海上波涛汹涌,海风呼啸,幸好刮的是东南风,便于船前行。顺风行驶时,船长下令张起所有的船帆。"仰光号"是只双桅船,在正常的情况下,张起前头的帆和两侧的帆,借助海风和发动机的双重推动,船可以快速前进。它在这样的大风大浪里沿着安南的海岸线摇摆不定地行驶着。

轮船的摇晃让大多数乘客有了不好的反应,可这不是海浪的缘故,是船本身的原因。

<u>其实,东方半岛公司制造的沿中国海域行驶的轮船构造上有严重的缺陷,空船与满载两种条件下的吐吞量设计得十分不精确,因此无法阻挡海上的狂风巨浪。</u>【写作借鉴:"仰光号"的背景介绍,为下文延误航程及路路通的抱怨做铺垫。】船底密闭水舱的容量也不大,这些船都被海水"吞没"了,这是专业术语。此种条件下,假如继续掀几个大浪过来,船就不能正常前进了。这些船当然比不上——就算不拿推进器与蒸汽机做比较,只对照一下构造——法国邮船,比如"皇后号"与"柬埔寨号"。根据工程师的设计,这些法国邮船就算吞进船底水舱的水量与船自身重量相同,船也不会被吞没;可是半岛公司的"加尔贡达号""高丽号"和"仰光号",假如吞水量达到了船本身重量的六分之一,船一定会沉没的。

因此,天气很坏时,前进要十分小心,经常得放慢航行速度。如此出现延误,没有让福格先生出现急躁情绪,路路通却表现得有些急不可耐。他指责船长、大副和半岛公司,开口大骂船上所有的工作人员。也许是记起了萨维尔街的房间里忘记关闭的煤气,时时刻刻在浪费他的银两,他才这么沉不住气的。【名师点睛:语言幽默,生动地刻画出路路通急躁的样子,人物形象立体丰满。】

"难道你们的确急于去香港吗?"一次,侦探问他。

"十万火急。"路路通告诉他。

"您认为福格先生也着急想坐船抵达横滨吗?"

"迫不及待。"

"您现在毫不怀疑这个环球旅行的计划吧?"

"不错。菲克斯先生,您认为呢?"

"我吗?我不相信。"

八十天环游地球

"您不老实！"路路通意味深长地说。

菲克斯听了他的话觉得大为困扰，他也不知为什么这句话让他不安起来。难道这个法国人猜到他的来历了？无论怎样他也弄不明白。他的来历就他自己知道，路路通怎么会清楚呢？可是路路通说出这样的话，显然有他的用意。

第二天，这个青年的话几乎更明显了，他真的控制不住自己的舌头了。他怀有恶意地问菲克斯：

"菲克斯先生，到了香港我们就该分手了吧？"

"这个……"菲克斯局促不安地说，"我也不知道！……可能……"

"啊！"路路通说，"如果您能一直陪伴我们，那就太幸运了！半岛公司的代理人为何要在半路上下船呢！您以前表示就到孟买，现在马上就抵达中国了！离美洲也不远了，美洲离欧洲也十分近了！"【名师点睛：路路通别有深意的话令菲克斯不安，不过路路通没有猜对，菲克斯以为路路通猜出来了。】

菲克斯仔细地注视着同伴，看起来路路通的神情特别坦诚率直，他也跟着路路通哈哈大笑起来。路路通十分激动，问道："你这行当能够赚很多钱吧？"

"多少不知道。"菲克斯镇静地说，"生意也不是总那么好。不过，您应该清楚，我出门不用花自己的钱。"

"哦！我对这一点确信无疑！"这时路路通笑得更畅快尽兴了。

两人说完了，回到船舱后，菲克斯就开始仔细地琢磨了。他肯定是识破了我的来历，那个法国人不知道用了什么方法探听到我是一名侦探。但是他会不会告诉他的主人呢？他到底扮演了什么角色呢？他是否参与了呢？这件事难道也泡汤了？我失败了吗？侦探苦苦地想着，苦苦地熬着时间，时而觉得全都泡汤了，时而又认为福格先生还蒙在鼓里，他犹豫不决，始终拿不定主意。【名师点睛：对于路路通的一句话，菲克斯却琢磨了这么久，可见其为人之狡猾与多疑。】

108

他渐渐地恢复了平静,决定向路路通说出真相。如果到香港没有可能逮捕福格,如果福格先生最后要离开英国的管辖区,菲克斯就会向路路通讲出真实情况。如果仆人和主人是同谋,主人肯定全都知道了,这件事就砸了锅;如果他对盗窃案毫不知情,那他便会抛弃盗贼。

侦探同路路通的关系就是这样,但是福格先生用一种高人一等的姿态超然于他们之上。他有条不紊地顺着既定的轨迹运行着,根本不理会在他四周运动的小行星。

但是,他附近有一颗干扰行星——美丽的艾达夫人,这颗小行星原本会干扰这位先生的思绪。可是没有!福格先生对艾达夫人的美丽根本没有丝毫的反应,路路通对此惊奇万分。就算有反应,同天王星受海王星干扰的反应比较起来也少得多了,科学家就是根据天王星的紊乱反应才发现了海王星。

路路通始终处在困惑不解之中,依据少妇的眼睛他看出了她对他主人充满了无限感激之情!福格先生则完全是出自一种职责,他的一言一行也殷勤周到,根本没有其他意思!旅途所带来的麻烦,他根本就没放在心上。

可是路路通一直心神不定。一天,他靠着机舱的栏杆,观察着飞快转动的螺旋发动器,偶尔强烈的颠簸让发动器浮出水面空转,活塞运动导致蒸汽喷发,小伙子简直要气炸了肺。

"这些活塞动力不足!"他叫道,"船没动力了!瞧瞧这群英国佬干的蠢事!啊!假如是条美国船,可能早被炸了,不会这样空耗时间!"

【名师点睛:路路通为人天真率直,总能为沉闷的氛围注入新的活力。】

八十天环游地球

第十八章

福格先生、路路通和菲克斯各行其是

> **M 名师导读**
>
> 　　福格先生的行程虽然被延误了,但幸运的是,他们还是赶上了开往横滨的轮船。而艾达夫人因为没能见到她的亲戚,也不得不与福格先生一同回到欧洲。

　　此段航程的最后几天中,天气相当不好。海风怒吼,刮起了西北风,阻挠着轮船的前进。"仰光号"摇摆不定,在狂风巨浪里漂浮着,旅客们都在诅咒这恶劣的天气。

　　十一月三日和四日,海面上掀起了风暴,飓风激起了滔天巨浪。"仰光号"只好收起风帆,逆风慢速前进着,有半天的时间,发动机的转速只有十转。桅杆全部收起来了,但是船上的索具仍然被风暴刮得呼呼直响。【写作借鉴:环境描写,海上狂风骤起,波浪滔天的场面令人心惊。】

　　"仰光号"的行速减慢了不少,看起来到达香港的时间要比计划的晚二十个小时,如果这场大风暴继续的话,可能延误的时间会超过二十个小时。

　　面对这种似乎有意找他麻烦的狂风巨浪,福格依然维持着过去的平静,甚至连眉毛也不抬一下。可是延误二十个小时,他会赶不上开往横滨的船,这样下去他的环球计划就不能成功了。可是他就像个丝毫没有表情的木偶人,根本连一点急躁和烦恼的心情都看不出来,似乎他早就想到了会有大风大浪。艾达夫人在和他说起这恐怖的天气时,发现他同往日一样平静。【名师点睛:福格先生对于这种会延迟行程的突发事件依然保持出人意料的镇定。】

对这次大风大浪,菲克斯同别人的看法不一样。他的心情与众不同,对此他高兴万分。如果"仰光号"由于大风暴要寻找藏身之处,那他就心花怒放了。这样耽搁下去对他很有好处,福格先生会因此在香港多逗留几天。因此,是老天爷拿狂风来帮助他。虽然他也有些不良反应,可算不了什么!他对肠胃的翻江倒海无所畏惧,在他的肉体受到煎熬时,他倒感到特别有精神。【名师点睛:对于自身所遭遇的生理不适,菲克斯毫不在意,因为他坚定地认为他的努力就要获得回报了。】

可以想象到路路通对于这次的倒霉天气的愤恨到了什么程度。在这以前,一切顺利!海洋和陆地都在忠诚地为主人服务,轮船和火车都服从主人的安排,海风和蒸汽都齐心协力地帮助主人。是不是倒霉的时候来到了?他恨透了这场大风,大风让他心急火燎、忧心如焚,他恨不得用鞭子来抽打这不听话的大海!【名师点睛:路路通的反应有趣极了,和菲克斯形成了鲜明的对比。】不幸的小伙子!菲克斯同他在一块时竭力地掩饰自己的得意,他这种做法是完全正确的,否则的话,路路通要是想到了他因此扬扬得意,一定不会轻易放过他的。

风暴侵袭的全部时间里,路路通自始至终站在甲板上,他无法待在船舱里。他爬到桅杆的顶端,使船员们万分恐慌;他身手敏捷,像个猴子一样,处处都去插手帮忙。他不停地问船长、大副和水手各种各样的问题,人们看到这个青年心急如焚,都不禁哈哈大笑。路路通坚持要问出这场大风还要刮多长时间。人们打发他去注意一下温度计,看看它是否有回升的迹象。路路通摇晃了一会儿温度计,不管用,不管是震荡还是咒骂,这个无辜的温度计就是没有丝毫反应。

111

八十天环游地球

然而，大风总算过去了。十一月四日，海面上平静了，刮起了南风，有助于船的行进。

路路通的脸也像天气似的变得晴朗了。【写作借鉴：比喻生动、有趣，将路路通单纯直爽的性格刻画得淋漓尽致。】所有的桅帆都升起来了，"仰光号"又开始顺着风浪高速前进了。

可是损失的时间是无法补回来的。现在要赶快做好选择，"仰光号"靠岸的时间在六日凌晨五点，可是在福格先生的旅行日程表上，船应当在五号到达。他六号才到，因此延误了二十四个小时，乘开往横滨的船肯定是来不及了。

六点钟，引航员登上了"仰光号"，他来到驾驶舱，开始指引着航船穿过航道直达香港。

路路通迫不及待地希望从引航员那儿问出开往横滨的船是否已经出发了。可是他不敢，想把最后一线希望寄托到最后那一时刻。他把自己的烦恼告诉了菲克斯，狡猾的菲克斯安慰他说福格先生可以乘下一班次的船到横滨去，听了他的话路路通简直是气恼不已。

虽然路路通没有胆量去找引航员打探，但是福格先生在看了一遍自己的《旅途指南》后，平静地问引航员由香港驶往横滨的船什么时候启程。

"明天涨潮时启程。"引航员告诉他。

"哦！"福格先生说了一句，还是一脸平静。

身边的路路通真想上去抱起那个引航员，而菲克斯也许真想拧断他的脖子。【名师点睛：福格先生收到了答复，而路路通和菲克斯的不同反应表明了这个消息是个好消息。】

"是哪一条船？"福格先生问道。

"'卡尔纳迪克号'。"引航员回答道。

"它本来是在昨天出发呀？"

"对，先生。但是船上的一个锅炉需要修理，所以延迟到明天出发。"

"非常谢谢您。"福格先生讲完话，迈着他那机器人似的步伐回到"仰光号"的大客厅里去了。

　　路路通紧紧地拉住引航员的手，激动地说："引航员先生，您太了不起了！"【名师点睛：兴奋至极的路路通再一次向我们展示了他的单纯和爽朗个性。】

　　可能引航员一辈子也搞不明白为什么他讲的话竟然能得到这么热情的反响。随着哨音的响起，他登上了驾驶舱，指挥着"仰光号"穿过拥挤着各类木船、汽船、渔船和其他船只的航道，向香港口岸靠去。

　　下午一点，"仰光号"到达岸边，乘客们纷纷离开了船。

　　应该说福格先生真是福星高照，这件预料不到的事情帮助了他。如果"卡尔纳迪克号"不用修理锅炉的话，在十一月五日就该开走了。想去日本的乘客必须乘八天以后的另一班船。福格先生确实延误了二十四小时，可是并未影响他的旅程。

　　实际上，从横滨穿越太平洋到旧金山的轮船同香港开往横滨的船，在时间上是直接衔接的。这边的船没到香港，那边的船便不会起航，自然从横滨发往旧金山的船也得这样拖延二十四个小时，但是在穿越太平洋的二十二天时间里，是很容易争取到二十四小时的。由伦敦启程到目前已经有三十五天了，只耽搁了二十四个小时。

　　"卡尔纳迪克号"第二天早上五点启程，有十六个小时的时间让福格先生来处理自己的事情，也就是关于艾达夫人的事。从轮船上下来，艾达夫人就使劲拉住他的胳膊，两人走到一抬双人轿子前面。他向轿夫打听什么地方的旅店好，轿夫说俱乐部大饭店不错。他们便一起乘轿子走了，路路通跟在后面，用了二十分钟就抵达了。

　　福格先生为艾达夫人要了一个套间，而且嘱咐用人替艾达夫人收拾好所有的日用品。然后他告诉艾达夫人，他立刻去寻她的那个亲戚，让那位亲戚照顾她。他又让路路通留在饭店里，不让艾达夫人一个人留在饭店里。【名师点睛：福格先生虽然不善言辞，但他总能细心地照顾需要

113

▶ 八十天环游地球

帮助的人。】

这位绅士乘马车到了交易所。那里的人肯定都知道这位家财万贯的杰吉先生，声名显赫的大富商。

福格先生问一位经纪人，他还的确认识这位帕西族商人。但是他离开中国已经有两年的时间了。他赚足了钱就去欧洲定居了，可能到荷兰去了，因为他经商时同这个国家的人交往颇多。

福格先生立刻返回俱乐部大饭店。他立即要求见艾达夫人，直截了当地对她讲杰吉先生早就不在香港了，也许移居荷兰了。

起初，艾达夫人什么也没说。她用手托着脑袋想了一下，然后小声地对福格先生说道：

"福格先生，那您认为我该怎么办呢？"

"这很简单，"这位先生回答说，"回到欧洲。"

"可我也不想总给您添麻烦呀……"

"您一点都未妨碍到我，您陪伴我们旅行根本不妨碍我的计划……路路通！"【名师点睛：福格先生很有担当，面对意外情况，他总能立刻想到办法，并且不会让艾达夫人感到难堪。】

"先生，有何吩咐？"路路通问道。

"到'卡尔纳迪克号'订三张船票。"

路路通立刻跑出了俱乐部大饭店，他对于能和艾达夫人一起旅行而兴奋，因为她对他是那么和蔼亲切。

Z 知识考点

1. 十月三十日下午，"仰光号"进入位于马六甲半岛和苏门答腊中间的_____海域。_____三日和四日，"仰光号"遭遇了一场海上风暴的袭击。

2. 艾达夫人和福格先生在新加坡的乡村游览时，花费了（　　）个小时的时间。

114

A. 二　　　　　　　B. 四　　　　　　　C. 一

3. 为什么福格先生对艾达夫人说,她没有妨碍到他?

_____

_____

_____

阅读与思考

1. 福格先生和艾达夫人在新加坡游览了什么样的美景?

2. 福格先生准时到达香港了吗?

▶ 八十天环游地球

第十九章

路路通对主人忠心耿耿

▍M 名师导读

　　菲克斯侦探的计划就要破产了,为了拖延福格先生的行程,他将自己的目的告知路路通,并希望他能成为自己的"联盟者"。但忠心耿耿的路路通根本不信他,菲克斯侦探又会怎么做呢?

　　香港仅仅是一个小岛,由于一八四二年的鸦片战争,中英两方签订了《南京条约》,它改由英国统治。【写作借鉴:开篇介绍香港的历史背景,为下文情节做铺垫】只用了几年时间,香港就被英国统治者建设成了重要的都市,并建立了一个维多利亚港口。它位于珠江口东岸,到对岸的葡萄牙殖民地澳门仅有六十海里。在商业上,香港要胜过澳门,目前中国大部分外贸物资都要经过这里。这里有船舶、医院、口岸、仓库,还有一座哥特风格的大教堂和一座总督府,市区的路面都是碎石,所以看起来像英国肯特郡或苏里郡的商业城市,这座城是从地球的另一面的中国的领土上冒出来的。

　　路路通两手插进裤袋里向维多利亚港走去,边走边好奇地观赏着中国十分流行的轿子和带篷的人力车,大街上的中国人、日本人和欧洲人川流不息。善良的小伙子觉得他途中见过的孟买、加尔各答、新加坡和香港都一样,这些城市共同组成了一个遍布世界的英国城市系列。

　　路路通抵达了维多利亚港口,这儿拥挤着世界各地的船,有来自英国的、美国的、荷兰的;它们分别是军用船、商船、中国及日本的小船、大帆船、汽船、舢板,甚至连花船也有不少,这些花船在海面上好像一个水中花坛。路路通在街上看到了一些穿黄色衣服的当地人,年纪也很老了。他走进一间理发店,希望按本地的习俗刮刮胡子。一位精通英语的理发师对他讲,那些人至少有八十岁了,而且只有上了这个年龄的老人才能穿黄色衣服,这是象征着皇帝的颜色。路路通觉得很有趣,可又不清楚其中的原因。【名师点睛:路路通的疑惑体现了东西方文化的差异。】

刮完胡子,他返回"卡尔纳迪克号"停靠的码头,看到菲克斯正一个人在徘徊,他对此根本不感到奇怪,但是侦探看起来特别沮丧。【名师点睛:路路通依然保持着善良和单纯,而菲克斯则愈加失意,因为离开香港,他的追捕计划就彻底没戏了。】

"很好!"路路通暗想,"如此一来俱乐部的先生们该生气了!"

他兴高采烈地去跟菲克斯问好,装作没发现他的烦恼。

事实上,侦探完全可以诅咒始终尾随他的厄运,逮捕证还没有到!逮捕证一定是在他上路后寄出的,他肯定要在此等几天才可以。可是已经到了英属的最后一个站点——香港,如果他在这儿拖不住福格先生,福格先生就会逃之夭夭,他就永远也无法逮住他了。

"菲克斯先生,您准备同我们一起去美洲吗?"路路通问。

"对!"菲克斯咬牙切齿地说。

"那我们一起走吧!"路路通说完大笑起来,"我肯定您不会离开我们的。走!订船票去。"

他们俩来到船票预售处,订了四张票。工作人员说"卡尔纳迪克号"已经维修好了,将在今晚八点出发,不是原计划的明天清晨了。

"太好了!"路路通说,"开得越早对我主人越有利。我马上去通知他。"【写作借鉴:路路通听说开船时间提前了,立即想到要通知福格先生,这体现了他对福格先生的忠心耿耿,为下文做铺垫。】

此时,菲克斯拿定主意要告诉路路通事实真相,也许只有如此才能把福格拖住,让他留在香港几天。

117

八十天环游地球

离开售票厅,菲克斯邀请他去酒馆坐坐。路路通觉得时间还早,便没有拒绝菲克斯的邀请。

码头上有一家酒馆,外表很好。他们走进这家酒馆,里面有间装饰豪华的大厅,旁边有一张大板床,铺着垫子,上面歪七扭八地躺着一些睡着的酒鬼。

大厅的木藤小桌边上坐了有三十多位客人。有人在大口大口地喝着淡淡的或浓郁的英国啤酒。还有人在喝英国烧酒、杜松子酒和白兰地。还有一些人嘴里衔着陶制的大烟管,烟斗中装满了掺有玫瑰露和鸦片的烟泡。时常有抽烟的人滑在地上,烟行的伙计抬着他的头和脚,把他扔到床上去,抬到那些不省人事的烟鬼那儿。二十多个烟鬼被并排抬到床上,不省人事。

<u>菲克斯和路路通这才明白过来,原来这是一间大烟馆,里面尽是穷困、愚昧、面黄肌瘦的烟鬼、白痴,唯利是图的英国人通过鸦片这种害人不浅的东西一年从这些人身上要搜去二亿六千万法郎!用这种致命的途径来赚钱可真够卑鄙的!</u>【名师点睛:对于西方列强向中国输入鸦片这件事情,作者态度鲜明,极力讽刺。】

中国以前出台严厉的法律来遏制毒品的流行,但是成效太小。开始吸鸦片的都是些有钱人士,现在从富人到社会底层人都抽上了瘾,抽鸦片成风,根本戒不掉。现在的中国大地上哪儿都有抽鸦片的人,男女老少都成了瘾君子。如果上了瘾,想不抽也不可以,否则身体会体会到极其难忍的痛楚。一位烟鬼一天要抽八支烟枪,但是他在五年内必死无疑。

在香港处处是这样的烟馆,菲克斯与路路通走进的就是这样的地方。路路通身上没带钱,他欣然同意了他伙伴的邀请,打算以后再邀请他。

他们要了两瓶波尔图葡萄酒,法国小伙子豪放地痛饮起来,菲克斯在慢慢地喝,而且仔细地观察他的朋友。【名师点睛:菲克斯侦探一开始便留了个心眼,他希望把路路通灌醉。】他们天南地北地聊着,聊的话题主要还是菲克斯继续乘"卡尔纳迪克号"前往横滨。谈到轮船准备提前启程时，路路通喝光了瓶中的酒，站起身打算去通知主人。

菲克斯叫住了他。

"等等。"他说。

"菲克斯先生，您还有其他的事吗？"

"我要跟您谈一些关键性的问题。"

"关键性问题！"路路通喝尽了瓶中仅有的几滴酒，"等到明天再谈。现在我没有时间了。"

"别走！"菲克斯说，"是和你主人有关的事！"

这时，路路通认真地注视着菲克斯。【名师点睛：路路通急于离开，菲克斯想要留住路路通，只能打出"福格先生"这张牌。】

菲克斯看起来怪怪的，路路通又坐下来了。

"您打算告诉我什么？"他问。

菲克斯把手压在路路通的胳膊上，压低嗓音说：

"您清楚我的来历吗？"

"那是当然的！"路路通笑着回答。

"那么我全都告诉您吧……"

"现在我全都知道了，哥们！唉！这有什么要紧的，只是，您继续说吧。我先告诉您这些先生们的钱赌得冤枉！"

"冤枉钱！"菲克斯讲，"您在信口开河！我觉得您完全不知道这些钱有多少！"

"我知道，"路路通回答他，"两万英镑！"

"五万五千英镑！"菲克斯紧紧抓住了路路通的手说。

"什么！"路路通说，"竟然这样！……五万五千英镑！……那好！那就更不可耽误了！"他第二次站起身来说。

"五万五千英镑啊！"菲克斯接着说，他逼着路路通坐回椅子，命人又打开一瓶白兰地，"如果我胜利了，就能拿到两千英镑的赏金，您如果愿意帮助我，我会分给您五百英镑，行吗？"

八十天环游地球

"帮助您?"路路通瞪大了眼睛喊道。【写作借鉴:细节描写,"瞪大了眼睛"流露出路路通不可思议的心态,他不可能帮助菲克斯,因为他对福格先生忠心耿耿。】

"对!配合我拖住福格先生,使他多在香港停留几天!"

"啊!"路路通说,"您这是什么话?这些先生不光派您来追踪我的主人,不信任他的正直品行,而且来给他施加麻烦!我简直替他们害臊!"

"啊!您这是啥意思?"菲克斯问。

"我指的是这些先生太卑鄙了。目的是盼望福格先生倾家荡产,抢走他的钱!"

"我们正是想如此做。"

"太可耻了!"路路通叫道,菲克斯不住地叫他喝白兰地,他不知不觉之中喝得太多了,酒力冲上头,他更气愤了,"这地地道道是在陷害!这些先生!他的牌友竟会这样!"【名师点睛:路路通又被灌了很多酒,但他依然维护他的主人。】

菲克斯完全在云雾中,不知就里。

"牌友!"路路通继续叫道,"改良俱乐部的会员!菲克斯先生,您知道吗?我家主人可是正人君子。他下了赌注,便老老实实地去取胜。"

"您究竟以为我是干什么的?"菲克斯盯着路路通说。

"天哪!您是改良俱乐部的会员们指派来的密探,目的是监视我家主人的环行路线,这么做太可恶了!不过,就算我很早就看出了您的身份,可我一点都没透露给我的主人!"【名师点睛:虽然路路通对菲克斯侦探有所怀疑,但他并没有在福格先生面前揭发他,这体现了他的单纯和善良。】

"他毫不知情?"菲克斯不安地问。

"他一点都不清楚。"路路通一口气喝干了杯里的酒说道。

侦探摸了摸自己的额头,他犹豫不决,没想好如何开口。他该怎么办才好呢?路路通的误解看起来不像是装出来的,但是这样他的计划就无法实现了。这个小伙子讲的肯定是心里话，他不是他主人的同谋，原来菲克斯最担心这件事。

"这样也好，"菲克斯思忖道，"他不是主人的同谋，肯定会帮我的。"

侦探又一次下决心。并且，他也没时间再考虑了。他决心无论怎样也得在香港逮捕福格先生。

"听我对您说，"菲克斯坚决地说道，"您认真听好，我不是您想象的那种人，不是改良俱乐部的人派来的密探……"

"啊！"路路通对着他露出嘲笑的表情。

"我是一个侦探，是为警察局执行任务的……"

"您是一个侦探！"

"对，我可以证明，"菲克斯说着，"这是我的委托书。"

侦探从钱夹里拿出一张纸叫路路通看，是伦敦警署的委托书。路路通呆呆地看着菲克斯，哑口无言。

菲克斯接着说："福格先生的赌注只不过是一个幌子而已，您和那些改良俱乐部的会员们都被他骗了，他想要骗取你的信任，使你成为他的同党。"

"这都是为什么呢？"路路通问。

"听我说，九月二十八日，有人从英国皇家银行偷走了五万五千英镑，盗贼的外貌特征都搞清楚了，正好同福格先生一模一样。"【名师点睛：菲克斯侦探终于向单纯的路路通坦白了一切，路路通会有怎样的反应呢？】

"胡说八道！"路路通猛捶桌子喊道，"我家主人是一个最正派的人！"

"您怎么知道？"菲克斯说，"您一点都不了解他！您只是在出发的当天才被他雇佣的，他用一个荒谬的借口匆忙从伦敦出发，连行李箱都不带，倒是拿了很多钞票！您竟然还说他是正人君子！"

"我就这么说！肯定敢！"可怜的青年一遍一遍地重复着。

"您想被当作同案犯押起来吗？"

121

八十天环游地球

路路通双手抱头，面色苍白。他没勇气去抬头看侦探，是福格先生营救了这位艾达夫人，这么慷慨仁慈的人竟然是盗贼？但是菲克斯分析得又那么有理有据！路路通心里竭力地否定这些论断。他不愿相信老爷是盗贼。

"那么，您到底希望我做什么？"他鼓足勇气问。

"是这样的，"菲克斯说，"我跟踪了福格先生这么多天以来，一直没有接到从伦敦寄来的拘票。您要帮助我把福格先生留在香港……"

"要我帮您！可是我……"

"绝对做不到！"路路通告诉他，他努力地试图站起身来，但是他头晕目眩，四肢无力，又不得不坐下了。【名师点睛：路路通对主人是绝对的忠心，这是因为他发自内心地相信福格先生的人品。】

"菲克斯先生，"他结结巴巴地说，"假如您对我说的都是真的……就算我的主人正是您想抓的盗贼，我也不相信……我是……我是他的仆人……我觉得他宽厚慈爱……背叛他……我不能……哪怕把地球上的财产都给我，我也不这样做……我并非这种见利忘义的人！"

"您不同意？"

"我拒绝了。"

"就当我没说，"菲克斯说，"我们继续喝。"

"好，喝！"

路路通有点支持不住了。菲克斯明白眼下一定不能让他看到自己的主人，决心彻底把他灌醉。看到桌上放着几支带鸦片的烟枪，菲克斯拿过一支放在路路通手上，路路通把它接过来放在口中，点火后马上抽了几口。尼古丁的劲使路路通的头越来越沉了，很快就昏迷过去了。【名师点睛：菲克斯侦探狡猾至极，为达目的不择手段。】

"行了，"菲克斯发现路路通晕过去了，暗自琢磨，"这回没人通知福格先生'卡尔纳迪克号'提前出发的事了。就算他走得了，这个该死的法国人也跟不上了！"他付了账，离开了酒馆。

Z 知识考点

1. 路路通到达＿＿＿＿＿＿后，便出门逛街，他去刮胡子回来的路上碰到了＿＿＿＿＿＿，而对方看起来非常＿＿＿＿＿＿。

2. 看到路路通对他的主人如此忠心耿耿，菲克斯侦探决定不把他的"秘密"告诉路路通。（　）

3. 路路通为什么忽然"失踪"了？

_____

_____

_____

Y 阅读与思考

1. 当菲克斯提出要路路通帮忙将福格先生拖住，多留在香港几天时，路路通的反应是怎样的？

2. 通往横滨的船究竟几点开？

八十天环游地球

第二十章

菲克斯直接面对福格先生

M 名师导读

福格先生没有接到提前开船的通知，那么他的行程是否会因此而耽搁呢？路路通又是否能够和他的主人相聚呢？菲克斯侦探的追踪会有哪些进展……

当菲克斯与路路通在酒馆里争执不休，可能会严重地妨碍福格先生的计划时，福格先生正陪着艾达夫人逛城里的每个街道。艾达夫人同意和他一起去欧洲后，他不得不想到准备一个女人长期出行的必需品。一个英国男人，背起旅行袋去周游世界，没事。叫一个女人这么做是不行的，她必须添置旅行所用的一些衣服。福格先生像平常一样，不声不响地做着这件事，因此艾达夫人对他的热情不知所措，多次推脱和拒绝，可他一直如此说：

"这是我在旅途里必需的，在我的计划范围内。"【名师点睛：福格先生又一次细心地为艾达夫人服务，这体现了他体贴而绅士的一面。】

采购完衣服，他们返回酒店，享用了一顿丰盛的晚宴。艾达夫人有点累了，她按照英国人的方式同他握了握手，便到自己的房间休息去了。

这个尊敬的先生专心致志地看了一晚上的《泰晤士报》和《伦敦新闻画报》。

如果福格先生是个爱大惊小怪的人，到了休息时一直没见仆人的身影肯定会大感惊讶。可是，他知道开往横滨的船第二天早晨才从香港开出,也就没太在意路路通这件事。第二天早上,福格先生拉铃叫路路通,可是无人答应。就在这个尊敬的先生得知他的仆人一晚上没回来时,没人清楚他是如何考虑的。福格先生拿起旅行包,一边叫人去叫艾达夫人,一边派人去雇轿子。【名师点睛:面对路路通的失踪,福格先生并未惊慌,而是从容不迫地继续赶路。】

这时是八点钟,也许在九点半钟涨潮,"卡尔纳迪克号"准备趁涨潮离开港口。轿子来到饭店的门口,福格先生与艾达夫人坐上了舒服的轿子,后面紧跟着拉他们行李的小车子。

半小时以后,他们来到轮船的码头,此时福格先生才知道"卡尔纳迪克号"已在昨天晚上开走了。

福格先生原本指望到了码头就能找到随从和船,没想到都落空了,但是他表面上没有一点失望,艾达夫人担心地看着他,他就简单地说了句:"夫人,不要担心,这也是个意外。"【名师点睛:面对如此糟糕的情况,福格先生依然是一副不急不躁的样子。】

这时,一位一直看着他的人走近他旁边,这正是菲克斯侦探。他招呼福格先生,然后说道:

"您也是昨天和我一起从'仰光号'上下来的旅客吗?"

"先生,是的,"福格先生冷冰冰地回答他,"可是我没见过……"

"对不起,我认为到这儿能遇到您的仆人。"

"先生,您知道他在哪儿吗?"艾达夫人担心地问道。

菲克斯装作吃惊的样子,说道:"他没跟你们在一块?"

"没有。"艾达夫人说,"难道他一个人乘上了'卡尔纳迪克号'?"

"他会丢下你们不管吗,夫人?"菲克斯问,"你们是不是也准备乘这条船走啊?"

"是的,先生。"艾达夫人说。

"我也是,夫人,这下弄得我狼狈极了。'卡尔纳迪克号'修好后在十二个小时前就离开了,倒没人通知我们。现在只好继续等八天,乘下一

八十天环游地球

　　班轮船了。"菲克斯说"八天"这个词时十分得意。可算有八天了！福格先生必须在香港耽搁八天，完全有时间拿到逮捕证了。运气总算轮到这位国家法律的代表人了。【名师点睛：菲克斯侦探这次会"幸运"吗？我们不得而知。"国家法律的代表人"则含有"讽刺"之意。】

　　在他听到福格先生平静地讲出下面的一句话时，他好像被迎面一拳击中：

　　"我觉得香港的码头不光有'卡尔纳迪克号'，一定还有其他的船。"【名师点睛：福格先生没有被"悲剧"所击垮，反而积极寻找对策。】

　　福格先生挽起艾达夫人的手臂，顺着港口去找其他的船了。

　　菲克斯目瞪口呆地尾随着他们，仿佛有根线把他同福格先生连在一块了。

　　福格先生一直是非常走运，这次算是完全没戏了。他不停地在码头上奔波了三个小时，决心寻到一条能马上送他们去横滨的船。可是他发现的船要么在装货，要么在卸货，全都不会马上出发。菲克斯又看到希望了。

　　但是福格先生不气馁，接着去找，就算找到澳门去也不肯放弃。此时他看见码头上一位海员朝他走来。

　　"先生，您在找船吗？"他摘下帽子问。

　　"您的船立刻出发吗？"福格先生问。

　　"是，先生。四十三号引航船，是我们这儿最棒的船。"

　　"它走得快吗？"

　　"时速可达八九海里。您可以去看看！"

　　"可以。"

　　"您肯定满意。准备到海上兜一圈吗？"

　　"不是，是旅行。"

　　"旅行？"

　　"您可以把我们送到横滨吗？"

　　听了此话，海员吃惊地瞪着浑圆的眼睛，手臂也摇个不停。

"您真能开玩笑？"他说。

"不是开玩笑！我没赶上'卡尔纳迪克号'，但是我最晚一定要在十四号到达横滨，再换乘开往旧金山的船。"

"抱歉，先生。"海员告诉他，"我做不到。"

"我一天付您一百英镑，如果按预期抵达，另外再加两百英镑。"

"真的？"

"千真万确！"福格先生说。【名师点睛：海员的反问证明了福格先生的出价非常高，而他似乎动心了。】

海员退到旁边，望着大海，在做激烈的思想斗争，又想赚这笔大钱，又担心到那么遥远的地方有危险。菲克斯惶惶不安。

福格先生转身问艾达夫人：

"夫人，您乘这条船害怕吗？"

"福格先生，有您在，我不害怕。"这位年轻的夫人回答。

海员靠近福格先生一点，手里转弄着帽子。

"怎么样，海员先生？"福格问道。

"先生，"他说，"我不能让我的员工和我，和你们去冒险。我的船仅能装二十吨重的东西，又适逢这种季节，航行那么远太不容易了。还有，我们不可能按时抵达，从香港到达横滨有一千六百五十海里。"

"只有一千六百海里。"【写作借鉴：语言描写，精准的数据极好地体现了福格先生严谨的性格。】

"都是一回事！"

菲克斯长松了口气。

"不过，或者可以有另外的途径。"

菲克斯又担心了。

"怎么做？"福格先生问道。

"这里到日本南部的长崎码头，也就一千一百海里。或者只到上海，才八百海里。如果到上海，能够沿着中国海岸线行进，这样会非常快的，

127

八十天环游地球

向北走是顺水,对我们很有利。"

"海员先生,"福格说,"我打算到横滨换乘美国的船,而不是到上海或长崎。"

"为什么不去呢?"海员告诉他,"去旧金山的船不是由横滨出发,只不过是到横滨和长崎靠岸,是从上海出发的。"

"您确信您了解全部情况吗?"

"当然确信。"

"开往旧金山的船什么时候离开?"

"十一日晚七点。因此我们有四天时间,也就是九十六个小时。按时速八海里来计算,如果不发生意外,仍然刮东南风,海上风平浪静,我们一定能赶完八百海里的。"

"您什么时候出发?"

"再等一个小时。得购置点食品,做好事前的准备。"

"这么说好了——您是船主吗?"

"对,我叫约翰·邦斯比,是'坦喀代尔号'的船主。"

"我需要付定金吗?"

"如果可以的话!"

"先给你二百英镑钞票……"他说着就转向菲克斯,"您也打算乘……"

"先生,"菲克斯毫不犹豫地说,"我正打算求您呢。"

"那好,半个小时后我们上船。"

"可是路路通呢?"艾达夫人由于不见了路路通而焦急万分。【名师点睛:艾达夫人也是一个善良而热心的人,在情况紧急的时候,她细心地想到了路路通。】

"我会尽我所能都替他安排的。"福格先生说。

在焦虑不安、怒气冲天的菲克斯登上船时,福格先生和艾达夫人直接到了香港警察局。福格先生给警察详细描述了路路通的长相特征,而且留下了完全能让他回国的钱。他也同样去法国领事馆办理了手续,然

128

后他们又坐轿子返回酒店拿到行李,才向码头奔去。【名师点睛:情况如此紧急,但福格先生依然有条不紊地处理好所有的事情。】

正好午后三点钟,四十三号导航船的人员都到齐了,食品也备好了,就等着出发了。

"坦喀代尔号"是一条载重二十吨的小巧的机帆船,外形优雅,吞吐量很大,特别像比赛用的船。船上有闪闪发光的铜器,铁器上也镀了锌,洁白的甲板如象牙,看起来船主约翰·邦斯比十分爱惜他的船,船上的两个大桅帆略朝后倾斜,还有船后樯的梯形帆、前中帆、前樯三角帆、外事帆和顶帆,顺风时能支起全部的帆行驶。它一定行进得很快,事实上它曾在导航比赛中取得过很多次的胜利。

"坦喀代尔号"除了船主约翰·邦斯比,还有四个船员,这些健壮的船员常顶风破浪解救海上的船只,对这些水域了如指掌。船长约翰·邦斯比大约四十五岁,体格健壮,肌肤黝黑,眼光炯炯有神,看起来刚毅正直,处事稳妥富有经验,哪怕再担心的人也不会怀疑他。

当菲利亚斯·福格先生和艾达夫人上船时,菲克斯早就等在船上了。他们从后舱的进口来到一间方形的舱室,四面的墙上都备有凹进去的床铺,底下是一个半圆形的长沙发。中央有一张桌子,一个摇摇晃晃的吊灯将船舱照得明亮。船舱看起来很小,可是非常干净整洁。【写作借鉴:前后照应,此处干净整洁的船舱照应了上文中"约翰·邦斯比十分爱惜他的船"。】

"很遗憾,我不能为您安排更好的住处。"福格先生告诉菲克斯,菲克斯点点头,没再说话。

这个侦探得到福格先生的热情招待,觉得自己好像遭到莫大的羞辱。

他暗自想着:"这是个彬彬有礼的家伙,可究竟还是个坏蛋!"

三点十分,船帆挂起来了,随着号角声,英国国旗升起来了。旅客们都坐在甲板上,福格先生与艾达夫人又向码头上看了最后一眼,希望在码头上看到路路通的影子。【名师点睛:福格先生和艾达夫人的回眸,再

八十天环游地球

次体现了他们对于路路通的担心。]

菲克斯有些担忧,假如那个被他蒙骗了的正直的仆人突然出现,就全露馅了,那样他就倒霉了。然而他并未看到那位法国人,在鸦片的作用下,他大概仍然昏迷不醒。

约翰·邦斯比船主下令船起航了,"坦喀代尔号"张起风帆,在大海上乘风破浪飞奔而去。

Z 知识考点

1. 在等待路路通和轮船的夜里,福格先生看了一晚上的《泰晤士报》和_____。

2. "卡尔纳迪克号"准备趁海水(　　)时离开港口。
A. 落潮　　　　B. 涨潮　　　　C. 未交代

3. 当"坦喀代尔号"开船时,福格和艾达夫人为什么要向码头上看最后一眼?

_____

_____

_____

Y 阅读与思考

1. 路路通一夜未归,福格先生是如何处理的?

2. 在登上"坦喀代尔号"之前,福格先生都做了哪些事?

第二十一章

"坦喀代尔号"船长险些失去两百镑酬赏

M 名师导读

福格先生换乘"坦喀代尔号"从香港赶往上海。"坦喀代尔号"不避风暴,及时赶到上海,并截住了开往旧金山的船。福格先生的补救措施成功了,约翰·邦斯比的努力也有了回报。

在这个季节中,乘一艘仅有二十吨重的小船航行八百海里,一定是一次冒险。【写作借鉴:开门见山地交代这是一次冒险的航行,烘托了本章的氛围。】中国沿海地区常常经历风暴的袭击,气候恶劣,特别在春分和秋分两段时间里,眼下刚进入十一月才几天的时间。

作为一船之长,带他的乘客到横滨对他更有好处,原因是乘客按天来付费。但是这种天气远航要担很大风险,甚至到上海,如果不说莽撞,至少也算有勇气了。不过,对于"坦喀代尔号",他信心十足,它犹如一只凶猛的海鸥在狂风巨浪中穿行,他做此打算可能没有错。

那天傍晚,"坦喀代尔号"横跨曲曲折折的香港水域,快速行进,顺风航行,表现得十分出色。

当船进入深海时,福格先生说:

"船长先生,船开得越快越好,您一定清楚这一点。"【写作借鉴:福格先生的话暗示出他也有些着急了,为下文的情节做铺垫。】

"您放宽心吧。"约翰·邦斯比说,"我们将所有用得上的帆都打开了。其他的帆升起来也没用,无非是增添船的重量,对航行不利。"

131

八十天环游地球

"您知道,我不了解这些,船长,我十分信任您。"

福格先生站直了腰板,分开两腿,和水手一样牢牢地站着,一声不吭地盯着滚滚浪涛的大海。艾达夫人在船尾坐着,她在凝视着黄昏时分的海洋,有些激动。她头顶上随风飘舞的风帆仿佛庞大的翅膀载着她在海上遨游。小船航行起来如在空中飞。

夜幕降临了。天空升起了一弯新月,它那微弱的亮光一会儿就消散在地面上的迷雾中了。一朵朵黑云由东边移过来,已遮住了半边天。【写作借鉴:"一朵朵黑云"渲染了一种恐怖和灾难的氛围。】

船长挂起了夜行的信号灯,海边往来的船只比较多,这是必须要采用的保护方式。在这附近常常有船只相撞事件,并且他们的船行驶得飞快,稍不留神就会粉身碎骨。

菲克斯在船头沉思。他避开大家,知道这位福格先生沉默寡言。还有,他也不愿意同这位叫他免费乘船的人聊天。他也想到了将来,他这时明白了福格先生肯定不会停留在横滨的,他一定立即换乘开往旧金山的船去美洲,那里地域广阔,他就不难逃跑了。他非常清楚福格先生的计划。

这个福格先生不像普通的盗贼那样由英国直接驶向美国,而是拐了一个大弯,环绕了地球半圈,就是想安全到达美洲,摆脱侦探的追踪,到美洲心安理得地去花那些银行的钱。可是菲克斯到了美国以后还可以做什么呢?不再追捕这个盗贼了吗?不可以,绝对做不到!他决定始终跟着他,一直等到办好了引渡手续为止。这是他应该做的,他必须恪守职责,坚持到最后关头。无论如何,现在的状况偏向他这边,路路通不在他的主人身边。在菲克斯将实情全盘托出后,他们主仆二人肯定不能再见面了。【名师点睛:菲克斯侦探是一个狡猾而执着的人,他时刻都在费尽心机地揣度别人的心思。】

福格先生并非没有考虑他的仆人怎么无缘无故地失踪了。他思前想后,觉得也许是弄错了,路路通最后踏上了"卡尔纳迪克号"。艾达夫人也是这么认为的,她很感激这个曾救过她的忠仆,他的失踪使艾达夫人非常难过。可能到横滨可以找到他,而他到底坐上"卡尔纳迪克号"没有,可以很容易弄清。

到了半夜十点钟,风力加强了。为了保险起见,大概要收下一些帆。但是船长认真地察看了天空后,认为应一直保持以前的状态进行。"坦喀代尔号"船帆稳如泰山,船的吞吐量很大,就算有风暴也可以全速航行。

半夜十二点,福格先生和艾达夫人返回舱室,菲克斯已提前一步回来了,此时已经倒在一张床铺上了。船长和其他船员整夜都得待在甲板上。

翌日是十一月八日。当太阳升起时,小船已经走出了一百多海里。经常被投入水中的测量仪标示出平均航速每小时八到九海里,"坦喀代尔号"的船帆依然迎着侧面风,驶出了最高时速。假如风向不变,时机对他们来说是有利的。【名师点睛:目前情况顺利,但是接下来的几天呢?】

那天的航行,"坦喀代尔号"离海岸线很近,岸边的水流会使船提速前行。船的左侧离海岸线不超过五海里,透过云雾偶尔会依稀看见岸边的风景。风从岸上吹过来,水面上还很平静;这种情形有利于小船的行进,原因是载重量小的船最怕巨浪,狂风巨浪迫使船放慢航速,以航海界的行话说,是要被"吞没"的。

中午十二点,由东南方向吹过来的风减弱了。船长命令张起了顶帆,可是过了两个小时,他又派人卸下来,原因是风又变强了。【名师点睛:海上环境瞬息万变,所有人都悬着一颗心。】

福格先生和艾达夫人心情愉悦之极,他们的食欲恢复了,所以胃口很好,津津有味地吃着罐头和饼干。他们叫菲克斯一起吃,菲克斯没拒绝,他清楚人同船一样要吃饱才有精力走,可是他内心很窝火!白乘人家的船,还得吃别人的食物,他觉得太没面子了。他也吃了,就算是草草地吃了,可到底还是吃了。

饭后,他把福格先生拉到旁边,告诉他:

133

八十天环游地球

"先生……"

"先生"这个词刚说出口,他感到特别刺耳,他努力地控制自己,使自己不至于跑过去抓住这位"先生"的领口。

"先生,多谢您的好意,叫我搭您租的船。即使我不具备同您一样慷慨大方的条件,可我依旧想拿出我应该拿的那部分……"

"先生,我们不要谈这个。"福格先生回答。

"可是,我必须……"

"不行,先生。"福格先生不容争辩地说道,"这已列入了我正常的开支之内了。"

菲克斯退步了,他有些郁闷,一个人冲到船头的甲板上,这一天他没再说一句话。

船在飞速前行,约翰·邦斯比满怀信心。他多次对福格先生表示一定能准时到达上海。福格先生只表示说:但愿如此。几个船员的积极性都很高,奖金在鼓舞着他们的热情。所有的帆杆绳都拉得死死的!所有的帆都张得紧紧的!开船的人掌握的方向更是不见丝毫偏差!就算在皇家游船俱乐部的游艇上,也没这么认真谨慎工作的人。【名师点睛:在金钱的鼓励下,所有人都充满了积极性,船上的风帆就是最好的证明。】

傍晚时分,按照测量计的显示,船长看到从香港出发后已经驶出了二百二十海里。福格先生有希望在抵达横滨时,无须在旅程表上记载延误的时间了。这样一来,他离开伦敦后遇到的第一个不幸可能不会对他的旅程计划有负面影响。

在太阳升起之前的几个小时,"坦喀代尔号"横穿北回归线,进入福建海域,它把台湾岛跟中国大陆隔开。海水的水流很急,处处是急转的漩涡。小船行驶得很吃力,海浪影响它的航速,现在想要直立在甲板上也极其困难。

天亮时,风刮得更猛了。【写作借鉴:环境越来越恶劣,海水急、风浪猛，渲染出艰难的航行环境。】看天气像是要有大风，温度计也显示出要变天；温度计显示温度波动频繁，水银跳动较快。东南部的大海面上已经刮起了风暴，狂风巨浪就要来临。傍晚时，落日的余晖映照下的海面沉入了一片红雾里。

船长仔细地观测了糟糕的天象后，低声嘟囔了几句没人明白的话。过了一会儿，他向福格先生走近，说：

"我希望您了解实情，可以吗？"

"当然。"福格先生说。

"我们将要面临大风了。"

"是哪边刮来的风？"福格先生问。

"从南边。您瞧，台风马上就吹起来了。"

"刮南风就叫它尽情地刮吧，对船的行进有利。"福格先生回答道。

【名师点睛：环境如此恶劣，而福格先生依然有心情开玩笑，舒缓约翰·邦斯比的紧张情绪。】

"您不在乎，"船长说，"我就无所谓了。"

约翰·邦斯比的担心没错。根据一位著名的气象学家的看法，到了深秋季节，狂风肆虐时，它们就像一连串的雷电一样掠过天空。冬天的狂风就更猛烈了。

船长提前做好了防风准备：他让船员将每个帆都拉直，帆架放到甲板中，顶帆的支架也放下来，备用帆都收起来，舱口也密封好，不能让一滴水流进来。就剩一张厚厚的帆布做成的三角帆，用它来代替船头的大帆，以后边吹来的风作动力航行。【名师点睛：面对即将到来的台风，经验丰富的约翰船长已经做好了准备。】大家静静地等待着狂风的到来。

约翰·邦斯比请他的乘客回到舱室去。因为船舱太狭小，空气稀薄，还有巨浪的颠簸，关在下边的感觉特别不好受。福格先生、艾达夫人和菲克斯都不同意回到舱室里去。

八点钟左右，刮起了狂风，下起了骤雨，只升起一张小布帆的"坦喀

135

八十天环游地球

代尔号"被风暴吹得像一片羽毛一样飘飘忽忽、摇荡不定，真没法形容出这场暴风雨的残酷。【写作借鉴：运用比喻的修辞手法，"像一片羽毛"形象地刻画出小船在暴风雨中摇摆不定的情形。】将小船的速度同全速行驶的火车相比较，就算说它是火车速度的四倍，也不足为过。

"坦喀代尔号"整天在狂风巨浪中向北飞驰，快得像刮风。不知多少次小船险些被后面的惊涛骇浪吞没掉，但全都因为船长沉着地调整方向，一切化险为夷了。巨浪不时地把船上的乘客浇成落汤鸡，他们依然泰然处之。菲克斯还有一些抱怨，勇敢的艾达夫人看着她的旅伴福格先生，特别佩服他的沉着冷静，面不改色地承受大浪的侵袭。而福格先生，早就想到了可能会遇到台风。

到现在为止，"坦喀代尔号"始终向北行驶；可是到了傍晚，大家害怕的事情出现了，风向偏转了二百七十度，从西北方向刮来。小船迎着风浪，动荡得更剧烈了。海浪愤怒地拍打着小船，要是不了解船身的各个部分拼接牢固的话，肯定会心惊胆战。

慢慢地，黑夜来临了，暴风雨变本加厉了。天慢慢黑了，风也越刮越猛了，船长有些担心，他在想是否要找个地方躲一躲，因此就去跟船员们商量对策。【名师点睛：情况生变，暴风雨变本加厉，船长不得不召集船员商量对策。】

协商完了，他走到福格先生身边讲：

"先生，我觉得应在附近找个港口避一避。"

"我也是这么认为的。"福格先生说。

"好极了。到什么地方避一下呢？"

"我就知道一个码头。"福格先生冷静地说。

"在哪儿？"

"上海！"【名师点睛：即使环境恶劣，但福格先生勇敢无畏，他决心冒险赶往上海。】

起初船长还没搞明白这句话的含义，还没弄清福格先生的镇定和顽

136

强的意志。然后他才恍然大悟,说道:

"没错!您讲得对!到上海去!"

可怕的夜晚!这小船不翻真是个奇迹!有两次它都被海浪吞没,假如船上的绳子不结实的话,船具都不清楚被刮到哪里去了呢。艾达夫人已经筋疲力尽了,可是她一点抱怨也没有。福格先生几次抱住她,免得她被海浪冲击。

天快亮了,是暴风雨最凶残的时刻。幸亏风向转回东南了,有利前进了。"坦喀代尔号"继续在狂风大浪中前进,刚吹来的东南风席卷着巨浪抵御着北方残留的逆浪。假如这条船不够坚实,早就被这场巨浪吞噬了。

透过雾气的空隙,大家偶尔能隐约地看到海边的陆地,但是海上见不到一条船。只有"坦喀代尔号"一条船在孤独地同风暴搏击。

中午十二点,天气又显示出暴风雨要平息了,伴随着夕阳西下,这种预兆更明显了。

虽然暴风雨没有肆虐太长时间,可是极其凶猛。困乏的乘客总算可以松口气,吃点东西了。

夜里,海面上还算平静。船长又命人拉起了大帆,可是不完全张开帆面。船行驶得非常快,第二日也就是十一号黎明时分,约翰·邦斯比判断海岸线的位置,到上海海港已不足一百海里了。

一百海里,只需一天就能走完一百海里了!福格先生如果乘开往横滨的船,他必须要在黄昏时分到达上海。因为这场狂风暴雨耽误了好几个小时,否则的话现在离上海也就只有三十海里远了。

风力减弱了很多。海面上也开始平静了。小船张起了桅帆、顶帆、备用帆、外前帆,海面上被弄起了一连串的泡泡。

正午时分,"坦喀代尔号"离上海只有四十五海里了。假如要在开往横滨的船开船前抵达上海,仅余下六个小时了。【名师点睛:虽然暴风雨平息了,但福格先生一行人的行程依然紧迫,他们的时间不多了。】

乘客们都心急如焚,准备不管怎样也要赶到上海。所有的人——当

137

▶ 八十天环游地球

然不包括福格先生——全都心跳加速。小船必须保持时速九海里的速度航行,但是风慢慢弱了!从陆地上吹来的风,忽大忽小,风吹过后的海面马上就风平浪静了。

幸亏"坦喀代尔号"重量轻,薄帆兜住了刮来的微弱的海风,水流也在帮助小船。六点钟时,约翰·邦斯比认为到黄浦江差不多只有十海里了,而上海市区到吴淞口还有十二海里。

下午七点钟,船不到三海里就要抵达上海了。船长嘴里诅咒个不停……二百英镑的赏钱泡汤了。他盯着福格先生,福格先生面无表情,尽管他的命运可能就悬于这一刻了……

正在此时,海面上出现了一个长长的黑烟囱,呼呼地冒着黑烟。这正是那条美国船,它按时起航了。

"太倒霉了!"约翰·邦斯比喊道,绝望地把舵推到了一旁。

"发信号!"福格先生果断地说。【名师点睛:约翰·邦斯比的抱怨和福格先生的冷静形成鲜明对比。】

"坦喀代尔号"的前甲板上有一门小铜炮,是准备在雾大的时候发信号的。

炮膛里装满了火药,船长正准备用一块火红的木炭去点燃导火线时,福格先生又开口说:

"下半旗。"

旗被降到了桅杆中央,这是一种求救的信号。他们想叫美国船看到这个标志后转变方向,过来救援小船。

"开炮!"福格先生喊了一声。【名师点睛:福格先生此时已经非常着急了,他开始大呼大叫起来。】

小铜炮的声音响彻云霄。

Z 知识考点

1. 当"坦喀代尔号"横穿北回归线时,福格先生一行人进入了_____

_____海域。当台风刮起来时,福格先生选择停靠的码头是_____。

2. 福格先生着急赶往上海,因此要求船长加快速度行驶。（   ）

3. 福格先生赶往上海的旅程顺利吗?

_____

_____

_____

阅读与思考

1. "坦喀代尔号"上的船员们为什么干劲十足?

2. 菲克斯侦探向福格先生提出要负担自己的那部分船费,这说明了什么?

▶ 八十天环游地球

第二十二章

路路通觉得无论何处钱都可以通神

> **M 名师导读**
>
> 路路通在半睡半醒间,一个人登上了开往横滨的轮船,上船后不见主人的踪影,他只好一个人来到横滨,然而身无分文的他只能四处乱逛,他该怎么维持生活呢?

十一月七日晚六点半,"卡尔纳迪克号"从香港起航,直往日本驶去。福格先生在船上预订了后舱的两个舱室,除了这儿是空的,其他地方都装满了货物和旅客。

第二日清晨,前甲板上的旅客奇怪地发现从二等舱的舱口走出来一位头发乱蓬蓬的旅客,此人目光呆滞,走路时跄跄跎跎,后来坐在一根闲置的桅杆上。【写作借鉴:神态、动作描写,刻画出吸食鸦片后的路路通凌乱不堪的样子。】

这个人正是路路通,原来经过是这样的:

菲克斯从烟馆离开后,有两个烟馆伙计将睡得死沉沉的路路通抱到为烟鬼们预备的床上。大约过了三个小时,他好不容易醒了过来。他在向鸦片烟的麻醉作用挣扎抵抗,这时,他想起还没完成的任务,马上便清醒了许多。他从烟鬼的床上爬起来,步履艰难地扶着墙走,摔倒了又爬起来,就这样靠一种顽强的意志,他最终走出了烟馆,嘴里还一直念念有词:"'卡尔纳迪克号'!'卡尔纳迪克号'!"【名师点睛:虽然路路通处于昏迷状态,但他跟随主人的心是坚定的,有顽强的意志力。】

140

就在这时,"卡尔纳迪克号"就要起航了,烟囱里正冒着浓烟。路路通离船仅有几步之遥,就在"卡尔纳迪克号"松开绳子的一瞬间,他一个箭步冲上跳板,走过舷门,然后就晕倒在甲板上不省人事了。

看到这种场面,几个水手一点也没觉得奇怪,要知道这样的场面他们已经司空见惯了。他们将路路通七手八脚地抬进二等舱。到第二天,路路通才清醒过来,此时船离开中国已有一百五十海里了。

这就是路路通为什么这么早就出现在甲板上的原因。他想到甲板上呼吸一下新鲜空气,以便让脑袋完全清醒过来。他试着集中精力去想一想,但是很难办到。过了好一阵子,前一天发生的事情、菲克斯所说的话及烟馆等才渐渐浮现在他的脑海中。

"我一定醉得不成样子了!"他嘀咕着,"福格先生会怎么对我呢?无论如何,我好歹还是赶上船了,这是最关键的。"

此时,他又想到了菲克斯:

"这回我真想将这个东西甩掉。他对我讲了那些话后,没胆量再跟踪我们了。这个跟踪我主人的侦探总是说我家主人盗窃了英国皇家银行的钱!去他的!假如福格先生是盗贼,那我不就成杀人犯了吗!"【名师点睛:路路通并没有被菲克斯侦探蛊惑,他很信任自己的主人。】

路路通该不该跟他的主人讲这些事情呢?该不该将菲克斯在整个过程中所扮演的角色告诉主人呢?也许最好还是返回伦敦再说给他听吧。如果跟他说这个侦探跟踪他环绕地球走了一圈,岂不让大家笑破肚皮?对!就这么定了。目前最要紧的是找到福格先生,向他坦承这丢人现眼的行为,恳请他原谅。

路路通站起身来,海上波涛汹涌,船身晃晃悠悠的。这个老实的年轻人腿还发软,步履艰难地走到了后甲板上。【名师点睛:路路通为人诚实,他犯了错,但他并不掩饰隐藏,而是勇于承认。】

但是,他在这里没有看见福格先生和艾达夫人。

"噢!也许艾达夫人还没起床。福格先生按习惯大概又去打牌了……"

八十天环游地球

他边想着,边朝大厅里走去,大厅里也没找到福格先生。现在他唯一的办法是:向船上的事务长询问一下福格先生住在几号房间,而事务长跟他说没有一个人叫这个名字。

"很抱歉,"路路通并不甘心,"我找的是位绅士,高高的个子,表情冷静,寡言少语,身边还有一位年轻的夫人陪伴……"

"我这儿没见到一位年轻的妇人,"事务长回答道,"给你旅客的名单,要是不相信的话,您自己可以查一下。"

路路通认真看了一下名单,上面的确没有福格先生的名字。

这时,他觉得脑袋发胀了。然后,一个念头在他脑子里一闪而过。他问道:

"我上的是'卡尔纳迪克号'吗?"

"是啊!"事务长说道。

"船是开往横滨吗?"

"对的!"

路路通刚刚担心自己搭错了船!如果他确实上的是"卡尔纳迪克号",而福格先生呢,确确实实不在这条船上。

路路通不禁瘫倒在一把椅子上。犹如一阵晴天霹雳!就在此刻,他一下子记起来了,原来是"卡尔纳迪克号"提前开船,他本该通知福格先生,而他却忘记了!如此一来,福格先生和艾达夫人没赶上船,都是他的错!

这不只是他的过错,也是菲克斯这个坏蛋一手造成的。他不愿意路路通见到福格先生,想叫福格先生留在香港,这家伙便灌醉了他!因为他把这个侦探的底细弄明白了。现在他的主人可糟了,他的计划全被打破了,也许还会被抓起来投进大牢!……想到这儿,路路通恼怒得直揪头发。【写作借鉴:动作描写,写出了路路通的悔恨和懊恼。】哎!如果哪一天他碰到菲克斯这家伙,非和他算算这笔账不可!

路路通非常懊恼,稍过片刻,他的心情慢慢平静了下来,并认真想了一下自己眼下的处境。情况大为不妙,眼下他正在去日本的路上,到日本肯定不成问题,不过到了日本又该怎么办呢?他身无分文,一无所有!

【名师点睛:身无分文的路路通到了横滨以后,该怎么办呢?】幸好,由于他在船上的住宿是预先订的,而且已经付了钱,因此他还有五六天的时间去考虑。路路通在船上胡吃海喝,那副贪婪样简直无法用语言形容。他一个人吃三人的饭,将福格先生和艾达夫人的那份饭都吃了进去,仿佛即将要到的日本是个不毛之地,生怕到那里会饿死一样。

十一月十三日,正遇上涨潮,"卡尔纳迪克号"驶进日本横滨港。

横滨港是太平洋航线上的一个重要港口。来往于北美、中国、日本和马来西亚群岛的邮船和客船都要停泊在这里。横滨离江户[今东京]这座大城市很近,是日本的第二大城市。横滨和江户都位于江户湾,横滨能与天皇生活的大都市江户相媲美。

穿过来自各国的船只,"卡尔纳迪克号"在防波堤和海关仓库旁边的横滨码头靠岸了。

路路通无精打采地登上了这块太阳神的子孙生活的土地。除了去各条街巷中乱逛外,他实在没有其他更好的办法了。【名师点睛:身无分文的路路通迷茫极了,只能四处乱逛。】

路路通先来到一个完全欧化的城区,房子的门都很低矮,朝大街的一面都有整洁的走廊,全是用漂亮的廊柱支撑着。从条约岬到海河,到处布满了街道、广场、船坞和仓库。这里与香港和加尔各答几乎一样,各色人种都有,比比皆是,其中有中国人、英国人、荷兰人、美国人等,他们无所不买,无所不卖。这位法国小伙子在这些人当中就好像被扔进胡坦突人黑人民族聚居的地方,成了名副其实的外乡人。

路路通本来可以摆脱困境的,他可以到英国或法国驻横滨的领事馆。但是他不想把这事告诉给别人,要知道这关系到他主人的隐私。要是还没到万不得已的田地,他是不会去的,最好还是先试试运气吧。

他把横滨的欧洲人聚居地走了个遍,可是一无所获。于是,他又到横滨的日本人聚居地,并下定决心,倘若还是两手空空,那他就去江户。

八十天环游地球

横滨本地人居住的这个地方称"奔天",得名于旁边岛上信奉的海上女神。这里全是青松翠柏、绿树成荫的小径,大门上刻着神像的古怪的建筑物,竹林和芦苇丛里的小桥,半掩在百年松柏中的寺庙庭院,寺庙深处住着不吃荤的佛教和孔门信徒;还有那一眼望不到尽头的长街,街上到处可见成群的红着脸蛋的小孩子们,就像从屏风上下来似的。孩子们正逗着长毛短腿的狮子狗和没尾巴的小黄猫,这些宠物都无精打采,不过很惹人喜爱。

街上行人拥挤,挤得水泄不通:有敲着木鱼列队而行的和尚,有当官的,有头戴贴花尖帽、佩戴东洋刀的警察与海关官吏,有身穿蓝底白纹的棉戎装、扛着枪的士兵,有穿紧身丝绸上衣、外披铠甲的御林军,还有各种等级的武士。【名师点睛:作者为我们描绘了拥挤的街道和形形色色的人群,还原出一种市井之态。】在日本,武士被人尊敬的程度跟在中国是差不多的。街上还有穿长袍的香客、化缘的和尚和普通的市民,这些人个子矮小,大头,头发黑而亮,上身较长,下身短,细腿,皮肤有青铜色的,也有银白色的,不过没有中国人那样的黄皮肤,肤色也是区分中国人与日本人的明显标志。街上热闹非凡,各种车、轿川流不息,其中有马车、带篷车、漆花古轿、双人软轿和竹编床轿。在街上可以看到一些相貌一般的女人脚穿着布鞋、草拖鞋或者特制的木屐,用她们的纤脚迈着碎步。这些女人们都低垂双目,胸部束得很紧,平坦如板,牙齿染成时下时髦的黑色。但是,她们身上穿的民族服装——和服却很雅致。和服跟睡袍几乎一样,腰间系一条宽大的丝带,肥宽的腰带在身后结成一朵大花。巴黎模特儿的装束很可能是模仿日本的和服。

路路通在这形形色色的人潮车流中溜达了好几个小时,还欣赏了那些富丽堂皇、稀奇新鲜的商店,堆满了耀眼的日本首饰的珠宝店,还看了看那些挂着各色各样小旗的日本料理店,但是他只能是一饱眼福,根本没胆量进去。他还看见了好多茶馆,茶客们正在仔细品尝着清香诱人、热气腾腾的"萨奇"饮料,它是从大米中提炼出来的;还有一些烟馆,这里的人不吸鸦片,而是吸一种细烟草。在日本,还没有人知晓鸦片这东西。

然后路路通走到乡间的一片稻田中:这里鲜花绽放,展示出最后的色彩,飘散着沁人心脾的清香;茶花长在高大的山茶树上,而非长在矮树上;果园的周围是竹篱笆墙,园里生长着苹果树、李子树和樱桃树,【名师点睛:郊外不仅景色优美,而且有各种各样的果树,这使得路路通能够填饱肚子。】农民种这些树不是为了卖果子,目的是卖花。果园里还做了一些可以不断发出尖锐声的稻草人和旋转驱鸟器,以便赶跑那些来偷食的鸽子、乌鸦、麻雀等鸟类。巨鹰栖息在高大的杉树上,垂柳下则是忧郁的一足独立的鹭鸶,随处都是小鸟、水鸭、山鹰和野雁,还有很多日本人视之为神鸟的仙鹤,它代表着快乐和幸福。

路路通在闲逛时,无意中发现了草丛里有几棵紫罗兰。

"太好了!"他喊道,"我的晚饭有了。"

此时,他嗅了一下花,没一点香味儿。

"真倒霉!"他寻思着。

说实在话,这位老实巴交的小伙子确实有远见,他从"卡尔纳迪克号"下船之前已经狼吞虎咽了。但是一天下来之后,他的肚子早已饿瘪了。他注意到日本的肉店里没有猪肉、山羊肉和绵羊肉,他也知道在日本杀牛属于亵渎的行为,因为牛是用来耕田犁地的,因此他得出这样的结论:在日本要吃到肉很难。这一点他没弄错。就算肉店里不卖这些肉,他的胃也能消化鹧鸪、鹌鹑、野猪肉、鹿肉、家禽或鱼类,日本人吃米饭时一般都把这些东西当作副食。但是,现在他只能强忍饥饿,还是把吃饭的事先暂且放一边吧。

天黑了。路路通又回到横滨的本地人区。他漫步在街道上,各色各样的灯笼照亮着大街,江湖艺人的杂技表演让他注目欣赏,流连忘返,街上正在使用望远镜观看星际的气象家也吸引了他与很多行人。最后,他来到了码头,港湾里渔火闪烁,渔民燃烧着树油来引诱海里的鱼群。【名师点睛:逛了一天的路路通依然没找到办法,因为他身无分文。】

145

八十天环游地球

街上渐渐静下来了,到处可见查夜的警察。这些身上穿着漂亮制服的警官在士兵的簇拥下好比大使似的。每当看到这种神气十足的巡逻队时,路路通便开玩笑似的说:

"真好!太好了!又是一帮日本使团到欧洲去了!"

Z 知识考点

1. 十一月_____日晚六点半,"卡尔纳迪克号"从_____起航,直奔_____而去,但福格先生预订的座位却是_____的。

2. 路路通把横滨逛遍了,但没有收获,他打算去(　　)看看。
　A. 大阪　　　　B. 东京　　　　C. 江户

3. 下了船的路路通为什么只能四处乱逛?
_____
_____
_____

Y 阅读与思考

1. 路路通是如何上船的?
2. 在船上,路路通见到福格先生了吗?

第二十三章

路路通的鼻子伸得太长了

名师导读

路路通终于找到了谋生的手段,成为杂技团里的一名小丑演员。虽然不起眼,但他很高兴,因为他终于能去美国了。更幸运的是,他在第一次演出的过程中,居然看到了自己的主人……

第二日,路路通筋疲力尽,饥肠辘辘,他告诉自己说一定要想办法吃上饭,而且越快越好。当然喽,他还有一个主意,那就是将他的表卖掉,不过他宁愿饿死,也不想把表卖掉。对这位老实的小伙子而言,还有一个策略,也许是很难得的机会,那就是他天生一副好歌喉,虽谈不上特别优美,可是高亢浑厚,他可以利用自己的这个天分去为旅客们唱歌。【名师点睛:走投无路的路路通甚至想到了要去卖艺赚钱。】

他对一些法国与英国的老歌非常熟悉,他想试一试。日本人肯定都非常喜欢音乐,既然随处可以听见铙钹、铜锣与大鼓的声音,他们一定能够喜爱上一个欧洲声乐家的才华。

然而,目前就卖唱未免过早了点,被吵醒的歌迷们大概不会将带有天皇肖像的银币赏给他。

路路通下定决心,准备再等几个小时。他正在路上走着的时候,一个想法忽然在他脑海里闪过。现在他的着装对一个走南闯北的艺人来说实在太好了些,如果能将这套西服卖掉,换件旧衣服,那跟他的身份就吻合了。更何况,如此一来,还能赚回点钱来,他也就能立即填饱肚子

147

八十天环游地球

了。【名师点睛：一旦有了"出路"，路路通的鬼点子竟然一个接一个地冒出来。】

主意拿定，下一步就得实施了。路路通四处寻找了很久，终于发现了一个当地人开的旧货店。他走进这家旧货店，并说明了要求。旧货商对他的西装很喜欢。稍过片刻，路路通头戴旧头巾，身穿一套旧衣服，走出了旧货店。他的口袋里有几枚响叮当的银币。

他想着："太棒了！现在我过得真快乐！"【写作借鉴：语言描写，体现出路路通知足常乐的乐观精神。】

这位法国小伙子打扮成日本人，现在他急需要做的事是找一家门面不大的饭馆，少弄些鸡鸭肉和几团米饭，勉强吃一点东西。要明白，吃了这顿，下一顿还成问题呢。

他吃饱后想："现在千万不能稀里糊涂地过日子了。只剩下唯一的方法了，那就是把这套旧衣服拿去换掉，再换件更日本化的衣服。必须尽快离开日本，除了这倒霉的回忆外，它没给我留下其他的东西！"

此时，路路通想去看看驶往美国的轮船，打算毛遂自荐，到船上当厨子或者用人，不要报酬，只要管吃管住就可以了。等到了旧金山后，他再想其他的办法。【名师点睛：路路通一心奔着美国，居然又想出了到轮船上找工作的主意，真是聪明。】眼下最要紧的是怎样离开日本去美国，要清楚两地相距四千七百海里。

路路通不是个优柔寡断的人，他立即走向横滨港口。可是，当他走到码头附近时，原来以为很容易付诸实施的计划却变得越来越不现实了：一条美国船为什么让我当厨子或用人呢？我这身打扮人家能信任我吗？我有没有值得信赖的推荐信？我有证明与担保吗？【名师点睛：一连串的疑问，表现出路路通的怀疑与不安。】

就在这时，他一眼看见了一张大海报，一个打扮成马戏团小丑的人拿着它穿行于横滨的大街小巷。海报上用英文写着：

尊贵的威廉·巴图卡先生的

日本杂技团

　　赴美表演前最后的演出

　　长鼻子——鼻子长

　　愿上天的"泰古神"保佑

　　精彩极了

"去美国！"路路通惊奇地呼道，"这就是我梦寐以求的……"

然后，他就在那个手拿海报的小丑后面跟着，不一会儿就回到了本地人居住区。十五分钟后，他在一个很大的马戏棚前站住了，棚上插着一排排五颜六色的旗子，外墙上画着演员画像，尽管色彩鲜艳，却毫无美感。

这便是尊贵的巴图卡先生的杂技团。他是美国的巴尔诺（美国杂技团经理）那样的人物，是这个杂技团的领导人。杂技团是由杂技演员、跳板演员、魔术师、小丑、平衡技巧演员及体操演员构成的。按照海报上所说，这一场演出是杂技团在离开日本赴美前的最后一场。

路路通走进戏棚前的过道，求见巴图卡先生。巴图卡先生亲自出来迎接。

"您找我有什么事吗？"他问道，起初他认为路路通是日本人。

"您需要一位仆人吗？"路路通问道。

"仆人？"巴图卡先生一边抚摸着颌下浓密的胡茬，一边说，"我雇了两个仆人了，他们忠实听话，一直跟随着我。他们不要一分钱，只管吃住便成……瞧！他们就在那儿。"说着，他将两只粗壮的手臂伸了出来，手臂上青筋突起，像琴上的一条条粗弦。

"如此说来，您不需要我了？"

"是的。"

"真倒霉！我真想跟您一起穿越太平洋。"

"噢！"巴图卡先生说道，"如果您是日本人，那我不就成猴子了！您干吗穿成这样？"

八十天环游地球

"我爱什么就穿什么!"

"你说的是实话。您来自法国?"

"对,一个地地道道的巴黎人。"

"那么,您做鬼脸一定是拿手好戏喽?"

当听到此问话时,路路通感到非常意外,并有点生气地说:"不错,我们法国人都能做鬼脸,但是与美国人相比,那还差得远呢!"

"说得没错。要是我不请您当仆人的话,那请您当小丑,您喜欢吗?您明白吗?在法国展示的是外国小丑;在国外要展示法国小丑了!"

"没错!"

"您身体结实吧?"

"尤其是在填饱肚子后。"

"你的歌喉如何?"

"还行。"这位过去曾在街头卖唱的小伙子回答道。

"可是,您会倒立着唱歌吗?并且两脚朝天,右脚心平衡地放着一把军刀,左脚心放一个旋转的陀螺?"

"小事一桩!"路路通信心十足地回答,他回忆起原先曾专门训练过这些。

"您看,您的任务就是这些。"尊贵的巴图卡先生说。

就这样,双方当场谈妥了。【名师点睛:路路通与经理的对话非常有趣,而路路通之前丰富的阅历也帮助他获得了扮演小丑的工作。】

路路通终于找到落脚的地方了,他加入了这个著名的日本杂技团演一位小丑。事实上,这并没有什么值得炫耀的,但是一周后,他便能够乘船去旧金山了。【名师点睛:虽然路路通的新工作很不起眼,但他终于有机会去旧金山了。】

下午三点,巴图卡先生大肆宣传的演出就要开始了。门口的锣鼓已经响起,这个以锣鼓为主的日本乐队准备开始演奏了。看情形,今日要路路通演一个角色是不可能的。他决定用自己结实的胳膊助"叠罗汉"

的杂技演员一臂之力。由"泰古神"的长鼻子演员来表演此节目,这场精彩绝伦的演出是压轴戏。

不到三点钟,宽广的马戏棚就已挤满了沸沸扬扬的观众,其中有本地人、欧洲人、中国人等,他们一个个都争先恐后地占领长椅和舞台对面的包厢。此时,由锣鼓组成的日本乐队已经从门口回到了棚中,铜锣、堂锣、快板、竖笛、小铜鼓和大洋鼓的敲打声惊天动地,热闹极了。【名师点睛:热闹的场面,来自各国的观众,这为路路通与福格先生的巧遇埋下伏笔。】

演出的项目全都是杂技团最拿手的,应该说日本的杂技演员在世界上是一流的。其中一名男演员用烟斗里喷出的芬芳雾气在空中写出一些向观众致敬的文字;另一名用一把扇子和碎纸片展示了优美的"花蝶舞";还有一名手技演员,他耍弄的是几支燃烧的蜡烛,将一支支嘴边的蜡烛吹熄,接着又一支支点燃,与此同时,他那优美的抛来掷去的动作始终没有停止过;另一个演员玩陀螺,这个陀螺表演是让人难以置信的节目,在他灵巧的手的操纵下,那些急速飞转的陀螺好似一个个充满灵性的小动物,在刀口上、烟斗杆上和细如发丝纵横舞台的钢丝绳上旋转着,它们能随处打转,能爬竹梯子,能绕大水晶瓶打转,发出的响声使人耳目一新,赏心悦目。耍弄陀螺的演员和陀螺一起飞旋着,像玩羽毛球一样用木拍来回打着陀螺,这些陀螺在空中飞快地旋转着。有时他们将陀螺放到口袋里,然后拿出来时陀螺仍在旋转,直至其中的发条彻底松弛时,陀螺才不再飞转,好似一朵朵正在绽放的纸花!

关于杂技团的演员们精彩纷呈的表演在此不再描述。上高杆、爬转梯、滚圆桶、玩大球等都做得非常准确和成功。"长鼻子"的表演是整场演出中最精彩的,这种令人惊讶的精湛表演在欧洲根本就看不到。【名师点睛:压轴节目就要上场了,这必将吸引周围人的目光。】

这些"长鼻子"是一个特别的班子,由"泰古神"直接引领。他们身穿中世纪英雄的衣服,肩部点缀着两只华丽的假翅膀,不过最与众不同的

八十天环游地球

是那根长鼻子，还有用这根长鼻子表演的各种精彩绝伦的节目。这些假鼻子长约五六英尺，最长的有十英尺，全都用竹子制的。这些假鼻子有的弯，有的笔直，有的粗糙，有的光滑。这些鼻子安装得非常结实，演员们用这些假鼻子表演着精彩绝伦的节目。起初大约十几名"泰古神"教派的徒弟往地上一倒，接着，另外一些演员跳上他们那些犹如避雷针般耸立着的鼻子上，在上面不停地跳跃，由这个鼻子跳到另一个上面，表演的水平令观众拍案叫绝，掌声雷动。

"叠罗汉"是整场演出的压轴戏，因此主持人专门向观众报出了这个节目。这个罗汉塔由五十多个长鼻子搭成。杂技团的这些演员们用长鼻子叠成一个人体造型，而不是靠臂膀当支撑。最近由于罗汉塔最下面的演员走了一个，而且最底层的演员身体必须结实，头脑也要灵活，因此路路通被巴图卡先生选中，用来代替那名离开杂技团的演员。【名师点睛：介绍路路通成为垫底演员的原因。】

说心里话，路路通穿上中世纪英雄的衣服，肩上装饰着两只五颜六色的翅膀，然后再安上一个长六英尺的鼻子，这位正派的小伙子不由得回想起年轻时悲惨的时光，一阵悲伤涌上心头！可是，他眼下只能依靠这个维持生计，于是他振作精神，非要干下去不可。

路路通走上舞台，同那些罗汉塔最底层的演员肩靠肩站在一块。他们动作整齐地倒在台上，鼻子都伸到上空。然后，第二层的演员躺到他们的鼻尖上，接着便是第三层，第四层，不一会儿，这只是靠鼻尖支撑的罗汉塔就碰到了顶棚。

此时，台下掌声雷动，掌声、喝彩声经久不息，乐队也敲响了雷鸣般的锣鼓，震耳欲聋。就在此时，罗汉塔失去了平衡，并开始摇起来，因为最底层的一个鼻子不翼而飞了，罗汉塔犹如纸叠的城堡似的轰然倒塌了……【名师点睛：这是怎么回事呢？"鼻子"哪去了？】

原来是因为路路通擅自走了，才导致了这一幕悲剧。那时路路通飞过台前的栏杆，接着爬上右边的楼座，最后跪到一名观众的跟前，大声嚷道：

"啊！我的主人！我的主人！"

"是你？"

"是我。"

"那好。我的小伙子，快上船吧……"【名师点睛："他乡遇故知"，路路通的兴奋可想而知。】

尔后，福格先生和艾达夫人带着路路通急匆匆地通过走廊离开马戏团。路上，他们遇到怒气冲天的巴图卡先生，他让他们赔偿罗汉塔倒塌的损失费。此时，福格先生随手扔给他一些钱，算是平息此事。六点三十分，轮船按时起航。福格先生与艾达夫人踏上了美国邮船，路路通紧跟其后，他脸上六英尺长的鼻子及其肩上的翅膀还没来得及取下来呢！

八十天环游地球

第二十四章

福格先生一行横渡太平洋

> **M 名师导读**
>
> 路路通终于和福格先生一同登上了开往旧金山的轮船，他兴奋极了。但那个菲克斯依然跟随着他们。他又开始设计陷害福格先生了，看来福格先生的环球之旅依然是困难重重。

我们已经猜到了有关在上海海域发生的事情。开往横滨的轮船看见了"坦喀代尔号"发出的信号，船长一发现半旗，就命令轮船向小船靠近。一会儿工夫，按照预先说定的价钱，福格先生付给约翰·邦斯比船长五百五十英镑。接着，福格先生、艾达夫人和菲克斯登上了轮船，船立刻向长崎和横滨开去。

十一月十四日清晨，轮船按时到达横滨。福格先生让菲克斯去做自己的事，而他和艾达夫人直接去找"卡尔纳迪克号"。他在那儿打听到法国年轻人路路通的确在昨天晚上就已经到了横滨。艾达夫人得知这个消息后万分高兴，福格先生想必也很高兴，只是丝毫没有流露出来。【名师点睛：福格先生没有忘记路路通，他一直在寻找他，而得到消息后他和艾达夫人都非常高兴。】

那天晚上，福格先生打算搭船去旧金山，于是，他匆匆忙忙去寻找路路通。他到英国和法国领事馆询问，可是一无所获；又找遍了横滨的大街小巷，也是一无所获。就在他绝望时，也许是凑巧，也许是鬼使神差，他走进了尊贵的巴图卡先生的马戏棚。因为路路通穿着稀奇古怪的衣服，福格先生根本没有认出他来，不过仰卧在地上的路路通发现了坐在楼上包厢里的主人。他的长鼻子禁不住动了一下，因而"罗汉塔"一下子倒塌了。至于后来发生的事，就没有必要赘述了。

是艾达夫人将这些情况告诉路路通的，她向他讲述了搭"坦喀代尔号"由香港到横滨的过程，路上还有位名叫菲克斯的人一块做伴。【名师点睛：可恶的菲克斯侦探居然还穷追不舍，而艾达夫人对于其中的隐情似乎毫不知晓。】

当路路通听到菲克斯这个名字时，他的表情毫无变化。他觉得现在把他和菲克斯之间的事告诉主人还为时太早。路路通在跟艾达夫人讲述自己的遭遇时，只是说他在横滨的一个烟馆里被鸦片熏昏了，并一味责骂自己，请求主人宽恕。

福格先生冷冷地听完他的话后，一声不吭，给了他的用人一笔足够的钱，让他给自己买些更合适的衣服。过了一个小时，这位年轻人拿掉了大鼻子和假翅膀，他身上的"泰古神"教派的痕迹也随之消失了。【名师点睛：与主人相遇的路路通仿佛开启了新生活一般，令人感到快慰。】

这艘名叫"格兰特将军号"的轮船，从横滨开往旧金山，归太平洋轮船公司管辖。这艘船吨位是二千五百吨，设备精良，速度极快。一根巨大的蒸汽机杠杆从甲板上露出来，杠杆两端一上一下始终在运动，其中一端连着轮机上的曲轴，另一端连接活塞柄。杠杆的动力直接转为推动轮机的动力，如此一来，船的轮轴就能一直不停地转着。"格兰特将军号"装有三个宽大的大帆，从而加快船航行的速度。照目前每小时十二英里的航行速度，花不上二十一天轮船就可以抵达旧金山。福格先生相信十二月二日就能到旧金山，十一日到纽约，十二月二十日就可以返回伦敦了。这么一来，他还能在那个命运攸关的日子——十二月二十一日之前几个小时完成环游地球旅行的计划。

船上满载着旅客，其中有英国人、美国人、很多要移民美洲打工的

八十天环游地球

人，还有一些在印度军队服役的军官，他们在利用假期环游世界。

整个航程里都平安无事，凭着那巨大的轮机和强劲的风帆，"格兰特将军号"行驶得很平稳。太平洋的确非常太平，福格先生本人也像往日那样沉默寡言。<u>那位年轻的旅伴艾达夫人渐渐对他产生了浓厚的兴趣，而且不仅仅是感激之情了。他那种静默而慷慨大度的性格，他那颗仁慈的心，这一切都深深打动了她的芳心，她不禁对这位奇怪的福格先生产生了丝丝情愫</u>，可福格先生对艾达夫人的微妙情感变化始终无动于衷。

【名师点睛：此处小说的另一条线索引出来了，那就是艾达夫人和福格先生之间的微妙情感。】

还有，艾达夫人十分关心这位绅士的旅行计划，她担心旅行计划会由于什么事故而受到延迟。她常常和路路通闲聊，从她的一言一行中，这位年轻人猜出了她的心思。这位法国小伙子现在对他的老爷是顶礼膜拜，他对福格先生的诚恳、仁慈和热心赞不绝口；然后，他告诉艾达夫人不必操心，说这次旅行肯定能顺利完成，最艰难的日子已经过去了，现在已经远离了中国和日本这些神奇的国家，马上就要到美洲了，仅需要坐一趟火车从旧金山去纽约，然后换乘一趟轮船就可以从纽约回到伦敦了。如此一来，这个环游世界的神奇的计划就按期完成了。

如今离开横滨已经九天了，福格先生恰好游了半个地球。

十一月二十三日，"格兰特将军号"穿过了一百八十度子午线，这里正好与北半球的伦敦相对应。以前计划用八十天环游世界，他已经用了五十二天，目前只有二十八天了。但是我们应该提醒大家，如果根据地球经度子午线计算，他只走了一半路程，而实际上他已经走了三分之二的旅程。他绕的圈子太大了，从伦敦到亚丁港，由亚丁港到孟买，从孟买到加尔各答，从加尔各答到新加坡，再从新加坡到横滨。如果他按照伦敦所在五十度纬线径直环绕地球，那么最短距离只有差不多一万二千英里；但是，由于交通的限制，福格先生只得绕道而行，如此一来，全程一共有二万六千英里。到十一月二十三日为止，他已经完成了一万七千五百英里的旅程。剩下的不必再绕圈了,况且,那个总给他们惹麻烦的菲克斯也不在了。

十一月二十三日这一天,路路通又发现了一件事,这事使他高兴万分。大家还没有忘记,当时这位倔强的年轻人坚持要他的那个传家宝大银表保持伦敦时间,他总认为途中经过的国家的时间都是错误的。那一天,他既没向前拨动表的指针,也没有向后拨,但是现在呢,他的表跟船上大钟走的时间一模一样。

路路通之所以这么得意扬扬,是因为还有其他的原因。如果菲克斯在的话,他很想听听这个坏蛋对他的表会有什么高见。

"这个混蛋向我讲了好多关于子午线、太阳和月亮的一大堆废话!"路路通喋喋不休地说,"嘿!这群混蛋!假如听了他们的,时间哪有如此准确呀!我敢肯定太阳总会有一天会按照我的表行走的……"【名师点睛:路路通依然固执,并且表现出扬扬得意的自信。】

事实上,路路通忽略了一点:如果他的表跟意大利钟表一样是二十四小时刻度,那么他就不会这么扬扬得意了。假如是那样的话,当船上的表指向上午九点时,而他的表应该是晚上九点,也恰好是一天里的第二十一小时,他的表和船上的表时间的差距正好是伦敦和子午线一百八十度地区时间的差别。

即使菲克斯可以将这个物理性很强的问题解释清楚,即使路路通明白了,那他也未必能够接受。再说,即使菲克斯此时在船上,对他心存恨意的路路通肯定也会把话题扯到其他的事情上,并且用截然不同的方式。

但是,这个菲克斯现在在哪儿呢?

菲克斯此时就在"格兰特将军号"上。【写作借鉴:运用设问的修辞手法,引起读者注意,阴魂不散的菲克斯侦探再次出现。】

事实上,这个侦探刚到横滨就离开了福格先生,他直接去找英国领事馆。他打算当日再跟福格先生会合,他在英国领事馆终于拿到了逮捕证。这张逮捕证从孟买寄出,在路上迂回了四十天,香港警察局以为菲

八十天环游地球

克斯要登上"卡尔纳迪克号",便把逮捕证交给船主带到了横滨。侦探大为失望!逮捕证已经没用了!福格先生已经离开了英国的属地!假如要逮他,那就必须办理引渡手续。【名师点睛:交代菲克斯侦探出现在"格兰特将军号"上的原因。】

"算了!"菲克斯抑制住愤怒的感情,暗自说道,"逮捕证在这里失效了,可是在英国境内还有效。这家伙自以为蒙混过关了,最后还是要回到英国的,我就跟踪到英国。至于赃款还剩多少,鬼才晓得呢!旅行、奖金、保释金、诉讼费、买大象等各项开支,他已经挥霍了五千多英镑。但无论怎样,银行的钱多着呢!"

他拿定主意,就登上了"格兰特将军号"。当福格先生、艾达夫人和路路通上船的时候,菲克斯已经在船上了。他认出了身着奇装异服的路路通,急忙藏进舱室,以免当面遇到,反而把事情搞砸了。有一天,他认为船上旅客那么多,他的对手不可能看出他的。于是,他就离开了舱室。但是,无巧不成书,他们竟在前甲板上相遇了。

路路通一句话不说就急忙冲上去掐住他的脖子,附近有几个美国人立即走过来看热闹,并为他加油助威,还打赌他们两个人打架谁赢谁输。路路通狠狠地教训了这个倒霉的侦探一顿,酣畅淋漓,充分证实法国拳术和英国的不可以同日而语。【名师点睛:"冤家路窄",路路通和菲克斯侦探相遇了,而路路通的暴躁性格必然不会让菲克斯白白逃走。】

路路通一阵拳打脚踢后,感到气顺多了。菲克斯苦不堪言,并狼狈地站起身,他望着路路通,冷冰冰地问:

"这一次打够了吗?"

"暂时够了。"

"那好,我们谈谈。"

"我、你……"

"是关于你主人的事。"

此时此刻,路路通似乎被他的沉着镇住了,跟在侦探后面,并在前甲

158

板上静静地坐了下来。

"你打了我一顿,"菲克斯说,"既往不咎。我跟你说,直至目前为止,我一直都跟福格先生是敌人。但是从此时开始我要帮助他了。"【名师点睛:狡猾的菲克斯侦探又在耍花招欺骗单纯的路路通了。】

"您终于相信他很诚实了?"路路通喊道。

"不,"菲克斯面无表情地回答,"我相信他是个坏蛋……你别这么做!别打架!等我把话说完。当福格先生在英国所属的土地上的时候,我一直在等逮捕证到达,我要抓他。为了可以逮到他,我不惜所有代价,是我唆使孟买寺庙的僧侣到加尔各答起诉他,是我在香港把你灌醉,好让你离开你的老爷,是我让他误了开往横滨的船……"

路路通一边听着,一边握紧了拳头。

菲克斯继续说:"现在,福格先生要回英国了?这不错,我要一直跟他到英国。从此刻起,我要用以前为他制造麻烦时的所有耐心和热情去为他扫除一切障碍。你心里很清楚,我改变了方式,要知道,为了能达到目的,我必须如此去做。我还要说的是你目前与我有共同的目的,因为只有到了英国你才会知道,你是在为一个绅士服务还是在为一个罪犯效劳!"

路路通认真地听完了菲克斯讲的话,他确信菲克斯说的都是肺腑之言。

"我们成朋友了?"菲克斯问。

"朋友?不!"路路通回答,"我们是同盟者,而且还需要进一步地证实。换句话说,如果我看出你敢背叛我的话,我就将你的脖子拧断!"

"一言为定!"菲克斯镇静地说。

十一天过后,也就是十二月三日,"格兰特将军号"驶进了金门港,终于到旧金山了。

到目前为止,福格先生的行程既没有延误一天,也没有提前一天。

【名师点睛:时间刚刚好,体现出福格先生精准的预测能力。】

八十天环游地球

Z 知识考点

1. 福格先生一行人在横滨登上了一艘名为"＿＿＿＿＿＿号"的轮船赶往旧金山。十一天过后，也就是十二月＿＿＿＿＿＿日，他们到达金门港。

2. 因为责怪路路通的失误，面对路路通的回归，福格先生并没有理他。（　　）

3. 被路路通打了一顿的菲克斯为什么要与路路通谈谈？

_____

_____

_____

Y 阅读与思考

1. 路路通给自己找到的谋生出路是什么？
2. 菲克斯和路路通又说了什么？

第二十五章

从街头集会来看旧金山

M 名师导读

在旧金山观光的福格先生遭遇了一场政治性的群众集会,而菲克斯侦探为了保护福格先生挨了一拳,这使他获得了福格先生的信任。随后,他们便登上了开往纽约的火车。

在早上七时,福格先生、艾达夫人和路路通踏上了美国的领土,如果我们说轮船停靠在浮码头也算到了美国的话。这些浮码头跟着海水涨落而起伏,所以有利于船只装卸货物。载重量不一样的快帆船、来自不同国籍的轮船和那些专门在萨克拉芝多河及其支流航行的多层汽艇全部都停靠在这些浮码头上。码头上还堆放着大量计划被运往墨西哥、秘鲁、智利、巴西、欧洲、亚洲及太平洋各岛屿的货物。

终于到了美洲大陆,路路通兴奋异常。他觉得应该用自己最漂亮的鹞子翻身的动作跳到陆地上。但是,当他的两腿踏上有些被虫蛀坏了的码头上的木板的时候,他险些摔一跤。这个老实巴交的小伙子尴尬地走上美国的领土时,不禁大喊了一声,让一大群栖息在码头上的鸬鹚和鹈鹕因受惊而一哄而散。【名师点睛:终于到了美洲大陆,路路通兴奋极了,甚至表现出滑稽可笑的一面。】

福格先生刚一上岸,就去询问去纽约的头班火车,获知这趟车是晚上六点开。如此一来,福格先生能够在加利福尼亚州首府待一天。他用三美元雇了一辆马车,路路通坐在马车最前面的位置上。接着,马车驶

八十天环游地球

向国际饭店。

路路通的位子很高，如此一来，他对这个美国大城市的景象可以居高临下地欣赏一番了：宽阔的街道、路两边排列着整齐的低矮房屋、盎格鲁－萨克逊格调的哥特式大教堂和神殿、巨大的船坞，好像宫殿般的大仓库，有的是用砖瓦搭建的，有的则是木头结构。大街上川流不息，其中有马车、卡车等；人行道上人群拥挤，有美国人、欧洲人、中国人、印第安人等，使现在的旧金山市人口达到了二十万。

看到这些情景，路路通感到万分惊奇，他以前认为旧金山还是一八四九年的那个传奇般的城镇。那时的旧金山聚集了世上的强盗、纵火犯和杀人犯，他们蜂拥而至，引起了一阵淘金潮，这些人差不多全都是下层贱民。这些人一手拿枪，一手拿刀来淘金。但是，那个"黄金时代"已经成为过去。如今的旧金山旧貌换新颜，到处呈现出一派生机勃勃的商业大都市的风貌。市府大厦警戒森严，管理着全城的各个街巷。一条条街道，纵横交错，街心花园鲜花怒放。城中还有一个中国城，这个被城市环绕的小城就如同装在玩具盒里从中国运来的一块土地一样。如今的旧金山再也见不着戴宽檐大毡帽的西班牙人、穿红色衬衣的淘金者及戴羽毛饰物的印第安人，随处可见的是无数的身穿黑礼服、头戴丝绸帽的追名逐利的先生们。一些豪华的商店排列在几条大街的两旁，里面的货架上陈列着世界各地的货物，比如说蒙哥马利大街，它能和英国的摄政大街、巴黎的意大利人大街、纽约的百老汇大街相媲美。【名师点睛：描写出旧金山市的城市风光，突出这座城市的自然和人文景观的特点。】

路路通刚走进国际饭店，好像置身于大英帝国一样。

饭店的大厅是一个大大的酒吧，这是一个冷餐厅，特地向顾客提供免费的冷餐。这里可以免费享用肉干、牡蛎汤、饼干和干酪等，顾客不需要付费。如果客人有兴致想喝两杯，这里有英国啤酒、波尔图葡萄酒和西班牙葡萄酒，应有尽有，只用支付酒水的钱就可以。路路通认为这是非常美国化的生意经。

饭店的餐厅特别惬意，福格先生和艾达夫人刚坐到一张餐桌旁，立即有几位漂亮的黑人侍者用袖珍盘子给他们送上美味佳肴。

当他们吃完饭后，福格先生和艾达夫人一块到英国领事馆办理签证手续。他在人行道上遇到了路路通，路路通问福格先生在上火车之前是否买几支安菲尔卡宾枪或寇尔特手枪。他听其他人说这段铁路时常有<u>西乌克斯人和波尼人</u>[北美印第安民族]抢劫火车，他们和普通的西班牙盗贼一样劫掠火车。福格先生说没必要，但是他叫路路通自己决定，然后他径直朝领事馆走去。

福格先生走了还没有二百步远，竟然和菲克斯不期而遇了，而菲克斯也显出很意外的样子。怎么回事呢？福格先生同他同坐一条船穿越太平洋，他们在船上居然没有相互碰过面！总而言之，菲克斯对与这位先生再次重逢只能感到万分荣幸，要知道他欠福格先生的情实在太多了。现在菲克斯要回欧洲办事，一路上能和他结伴而行，他感到高兴极了。

<u>但福格先生说应该是他感到荣幸</u>，目前菲克斯想寸步不离地跟着福格先生，他请求福格先生答应他跟着他们一块参观这个令人流连忘返的旧金山，福格先生同意了。【名师点睛：菲克斯侦探狡猾极了，他同福格先生参观旧金山，其实是在监视他。】

于是，福格先生、艾达夫人和菲克斯在旧金山的大街上散步。很快，他们来到蒙哥马利大街，这里人山人海、车水马龙。人行道上、马路中间、电车轨道上到处站满了人，四轮马车到处可见。商店门口、全部房子的窗户上、屋顶上都站满了人，身后背着巨大海报的人穿梭于人群里。各种颜色的旗帜与标语随风飘展，人群中爆发出阵阵叫喊声和欢呼声。

"乌拉！支持卡麦菲尔德！"

"乌拉！支持曼迪波！"

人们在这里搞集会，至少菲克斯是如此想的。他对福格先生说了自己的看法，并说：

"先生，我们不要在这里搅和了。否则的话，我们要挨人家拳头的。"

八十天环游地球

"说老实话，"福格先生回答，"政治拳头跟实际的拳头一样狠！"【名师点睛：作者巧妙地影射现实，表达了自己的政治观。】

听到此话后，菲克斯忍不住笑了起来。为了不卷入这场混乱，福格先生、艾达夫人和菲克斯站到了一个楼梯的最顶层台阶，这里有一个平台。站在这儿可以俯视整个蒙哥马利大街，他们的对面，即街的那一面，是一个煤炭公司的货仓和一家石油商行的货栈，在仓库和货栈之间有一个露天大讲台，人群好像都在向大讲台聚集。

那么究竟这是个什么集会呢？为什么要搞这样的群众集会？福格先生对此一无所知，是准备选一个高级军官或文职吗？抑或要选出政府首脑或国家领导人？【名师点睛：福格先生是个对政治无感的人，因此他有很多疑问。】见到这种激动人心的情景，不能不使人有这样的想法。

正在此时，人群开始骚动了，所有的人都举起了双手。有些人还握起拳头，似乎要在一片喊叫声中抬起来再砸下去，其实这只不过是表决的一种有效方式。人们振臂高喊口号，破破烂烂的旗帜在人头上飞舞，一会儿消失，一会儿再出现。攒动的人群距离福格先生所站的楼梯越来越近了，只看见下面人头攒动，好像突遭狂风暴雨袭击的大海一样。放眼眺望，无数顶黑帽子遮挡了视线，大部分人都已经站立不稳了。

"看来这显然是群众集会，"菲克斯说，"集会讨论的问题一定激动人心。假如说是为了'亚拉巴马事件'，我丝毫也不会觉得奇怪，尽管这也不再是个问题。"

"也许是吧。"福格先生简单地回答。

"无论如何，"菲克斯接着往下说，"卡麦菲尔德先生和曼迪波先生这两个竞争对手已经面对面交手了。"

艾达夫人正挽着福格先生的手臂，当她看到这个群情激昂的场面时，不由得惊讶万分。菲克斯正想向旁边的人询问为什么要搞这个群众集会时，人群中爆发出更响亮的叫喊声，谩骂声和欢呼声一浪高过一浪，旗杆也成了进攻的兵器，刚才举起的手全都捏紧成拳头。街上的车被堵住了,电车无法启动,群众在车顶上吵起来了,并打起架来。人们随手拿起家伙就打,鞋子与靴子在半空中飞过,一片嘈杂声中甚至还有人开了枪。

骚动的人群正接近楼梯,甚至有人已涌上了上面几层台阶。敌对的两方好像有一方被另一方击退了,不过旁观的人们还不明白到底是曼迪波还是卡麦菲尔德胜利了。

"我们最好赶快离开这个是非之地,"菲克斯说,他不希望让"他的"福格受到任何伤害,引火烧身。"假如是有关英国的问题,他们万一看出我们是英国人,那我们可就倒霉啦!"

"一位英国公民……"福格先生回答。

还没等这位绅士把话说完,一阵可怕的叫喊声从他身后的楼梯上响起了。人们歇斯底里地叫喊:"乌拉!嘿!嘿!拥护曼迪波!"原来这是一群选民来拥护他们的同盟者,他们从侧翼向卡麦菲尔德的支持者发动进攻。

<u>此时,福格先生、艾达夫人和菲克斯正在双方的中间,已经无法脱身了,难以抵挡住这些手拿铁棍和木棒的激动狂热的人群。福格先生和菲克斯竭力保护艾达夫人,以免她被人群挤得狼狈不堪。</u>【名师点睛:福格先生三人陷入危险中,但其中两人表现得很绅士,主动保护女士。】福格先生像平时那样平静,试图用大自然赋予的武器——一双英国人的手臂进行防卫,但是无济于事。这时,一个膀大腰粗、红胡子、红脸膛的大个子跑了上来,看情形他是这帮人的小头目,朝福格先生劈头盖脸地挥起拳头。菲克斯出于一片忠心,急忙冲到前面替福格先生挡住了这狠狠的一拳,否则的话,福格先生肯定会被打倒在地。菲克斯头上戴的丝织高帽被打歪了,头上即刻起了个大包。

"美国佬!"福格说着,鄙视地看了他的敌人一眼。

"英国佬!"另一个回答。

"咱们走着看!"

"随您的便。您的名字?"

165

八十天环游地球

"菲利亚斯·福格,那您怎么称呼?"

"斯坦普·普罗克托上校。"

说完后,人潮又挤了过去。此时,被打倒在地的菲克斯站了起来,衣服被撕破了,不过幸好没受伤。他的旅游用的大衣被撕成大小不等的两片,裤子被撕成仿佛那些印第安人爱穿的那种将后面切开的容易穿上的裤子。艾达夫人还好没有受到连累,只是菲克斯替福格先生挨了一拳。

<u>当他们离开人群时,福格先生对菲克斯说:"谢谢你!"</u>【名师点睛:虽然菲克斯侦探挨了一拳,但他似乎得到了福格先生的信任。】

"不客气,"菲克斯说,"走吧。"

"到哪里?"

"去服装店。"

他们确实是该去服装店了。福格先生的衣服被撕得都破烂不堪了,好像这两位先生为卡麦菲尔德和曼迪波而大战了一番。

过了一个小时,他们又衣冠整洁,俨然一副绅士样,然后,他们径直朝国际饭店走去了。

路路通早已在此等候他们,他身上带着六七支带匕首的手枪。这种枪靠里面撞针开火,能够连续发六颗子弹。<u>但是,在他看见菲克斯跟福格先生在一块时,他不由得眉头打了个结。此时,艾达夫人将刚刚发生的一切告诉了他,他才露出了笑意。看来,菲克斯已不再是一个敌人,而是一路人了,他是说话算数的。</u>【名师点睛:单纯善良的路路通再次被菲克斯侦探制造的假象迷惑了。】

晚饭过后,他们要了一辆马车,带着他们和行李去火车站。上车的时候,福格先生问菲克斯:

"您后来再没有碰到那个斯坦普·普罗克托上校吗?"

"没遇到。"菲克斯回答道。

"我一定要再到美国来找他。"福格先生表情冷冷地说,"一个英国人受到这种污辱,太不像话了。"

菲克斯笑了一下,没有回答。【名师点睛:菲克斯的表现证明他信心十足,认为他一定能将福格先生"绳之以法"。】

不过,大家心里清楚,福格先生是这样一种英国人:他们在英国对决斗可以视而不见,在国外却会为自己的名誉而战。

五点四十五分,他们到达了火车站。这时,火车立刻就要出发了。

上车时,福格先生拉住一名铁路员工问道:

"朋友,请问今天旧金山市是不是出什么乱子了?"

"是政治集会。"那位员工回答道。

"但是我觉得大街上搞得相当热闹。"

"是为了选举大会而举行的群众聚会。"

"是选举一个总司令吧?"福格先生问。

"错了,先生,是选举一个治安法官。"

那个员工说完后,福格先生就登上了火车。此时,火车开动了,风驰电掣般驶出了车站。

八十天环游地球

第二十六章

福格先生一行乘坐太平洋铁路的特快列车

M 名师导读

福格先生和他的同伴们搭上了通往纽约的火车。在欣赏沿途风景的同时，他们也遭遇了"不速之客"的阻拦，福格先生依然沉稳，只有路路通气愤至极……

美国人将这条从太平洋至大西洋跨越美国的铁路叫作"从此洋直达彼洋"。实际上，"太平洋铁路"是由两条独立的线路构成的：从旧金山到奥格登这一段归"中央太平洋铁路"所管，由奥格登到奥马哈则由"泛太平洋铁路"所管辖。自奥马哈至纽约一共有五条铁路线，交通十分方便。

目前，自纽约乘坐火车能够直达旧金山，这条铁路线大约长三千七百八十六英里。由奥马哈到太平洋海岸，路上要经过印第安人和野兽经常出没的地区。【写作借鉴：此处对铁路线途经区域的介绍，为下文情节做铺垫。】一八四五年，摩门教徒被赶出伊利诺伊州后，就在这片广阔的土地上定居了。摩门教是十九世纪初约瑟·史密斯在美国创立的允许一夫多妻的基督教派，亦称复兴基督教。

过去，即便是在最顺利的情况下，从纽约到旧金山也要花上六个月，可今天呢，只需要七天就可以了。【名师点睛：科技的不断进步，缩短了时空的距离。】

一八六二年，尽管说南方议员大力反对在北方修建铁路，他们要求在更靠南部的地方修建一条铁路，但是最终还是决定在北纬四十一度与四十二度之间的地区修建铁路。当时，林肯总统亲手挑选了内布拉斯加州的奥马哈城作为新铁路网的终点，至今人们依然将他铭记在心。接着，修建工程立即就开始了，美国人无官僚主义，也无文牍主义，他们务实，正是在这样的情况下，修建工程进展迅速。尽管建筑工人们高速度地施工，但工程的质量丝毫没受到影响。在草原地区，施工的速度达到每天一点五英里。机车利用头一天铺设的轨道运来第二天要铺的轨道，所以轨道不断向前挺进。

太平洋铁路沿线连接着好几条支线，它们分别通往艾奥瓦州、堪萨斯州、科罗拉多州和俄勒冈州。铁路从奥马哈开始，然后朝西方延伸，沿着普拉特河左岸到北部支流的河口，再继续顺着这条河的南部支流向前，经过腊拉米地区与瓦萨策山脉，绕过盐湖直到摩门教首府盐湖城，然后就到了图拉山谷，沿着美洲大沙漠路过塞达、亨堡尔特山区、亨堡尔特河和西拉内华达河，再进入萨克拉门托，最后终于抵达太平洋海岸。铁路沿线坡度不大，哪怕是在穿过洛基山脉的时候，每英里的坡度最多也不超过一百一十二英尺。

<u>这就是火车要走七天才可以走完全部路程的大铁路线。</u>福格先生走这条线路可以——最起码他的希望是这样——<u>在十二月十一日乘坐从纽约开向利物浦的船</u>。【名师点睛：介绍福格先生的行程路线以及他的时间表。那么，福格先生会准时到达纽约吗？】

<u>福格先生乘坐的是一个加长的车厢，底盘是由两个四轮车架连接成的，列车通过这样灵便的设备能够顺利进行小角度的拐弯。车厢里不设小包厢</u>：两边分别有一排靠椅，中间是一条通往洗手间与其他车厢的走廊。每节车厢都是如此，车厢和车厢都靠车桥连接着，这样<u>整个列车就能前后相连。旅客们能够通过车桥在各节车厢里来回穿行，可以去客厅车、平台车、餐车、咖啡车。车上没有看戏车，但将来肯定会有的。</u>【名师点睛：这里体现了作者伟大的预见能力，如今这些早已实现了。】

有很多贩卖书报的小商贩在车桥上叫喊着，还有卖饮料、食品和雪

169

八十天环游地球

茄的,他们的生意都还不错。

傍晚六点时,火车按时离开奥克兰车站。当时天已经黑了,天空乌云密布,四周又冷又黑,眼看要下雪了。火车行驶的速度并不是很快,把停站的时间算在内,每小时也只不过是二十英里,根据这样的速度,火车一定能在规定的时间内到达终点站。

车厢里很少有旅客交谈,这时困意阵阵袭来,他们大多睡了过去。路路通和菲克斯靠在一起,但他和侦探也没有说话。自从上回他们开诚布公地谈判以后,俩人之间的关系慢慢地冷淡了,相互之间没有了亲密和友谊。菲克斯还像以前那样对待路路通,但路路通却对他多有留心,只要侦探耍什么花招,他就准备马上把他掐死。【名师点睛:路路通终于开窍了,这是因为他始终把福格先生的利益放在第一位。】

火车开了一个小时后,天空就飘起了雪花,但是雪下得很小,对火车行驶没有妨碍。透过车窗向外看,只见白茫茫的一片,火车喷出的灰色烟雾缭绕在雪里。

八点钟,一位列车员走进车厢,提醒旅客该睡觉了,原来这节车厢也同时是卧铺车厢。稍过片刻,车厢就变成了卧铺车:人们放平座椅的靠背,精心设计的卧铺被一个灵便的机关打开了,很快,车厢就被隔成多个小包厢,所有旅客都有一张舒适的床,很厚的帷幔将所有非分的视线都遮挡住了。枕头软绵绵的,床单白净,一切都准备妥当。这时,旅客们纷纷躺下睡觉,好像在船上的舱室里。列车风驰电掣(chè)[形容非常迅速,像刮风闪电一样快]般在加利福尼亚州的大地上奔驰着。

由旧金山至萨克拉门托这段路比较平缓,这一段路程被叫作"中央太平洋铁路",将萨克拉门托作为起点,然后向东挺进,和来自奥马哈的火车在途中相遇。从旧金山到加利福尼亚州府,列车沿着流入圣帕布洛湾的美洲河向东北前进,这两座城市相离一百二十英里,大约需要行驶六个小时。夜里十二点旅客们正进入梦乡时,列车从萨克拉门托经过。他们没有目睹这个大城市——加利福尼亚州的立法议会所在地的风貌,没有看到这个城市的宽敞的街道、豪华的旅店、漂亮的车站、街心花园及教堂。

然后,列车离开萨克拉门托,接着向前行驶,经由郡克欣站、罗克林站、奥奔站、科尔法克斯站,然后进入西拉内华达山脉。早上七时,列车经过了西斯科站,一个小时过后,卧铺车又恢复了普通车厢的面目。通过车窗玻璃,旅客们可以饱览山区的美丽景色。铁轨顺着西拉山蜿蜒的山路向前挺进,列车忽而挨着山腰行驶,忽而行驶在陡峭的悬崖峭壁上。为了回避急转弯,有时列车的转弯度非常大,有时又走进狭窄的山谷,给人一种"柳暗花明又一村"的感觉。火车头好像一个仙人的骨灰盒忽明忽暗,它的探照灯发出刺眼的光,还安装了一个铃声尖利的警钟和一个猪嘴模样伸在车头前的"驱牛器"。火车的汽笛声与瀑布流淌的轰隆声混杂在一块,列车吐出的烟雾在黑黝黝的一片松林上空缓缓升腾。

这一段路几乎没有桥梁与隧道,铁路盘山而行,从这座山到那座山,铁路完全是顺着自然地势铺设的,没有小路和捷径。【名师点睛:铁路翻山越岭,火车运行的颠簸与风险可想而知。】

将近九点时,列车离开卡尔松山谷,并进入内华达州,始终是向东北方向行驶。正午十二点,列车到达雷诺站,旅客们在这一站大约用了二十分钟来吃中饭。

铁路沿着亨堡尔特河向北挺进,过了几英里后又转向东下行,就如此一直沿着亨堡尔特河抵达了亨堡尔特山脉,它是亨堡尔特河的源头,亨堡尔特山脉在内华达州的东部边缘。

午饭过后,福格先生、艾达夫人和他们的旅伴们又返回车厢中。福格先生、艾达夫人、菲克斯和路路通坐在舒适的靠椅上,一路观赏着眼前掠过的风景——辽阔的草原、天际层峦叠嶂的山峦、水波滚滚的河流。有时可以看到远处大群的野牛,宛如一道活动的堤坝,这一支浩浩荡荡的桀骜不驯的动物大军常常使列车无法行驶。【名师点睛:草原上的风景十分美丽,野牛的出没则会降低车速。】常常有无数的野牛一个接一个

八十天环游地球

地横穿铁路,列车只好停止行驶,一等就是好几个小时,当这支动物大军都走过铁路后,列车才继续行驶。

这一次又遇到了同样的遭遇:大约下午三点时,有一万多头牛正在穿越铁路。列车减小速度行驶,准备用"驱牛器"赶跑牛群,清出一条路来,但是因为牛的数量太多了,列车不得不停止前进。

旅客们看着这一群桀(jié)骜(ào)不驯[比喻傲慢,性情暴躁不驯顺,不服管教]的动物——美国人错误地认为它们是"水牛"——迈着不紧不慢的步子穿过铁路,时而发出惊天动地的吼叫声。这些牛比欧洲的公牛还要大,腿和尾巴都很短,身子前部有一个大肉峰高高隆起,两角叉开向下弯曲,头、脖子及肩都长着很厚的长毛。别抱任何希望去阻挡这群野牛前行的步伐,只要这群野牛认准了一个目标,谁也休想去阻挡它们的前进。这条河流是由活生生的躯体构成的,任何堤坝都挡不了。

旅客们先后站在车桥上,看着这个奇怪的情景,都惊讶得目瞪口呆。福格先生,本该说他比谁都要着急,他却稳如泰山,屏声静气地看着穿过铁路的牛群。因为牛群拦道耽误了好多时间,路路通对此愤怒不已,他恨不得用手枪向这群畜生一阵射击。

"真不走运!"路路通骂道,"一群牛就可以把火车挡住!不紧不慢、晃晃悠悠、大摇大摆地结队而过,好像丝毫不影响交通!天哪!不清楚福格先生先前是否预料到了这个意外情况?还有那位火车司机,竟然没有胆量冲过去!"

司机的确不愿意从牛群中冲过去,他这样做是十分明智的。否则的话,火车的"驱牛器"会压死第一批牛,但是无论火车的马力有多么强大,它都会被迫停止前进,不然就会发生出轨事件,那样的话,列车就完全走不动了。

最好的选择就是耐心等待,然后再加速行驶,以弥补被耽误的时间。这群野牛走了足足三个小时,夜幕来临时才全部走完。当最后一批牛穿过铁轨时,第一批牛已经在南方的地平线上消失了。

此刻已经是晚上八点了，列车驶过亨堡尔特山脉。到九点三十分时，列车驶入了犹他州，也就是摩门教的神秘属地——盐湖地区。

知识考点

1. "太平洋铁路"是由两条独立的线路构成的：一段是"中央太平洋铁路"；另一段是_____，行走在这一段路线上的火车头安装了一个铃声尖利的警钟和一个猪嘴模样伸在车头前的_____。

2. 从纽约到旧金山，乘坐火车的话，需要花费（　　）的时间。

A. 六个月　　　　　　B. 一天　　　　　　C. 七天

3. 面对菲克斯的热心，路路通却对他多有留心，路路通为什么有这种转变呢？

_____
_____
_____

阅读与思考

1. 为了保护福格先生，菲克斯侦探做出了什么举动？
2. 面对野牛的阻拦，路路通的态度是怎样的？

> 八十天环游地球

第二十七章

路路通时速二十英里赶上一夫多妻布道会

> **M 名师导读**
>
> 路路通听说有人要在火车上布道,在好奇心的驱动下,前去听讲,但那个长老的演讲并没有打动他。火车暂停时,福格带着一行人下车游览了盐湖城周围的风光。

十二月五号到六号的夜间,列车向东南方向行走了大约五十英里,然后又向东北方向走了同样的距离,终于接近盐湖了。

在上午九点时,路路通来到车桥上想透透气。天气非常冷,天空灰暗,不过雪已经停了。太阳犹如一个硕大无比的金币,透过雾气看起来显得格外大。【名师点睛:天气逐渐好转,这似乎也预示着福格先生的旅行将进入顺利的阶段。】正当路路通聚精会神地算着这块金币约值多少先令的时候,一个怪模怪样的人出现了,分散了他的注意力。

此人是从艾尔科站上的车,他个儿非常高,深褐色的头发,黑胡须,黑丝帽,黑上衣,黑裤子,白领带,手戴狗皮手套,像一位神甫。他自车头直走到车尾,并在每节车厢门上用胶水粘上手写的告示。

路路通走过去看了看,只看见布告上面写着:"摩门教传教士威廉·赫奇长老决定利用他的第四十八次火车旅行的机会,在十一点到十二点举办摩门教布道会,地点设在一百一十七号车厢,请所有想了解'圣教密宗'的先生前往。"

"我非得听一下。"路路通对于摩门教一无所知,仅知道这一教派允

许一夫多妻这一风俗。【名师点睛:路路通好奇心很重,对一切都充满了探索的兴趣。】

此消息迅速在火车里许多旅客之间传开了,当中就有三十多个旅客想前往听布道会。他们聚到一百一十七号车厢,十一点的时候,这儿的长椅上已坐满了人,路路通找了个位子坐在头排的信徒中间,福格先生同菲克斯对布道会根本不感兴趣。

布道会的时间一到,威廉·赫奇长老站起身,开始发表演说。他说话时语气愤怒,好像他的话遭到别人的反驳似的。他大声说:

"我对你们讲,琼·史密斯同他的兄弟维兰全是殉教者。美利坚合众国对先贤们进行的残害将再一次制造出一个殉教者布里翰·扬!你们当中有谁敢对此进行反驳?"

无人敢冒失地反驳他,他那激愤和天然的冷漠表情形成鲜明的对照。话又说回来,他有理由愤怒,目前摩门教正处于艰难的形势之下。美国当局费了九牛二虎之力才将这些独立的疯狂教徒压制住,控制往犹他州,并以谋反和重婚罪将布里翰·扬关入了监狱,将犹他州置于国家的法律管辖之下。自那个时候开始,布里翰·扬的信徒们更加积极地进行策反行动。他们起初用宣传和传教的方式大声宣扬,反对国会的势力,最后用真正的行动来抵抗。

显然,威廉·赫奇长老如大家所见那样,利用一切能够利用的机会大肆进行演讲活动,哪怕在乘火车时也不放过时机。

他自圣经纪年开始讲述摩门教的历史,他讲话的时候,声音洪亮,并频繁做着手势,如此一来,就更加能够被听众所接受。【名师点睛:威廉·赫奇长老是一个很有经验的演讲者,他懂得利用声音和手势作为辅助,吸引听众。】"在以色列的约瑟部落里有一位摩门教的先知人物,他向世人公布新教年史,并传给了他的儿子摩门;经过数世纪以后,这部珍贵的年史又被小约瑟·史密斯译成埃及文,他本来是维尔蒙州的一个农夫,一八二五年时才被发现是神奇的先知人物;后来他又在光芒万丈的森林里碰

八十天环游地球

到了天神使者,天使将真主的年史交到小约瑟·史密斯的手中。"

此时,有的听众对传教士讲述的历史感到兴味索然,便离开了车厢。但是,威廉·赫奇依旧继续往下讲:后来小约瑟是如何同他的父亲、两个兄弟和几个教徒联合创建摩门圣教的;这个教派不仅在美国流传,而且还在英国、斯堪的纳维亚半岛、德国等地也广为流传,它的信徒中有手工业者及许多自由职业者;摩门教怎样在俄亥俄州建立起根据地,怎样花费了两万美金建一座教堂,怎样在基克兰建立了一座城市;小约瑟怎样成为一个果敢的银行家,他从一个木乃伊展览馆的讲解员那里弄到一本亚伯拉罕及别的著名埃及先人的手抄本圣书。

他的演讲越来越枯燥无味,听众越来越少,只剩下不到二十个人仍然待在那儿。【名师点睛:众人并不相信威廉·赫奇长老的话,因此纷纷散去。】

这位老先生并没有因为人们的离开而稍减热情。他仍然在滔滔不绝地详细讲着:一八三七年史密斯怎样破产;他的那些债务累累的股东如何把他身上涂满了沥青,并叫他在羽毛上边滚来滚去;几年过去了,史密斯怎样东山再起,以往任何时候都没有像现在这么受人敬重,受人爱戴,在密苏里州当上了教派掌门人,弟子不下三千人,可谓蒸蒸日上;而那些异教徒如何对他恼羞成怒,并追赶迫害他,他不得不逃到很远的西部地区。

此时仅剩下十几个听众了,路路通便是当中的一员。【写作借鉴:为什么路路通迟迟不走呢?此处设置悬念。】他全神贯注地聆听着这位长老的叙述,他知道了史密斯经过长时间的苦难之后,如何在伊利诺伊州东山再起,并于一八四三年在密西西比河沿岸建立起一个人口达到两万五千人的新兴城市诺沃拉贝尔;史密斯如何做了这个城市的市长,最后他又如何成为最高法官和军队总司令;史密斯在一八四三年怎样参加美国总统的选举;最终又怎么落入迦太基的圈套,被关入大狱,最后惨死于一伙蒙面人之手。

这个时候，车厢内只有路路通一人了。这位长老正面注视着他，并用言语启发他。接着，他继续往下说："史密斯遇害两年之后，他的弟子、受上帝感召的布里翰·扬抛弃了诺沃拉贝尔，于盐湖边安营扎寨。这是一片神奇而肥沃的土地，从犹他州到加利福尼亚的移民都要从这里经过。由于这个教派允许一夫多妻，这个摩门教的新根据地显现出一派兴旺发达的景象。"

威廉·赫奇继续补充说："这就是国会为何要反对我们的原因！为何美利坚合众国的军队要来蹂(róu)躏(lìn)[比喻暴力欺压、侮辱、侵害、凌辱]我们！为何他们无视国家的法律，而将我们的先知布里翰·扬投入监狱！我们该心甘情愿地屈服于这样的暴力行径之下吗？绝不能！他们把我们赶出了维尔蒙州、伊利诺斯州、俄亥俄州、密苏里州与犹他州，不过我们还是能够找到一块属于我们自己的土地，并搭建起我们的帐篷……而你呢，我虔诚的信徒，"他紧紧盯着路路通说，"你愿意跟我们一块干吗？"

"不愿意！"路路通断然地回答道。说完他也转身离开了车厢，只留下那位神经兮兮的长老一人。【名师点睛：路路通和长老的态度营造出极大的幽默效果。】

在举行布道会的同时，列车风驰电掣般地前进着。中午十二点半，已经到达了盐湖的西北角。在这一片辽阔的地带，人们能够尽情地欣赏这个内海优美的景色。它又被称作死海，一条美洲的约旦河流入了这个内陆海。这个美丽如画的水域周围有很多高耸的岩石，一层厚厚、雪白的海盐覆盖在这些底部宽宽的岩石底座上；盐湖那宽阔的面积现在要比以前小多了。伴随着岁月的流逝，湖面逐渐缩小，岸边陆地渐渐扩大，湖水则变得越来越深了。

盐湖的海拔为三千八百英尺，大约长七十英里，宽三十五英里。它跟阿斯发尔蒂特湖（巴勒斯坦西南部）不同。那个死海比海平面低一千二百英尺。盐湖的含盐量高，固体的盐质与湖水总重量的比是一比四。

八十天环游地球

盐和水的合重是一千一百七十,而滤出水的重量则是一千。这样鱼在水里根本无法存活,从约旦河、威贝尔河以及别的河流入盐湖的鱼很快便死掉了。话说回来,要是说湖水含盐量这样高,导致人都可以浮在水面上的话,那是有点夸张了。

盐湖周围的地区庄稼茁壮成长,要知道摩门教的信徒都是种田的能手。半年以后,这儿会显现出一派生机勃勃的景象:有饲养家畜的棚子和牲口圈,田野里生长着麦子、玉米与高粱等农作物,牧场有茂盛的水草,另外还有野蔷薇丛和一排排角树、大戟树。如今地面上覆盖着一层非常薄的白雪。

午后两点钟,人们在奥格登车站下车了,列车要在此停歇六小时才出发。这样一来,福格先生、艾达夫人和他们的两个同伴就有时间到城里游览一番,他们顺着一条连接奥格登与盐湖城的支路前进。只花两个小时便能走遍这个动人的美国城市。这座城市跟别的美国城市都是按同一个模子建造的,全城像一个方方正正的大棋盘,街道长而直,正如维克多·雨果笔下所形容的那样,转弯处都是"悲凉而忧郁的直角"。盎格鲁-萨克逊人讲究线条对称,而圣城的建造则没达到类似的水准。然而,很明显,待在这个神奇之处的人在文化修养方面远不如英国人。无论是城市,还是房屋和别的东西,他们统统将它们做得方方正正。【名师点睛:文化差异导致审美差异,因此,他们对于不同的风景便不能很好地接受和欣赏。】

午后三点钟,福格先生四人在街上散步。这座城市坐落于约旦河岸与瓦萨策山脉的前面,他们几乎看不见教堂,只有摩门教先贤祠、法院和兵工厂称得上是有名的建筑物。除这以外,还有许多有回廊的浅青色砖瓦房,房子被花园环绕着,花园里长着皂角树、棕榈树与小红果树。城市的周围是一道修建于一八五三年的城墙,城墙是用黏土和碎石筑成的。有几个飘着旗帜的旅馆位于市场内一条重要街道的两边,其中有一个叫盐湖旅馆,位于这条大街上。

福格先生和他的旅伴发现这个城市的人口并不稠密,街上行人很少,只有寺庙周围有不少人,他们穿过用许多栅栏围起来的城区后才到达寺庙这个地方。这里有相当多的女人,要清楚摩门教允许一夫多妻。不过,不要认为所有的摩门教徒都有好几个女人,他们可以自由选择。不过,值得一提的是犹他州的女人更愿意嫁人,由于此地有这样的宗教规矩:摩门教的神是绝对不会赐福给独身女子的。看上去,这些不幸的女人日子过得并不舒适和幸福。其中有几位好像很有钱,她们穿着敞胸的黑绸衣,头上戴着普通的头巾,其他的女人一律穿着印第安人的服装。

【名师点睛:介绍了当地女性的着装特点,以及摩门教是一个与众不同的宗教。】

　　路路通决心一辈子打光棍,当看到摩门教好多女教徒担负起使一个摩门男教徒幸福的责任的时候,他心里非常惊讶。按照他的逻辑,他更可怜那个丈夫。在他看起来,一个男人要领着这么多妻子经历风风雨雨,还要带她们到摩门教天堂,期待着跟她们重逢在天堂,而伟大的史密斯还将陪伴着他们,因为史密斯主宰着这个极乐世界,这样的生活太可怕。也许,他压根儿就不愿意担当这样的使命,可能是他多心吧,他甚至觉得盐湖城的女人瞅他一眼便有些令他不安。

　　多亏路路通待在盐湖城的时间比较短暂,三点四十分时,人们又陆续回到车站,坐上了车厢。

　　火车的汽笛鸣响了,火车车轮正在铁轨上滑动,火车已经前进,就在此刻,有人大声呼叫道:

　　"等一下!等一下!"

　　没错,已开动的火车,不会为谁停住的。这个不停叫喊的人大概是一个误了车的摩门教徒,他跑得气喘吁吁。多亏车站上既没有门也没有栏杆,他冲上了铁轨,一步跳到最后一节车厢的踏板上,接着喘着粗气倒在了车厢内的一把椅子上。

　　看着这一串杂技动作,路路通入了迷。当他得知这个犹他州人是因

> 八十天环游地球

为同妻子吵架才逃出来时，马上对他产生了极大的兴趣。于是，他靠近了这个刚赶上车的旅客，并一直关注他。

当这个摩门教徒回过神来以后，路路通便走上前非常有礼貌地问他有几个妻子，看到他刚才拼命奔逃的狼狈样，路路通猜想他至少有二十个妻子。

"先生，仅有一个。"这位摩门教徒朝空中举起了两手，"一个也不容易对付呀！"【名师点睛：语言幽默，也体现了路路通善于交际的性格特征。】

Z 知识考点

1. 在车厢里传教并引起路路通极大兴趣的教派名称是_____，这个传教者叫作_____长老。

2. 威廉·赫奇长老的演说非常具有鼓动性，以至于路路通当即决定加入摩门教。（　　）

3. 路路通为何一定要听摩门教长老的布道呢？

_____

_____

_____

Y 阅读与思考

1. 摩门教长老讲了些什么？
2. 盐湖城风景如何？

第二十八章

路路通无法令人接受他的道理

名师导读

在火车上，艾达夫人看到了美国上校，为了不让福格先生和他碰面，菲克斯侦探用打牌的方式吸引福格先生的视线，分散他的注意力。就在这时，前方的大桥又面临着坍塌的危险，这一车人该怎么办呢？

列车开出盐湖与奥格登车站后，继续朝北前行。一个小时过后，列车到达了威贝尔河。此时列车距离旧金山已有九百英里，从威贝尔河又向东行进，穿过险峻的瓦萨策山脉。为了修建瓦萨策山脉和洛基山脉中间的这部分铁路，美国的铁路工程师历经艰辛。为了修建此段铁路，美国当局支付的费用高达每英里四万八千美元，而平原地区每英里仅需要花一万六千美元。我们已说过，这些美国工程师并未强行改变自然山势，而是通过绕山盘旋而行的方法，历经千难万险，使铁路到达一个大盆地。这段山路仅有一条隧道，长一万四千英尺。

盐湖是整个铁路线海拔最高的地方。从这里向前是一段长长的曲线，下行到比特河谷，接着再上行，到达太平洋与大西洋的交汇处。附近这一带山区河流密布，从桥上穿过泥水河、碧水河和别的河流。<u>距离目的地越来越近了，路路通却显得越来越不耐烦。可是，菲克斯却急不可耐地想马上走出困难重重的地区。他生怕延误火车，担心路上会发生什么危险的事故，比福格先生还着急踏上英国的土地！</u>【名师点睛：路路通和菲克斯侦探站在不同的立场上，因此他们会有截然不同的心态。】

八十天环游地球

夜晚十点钟,列车穿过桥头堡站,随后又继续向前行驶。列车跑了二十英里后便进入了怀俄明州(以前的达科他州),沿着比特河谷前进。科罗拉多州的水力发电系统就是利用比特河的一部分水力建设起来的。

第二天是十二月七日,列车在碧水河站上驻留了一刻钟。夜里的雪下得非常大,但是积雪已经化掉了一半,不会妨碍列车前进。但是,这种糟糕天气总是令路路通心烦意乱,要知道积雪让车轮浸在泥水中,会阻碍旅程的。

"真讨厌!"他自言自语着,"我的老爷为什么非要在冬天旅行呢?难道他不能选择等天气转暖后再旅行吗?倘若是那样的话,就不可能这样倒霉。"

正当路路通一门心思地为天气的转变和气温的下降而操心时,艾达夫人也是忧心忡忡,只不过是其他一桩事罢了。【写作借鉴:艾达夫人的忧心不是没理由的,这为下文内容做铺垫。】

情况原来是这样:正当列车停靠在碧水河站的时候,几位旅客下车来到站台上散步。通过车窗艾达夫人认出了其中的一个乘客,也就是在旧金山的群众聚会上冒犯过福格先生的那个斯坦普·普罗克托上校。艾达夫人不想被他发现,便扭过身背对着车窗。

艾达夫人对这一巧遇忧心忡忡,她现在非常关心福格先生,虽说他表面看来是那么冷冰冰,但是对她平日生活起居照顾得体贴入微。她至今都弄不清楚,对她的救命恩人怀有多深的情感,她只能将这种情感看作是感激,说句实在话,这其中包含着更深一层的含义,以至于她本人都没意识到。当她认出这个蛮横无理的家伙时,不由得心惊胆战,她明白福格先生迟早要找他算账的。很明显,上校出于偶然也坐在这辆列车上,但务必要想办法不让福格先生看到他。

列车再次前行,睡意已朝福格先生席卷过来,艾达夫人趁机对菲克斯和路路通讲述了她所看到的事。

"这个斯坦普·普罗克托同样坐在这趟车里!"菲克斯叫喊道,"夫人,别操心。在福格先生找他算账之前,我一定会找他算账!在此事上,是我受到了最大的侮辱!"

"再说了,"路路通继续补充说,"不管他是一个什么样的上校,我定能对付他。"【名师点睛:路路通之所以如此自信,是因为他的身上藏着几把枪。】

"菲克斯先生,"艾达夫人再次接过话茬,"福格先生是不会让其他人来替他报仇的,他以前说过他自己要到美国去教训那个侮辱他的人。要是他看见了斯坦普·普罗克托上校,我们就不能拦住一场会导致可怕结局的冲突。所以我们要想尽一切办法不让他们见面。"

"夫人,您言之有理。"菲克斯说道,"要是他们不期而遇,那可就都完了。不管胜败,那都会耽误福格先生的旅行,那……"

"那,"路路通说道,"那些改良俱乐部的会员们就高兴了。只要再待四天,我们就到达纽约了。如果在这四天里,保证福格先生不离开车厢,那他跟那个可恶的美国佬就不会见面。上帝保佑!我们必须阻止……"【名师点睛:现在每个人都达成了一致:希望福格先生平平安安、准时到达纽约。】

就在谈话停止时,福格先生已经醒过来,他们就不再谈了。福格先生透过车窗望着车窗外的白雪世界。稍过一会儿,为了不叫福格先生和艾达夫人听到他说的话,路路通便跟菲克斯压低声音嘀咕起来:

"您真的愿意为福格先生效劳吗?"

"我要竭尽全力让福格先生安全地回欧洲去!"菲克斯语气坚定地答道,他的口气显示出他坚定不移的意志。

路路通听了此话后,不由得打了一个寒战,不过他对主人仍旧充满了信心。【名师点睛:经过一段时间的相处,路路通对福格先生的忠诚有增无减。】

但是,现在有什么办法能阻止福格先生不走出车厢,以避免他同上校碰面呢?这不太困难,要清楚这位先生不喜欢四处乱走,也没有过多

八十天环游地球

的好奇心。菲克斯认为自己有办法了，过了片刻，他跟福格先生说道：

"先生，坐火车的确很难熬。"

"的确是这样，"福格先生答道，"但是时间依然在一点点地过呀。"

"在船上面的时候，"菲克斯再次说，"您总是玩'惠斯特'吧？"

"是呀，"福格先生答道，"可是在这里太困难，既没牌，也找不着牌友。"

"唉哟！您是说没牌吗？我们在车上一定能够轻易买到的，美国的车厢里都有牌卖。要说牌友吗……夫人，或许您凑巧……"

"我当然会玩，"艾达夫人表示响应，"我会玩'惠斯特'，英国学校有专门的课程。"

"我很愿意，"菲克斯说，"我非常愿意和你们较量一番。这样就好了，我们三个来，剩下一边空着。"

"先生，随便您。"福格先生说道。哪怕是在火车上，他也很高兴玩他喜欢的游戏。

说着，路路通很快地去找列车员，不久他就拿回来两副牌、一些筹码及一张小桌子，桌上还铺着一块台布。一切都准备好了，大家就开始玩起来了。艾达夫人牌技相当高，甚至连一向冷若冰霜的福格先生也忍不住称赞几句。【名师点睛：暗示艾达夫人非常聪明，且与福格先生有共同的兴趣爱好。】至于说菲克斯，他的牌打得也相当不错，跟福格先生不分高低。

"现在，"路路通暗暗地想着，"可总算拖住他了，他不可能走出车厢了！"

上午十一点钟，列车通过两大洋的分界点，也就是海拔在七千五百二十四英尺的桥关，它是洛基山脉这段路程中的最高点之一。大约再走两百英里，列车就会到达那一片辽阔的平原，它一直绵延到大西洋的海岸，在这样的平原上修建铁路的确是既廉价又极为便利。

有很多北普拉特河的支流、分支流都流经大西洋盆地的山坡地区。北部洛基山脉的半圆形帷幕遮蔽了北边和东边的地平线，拉拉米峰巍然雄居群山中。在半圆形的山脉和铁路线中间伸展着一望无际的平原,平原上河流密布。铁路的右面是层叠起伏的山峦,群山由西向东逐渐围成圆形,直延伸到密苏里河的主要支流之一,也就是阿肯色河的发祥地。

午间十二时三十分,哈莱克城堡一闪而过,这个城堡是海拔最高之处。再走几个小时,就看不到洛基山脉了,人们可以平安无事地走过这个危险的地带,再也不会碰到麻烦了。这时,天也不再下雪了,不过天气变得非常寒冷。鹰鹫听到火车的轰鸣声,惊吓得四处逃散。除一片荒凉的旷野之外,平原上什么野兽也没有出现,没有出现熊,也没有出现狼。

【名师点睛:荒野上一无所有,这似乎对福格先生的行程相当有利。】

在车厢内吃完一顿丰盛的午饭后,福格先生跟他的牌友又继续玩"惠斯特"。就在这时,火车的汽笛声响起了,火车停止了行驶。

路路通将头探出车门外,不见任何阻碍火车行进的东西,更无车站。

【名师点睛:既然没有任何阻碍火车行进的东西,火车为何要忽然停下呢?这引起了乘客的好奇。】

菲克斯和艾达夫人担心福格先生会走出车厢,但这位绅士只是对他的用人说道:

"去看一看出什么事了。"

说完,路路通立即离开了车厢。大约有四十多位旅客也都急忙跑出了车厢,其中斯坦普·普罗克托上校也下车了。

列车在一个信号灯的前面停了下来,此时红灯正亮着,禁止行进。火车司机和列车长下车之后,与一个守路员发生了激烈的争吵。前面的麦迪逊的站长派这位守路员过来等候这趟列车。人们纷纷向他们走近,并跟着争吵,其中也有斯坦普·普罗克托上校,他大叫大嚷,还一个劲地指手画脚。

路路通接近了人群,只听见守路员说道:

"不可以!禁止行进!麦迪逊桥已经松动了,快承担不住火车的重量了。"【名师点睛:原来如此,看来福格先生紧凑的行程又要被耽搁了。】

八十天环游地球

他所说的那座桥是高挂在激流之上的吊桥，离火车停的地方大约有一英里之远。据这个守路员讲，这座桥快要不行了，其中好几根铁索都断了，强行通过是万万不行的。守路员说火车不能通过，他并未夸大其词。何况，美国人一向对一切都冲动莽撞，当他们都开始谨慎小心之时，那么再冒险通过肯定是非常危险的。

路路通不敢将这一情况通报给福格先生，他站在那儿一动也不动，恼怒地听人们争吵着。

"啊呀！"斯坦普·普罗克托上校喊叫道，"我认为我们是走不成了，只好待在这雪地里了！"

"上校，"列车长说道，"我们给奥马哈车站发电报了，请他们派一辆列车过来。不过六点前能否到来还不知道。"

"要等到六点钟！"路路通叫喊着。

"没错。"列车长答道，"我们也需要时间从这儿步行到麦迪逊车站。"

"走到那儿！"大家都惊叫着。

"距车站有多远？"一位旅客向列车长问道。

"十二英里，但是中间还要过河。"

"在雪地中步行十二英里啊！"斯坦普·普罗克托上校大喊大叫着。

普罗克托上校嘴中大骂着，又把铁路公司和列车长痛骂了一顿。【名师点睛：前路困难重重，而上校又是个粗鲁之人，"大喊大叫""骂人"自然是意料之中的事。】路路通怒气冲天，也想跟着上校一块发发牢骚。这一回所遇到的麻烦的确是实在的麻烦，他主人就是拿出所有钞票也无济于事。

人们都垂头丧气，且不说耽搁了时间，旅客们还要在冰天雪地中步行十几英里。这么一来，到处都是抱怨声和抗议声，如果福格先生没有全神贯注地玩牌，他早就应当听见了。

如今路路通一定要将所发生的事去跟他的主人说一下。他垂头丧气地朝车厢走了过去，就在这时，火车司机——一个名叫福斯特的地地道道的美国佬大声喊道：

"先生们，我们或许会有办法经过。"

"穿桥而过？"其中一个旅客问。

"穿桥而过。"

"开火车经过？"上校问。

"是。"【名师点睛：火车司机的办法充满了风险，乘客们有些担心，但除此以外，似乎没有更好的办法了。】

司机所讲的话路路通都听得清清楚楚。然后，他停下了步子。

"可是桥快要完蛋了。"列车长答道。

"没关系，"司机答道，"列车以最高速度强行冲过去，我想肯定能行。"

"见鬼！"路路通说了一句。

有一些旅客对他的这一建议表示赞同，尤其斯坦普·普罗克托上校对此十分感兴趣。这个神经不正常的家伙觉得这个主意切实可行，他还对旅客们说有些工程师曾经试图开着火车以最高速度从无桥梁的河上通过去。最后，所有关心这一问题的旅客全同意了司机的高见。

"我们有一半的把握可以通过大桥。"一位旅客说道。

"百分之六十。"另一位接着说道。

"百分之八十……百分之九十！"

路路通被吓得有些瞠目结舌了，虽说他也想不顾一切地冲过麦迪逊河，但是此时他认为这个办法未免有点太荒谬了。

"再说，"他心里寻思着，"可以想一个更简单的办法，而他们竟然连想也没想过！……"【名师点睛：看来机灵的路路通又想出了更好、更稳妥的办法。】

"先生，"他向一位旅客讲道，"司机的这个提议有点令人不可思议，可是……"

"有百分之八十的把握！"这位旅客边回答，边把身体转了过去背对着他。

八十天环游地球

"我很清楚，"他又对另一位旅客说，"但是您只要再想一下……"

"再想也没有用！想又于事何补！"这位美国旅客边耸了耸肩，边答道，"何况司机说保证可以经过！"

"没错，"路路通继续又说，"是可以通过的，可是还需更谨慎些，我们应该……"

"什么！谨慎！"斯坦普·普罗克托上校听到这句话后暴跳如雷，大声吼道，"是快速通过！明白吗？是快速通过！"

"我知道……我明白……"路路通急忙为自己辩解，而那些旅客压根儿就不愿意让他把话说完，"既然你们不想听'谨慎'这个词，那就说应当更合情合理一些……"【名师点睛：跟随福格先生的时间长了，路路通也懂得了谨慎行事，但他并没能赢得大伙的支持。】

"他是谁？他在干吗？他想唠叨些什么？他所说的'合情合理'是何用意？……"那些旅客七嘴八舌地大声叫嚷着。

这位老实的年轻人不知道谁可以听明白他的话。

"您害怕吗？"斯坦普·普罗克托上校问。

"我害怕了？"路路通大声叫道，"好吧，就照你们说的做。我要让这些人看一下，法国人并不比美国人软弱。"

"上车！上车！"列车长叫嚷道。

"对！上车！"路路通立即说，"上车！马上就上！不过也应考虑一下先让旅客们走过桥之后再上火车，让火车空着开过去，这样做不就更安全了吗？……"【名师点睛：不得不说，路路通的想法确实是一个更为谨慎的办法。】

但是，没有一个人接受他明智的建议，谁也不想承认这个建议的合理性。

大家都回到车厢，路路通也回到车厢中，刚才发生的事情，他对主人半句都没提。

三个人仍然在全神贯注地打"惠斯特"。

列车的汽笛尖叫起来了,司机将蒸汽机掉转过头,把列车朝回开了大约一英里,如同跳远运动员起跳时助跑一般。

接着,汽笛声再次响了起来。列车继续向前行驶:速度不停地加快,不一会儿已达到了最高的速度,除一阵机车发出的长鸣声之外,车上的旅客什么也没听到。活塞以每秒钟二十次的速度运动,轮轴在油箱里冒着黑烟。整个列车如同离开了铁轨,正以惊人的速度向前飞奔。

列车像一道闪电似的冲了过去,根本就没看到桥,仿佛飞过河去。列车开过车站约五英里的路程,司机才勉强将车刹住。【写作借鉴:运用夸张的修辞手法,形容了火车的速度之快。】

但是,火车刚刚经过麦迪逊河,桥就彻底垮掉了,只听见"轰隆"一声,整座桥便坠入在激流之中了。

Z 知识考点

1. 虽然火车车厢内表面平静,但令艾达夫人感到忧心忡忡的是_____ _____上校也在列车上。

2. 福格先生一行人与麦迪逊车站的距离为( )英里远。
A. 十一　　　　　B. 十二　　　　　C. 二十

3. 关于火车如何过桥的问题,路路通的建议是什么?

_____

_____

_____

Y 阅读与思考

1. 为了分散福格先生的注意力,大伙想到的办法是什么?
2. 火车最后是如何通过大桥的?

八十天环游地球

第二十九章

只有在美国铁路上才能碰见的事件

M 名师导读

福格先生与上校的决斗终究还是开始了,但是更严重的危机随之而来——一群印第安人冲出来劫火车了,危急关头,谁能大显身手呢?

当日晚上,列车一路无碍地通过了索德尔斯堡,越过塞延关,到达了埃文斯关。埃文斯关是这个路段的海拔最高点,大约有八千零九十一英尺。此时列车只需穿过一望无际的平原,就可以到达大西洋的岸边。

此平原铁路线上有一条通向科罗拉多州的重要城市丹佛的分支线,那儿蕴藏着大量的金矿和银矿,已有五万人口定居在那里。

到现在为止,从旧金山出发已经整整三天三夜了,大约行了一千三百八十二英里的路程。到纽约一共需要四天四夜,福格先生的旅行还没有超出规定的时间。【名师点睛:虽然困难重重,但福格先生依然有赢的把握。】

这个晚上,列车在瓦尔巴营地的右边行进。罗吉珀尔河与铁路并行着,沿着怀俄明州和科罗拉多州笔直的分界线浩浩荡荡向前奔流着。到十一点钟时,列车驶入内布拉斯加州,中途经过塞格威克,来到了朱尔斯堡,它在普拉特河的南边支流上。

一八六七年十月二十三日,泛太平洋铁路公司便在这儿举行了隆重的通车典礼,由总工程师是J.M.道吉将军主持。当年,两个大火车头拖着九节车厢将副董事长托马斯·C.杜朗和参加典礼的贵宾送到这儿。

人们在这里欢声雷动,西乌克斯人与波尼人在这儿表演了印第安人的战斗场面,现场还点放焰火。最后,也就是在此地,《铁路先锋报》的创刊号被人们用火车运来的手提印刷机印刷出版了。这条铁路的通车典礼就是如此盛大。铁路一路上带来了文明和进步,它越过沙漠,将许多当时还不是城市的地方连接到一块。很快,比安菲翁的竖琴声,还有难听的火车汽笛声响遍了美洲的大地。

早上八时,列车已越过马克费尔逊堡,这里距离奥马哈还有三百五十七英里远,列车沿着普拉特河南边支流曲折的左岸向前行驶着。九时,列车到达北普拉特市,它处在两大支流的中间。这两大支流在城市四周汇聚成一条大河,然后汇入奥马哈附近的密苏里河。

列车已穿过一百零一度经线。

福格先生、艾达夫人和菲克斯继续打着牌,大家都没有抱怨路途太长。开始,菲克斯赢了几个几尼,可此时运气不佳,但是他正沉醉在当中,丝毫不次于福格先生。上午,福格先生运气特别好,主牌和大分牌犹如下雨似的落在他手里。这一次他把牌计算了一下,准备打冒险牌,决定先打黑桃。就在这时,椅子后传过来一个声音:

"要是我的话,我就打方块……"

此刻,福格先生、艾达夫人和菲克斯三个人都不由自主地抬起了头,一看原来是斯坦普·普罗克托上校在讲话。

<u>福格先生与普罗克托上校一见面就互相认出了对方。</u>

<u>"呀!是您啊!英国先生,"上校叫嚷道,"是您准备打黑桃!"</u>

<u>"我正想打黑桃。"福格先生表情冷冷地说,同时打了一张黑桃十。</u>

【名师点睛:此时虽为"仇人见面",但二人似乎并未打算立刻"报仇"。】

"随便你,要是我的话,我就愿意打方块。"上校气愤地说道。

此时,他把手伸过去拿那张黑桃,同时补充说:

"您根本就不会打这种牌。"

"也许我对另一件事更精通。"福格先生说完,站起了身。

八十天环游地球

"那么就请随便吧,约翰牛的傻小子!"这个蛮不讲礼的家伙大声嚷道。

艾达夫人惊吓得脸上没有血色,心都要跳到嗓子眼上了。她抓住福格先生的胳膊,但他轻轻地把她推开了。【名师点睛:面对上校的蛮横无理以及艾达夫人的劝阻,福格先生并未退缩。】而路路通则预备随时对这个美国家伙发出进攻,那位上校以极其鄙视的目光盯着对方。此时,菲克斯立起身来,走到斯坦普·普罗克托上校身旁,对他说道:

"先生,你忘了你要找的应该是我。你不光羞辱了我,而且还打了我一顿!"

"菲克斯先生,"福格先生说道,"非常抱歉,这事与别人没关系。上校找借口说我不可以打黑桃,再次污辱了我。我非要找他算账不可。"

【名师点睛:面对众人的劝阻和保护,福格先生并未退缩,体现出他勇于担当的英雄气概。】

"随便你!时间和地点随你选择。"斯坦普·普罗克托上校答道,"由你选择应该使用什么武器。"

艾达夫人企图拉住福格先生,但仅是徒劳而已。菲克斯想独自将此事揽下来,但也是无济于事。路路通想将这个美国佬扔到窗户外面,但福格先生用手势制止了他。福格先生走出了车厢,斯坦普·普罗克托上校跟随着他走到车桥上。

"先生,"福格先生对那位美国佬说道,"我要立刻赶回欧洲。任何一点耽搁,都可能给我带来很大损失。"

"这同我有什么关系?"这位美国人说道。

"先生,"福格彬彬有礼地继续说,"自从我们在旧金山遭到污辱以后,我便准备等料理完欧洲那边的事务,我再回到美国找你算清账。"

"此话当真?"

"我们相约在六个月以后,可以吗?"

"为什么不是六年以后呢?"

"我说的是六个月之后,"福格先生说,"我会如期与你赴约的。"

"这些只不过是一面幌子罢了！"普罗克托上校叫喊道，"要么马上就动手，要么干脆罢手不干。"【写作借鉴：对话描写，生动形象地刻画出福格先生的绅士品格和上校的粗鲁无礼。】

"那就这么办。"福格先生答道，"你去纽约吗？"

"不去。"

"到芝加哥吗？"

"不到。"

"去奥马哈吗？"

"这同你有什么关系？你听说过普罗姆河吗？"

"没有。"福格先生答道。

"下一站就是了。一个小时过后，列车将到达那儿，并且停站十分钟。十分钟足够，我们可以交换好几颗子弹了。"

"一言为定！"福格先生答道，"我在普罗姆河这一站下车。"

"我甚至觉得你会永远留在那里。"这个狂妄自负的美国人说道。

"先生，走着瞧！"福格先生跟往常一样平静地回到了车厢内。【名师点睛：福格先生和上校的决斗不可避免，结果会怎样呢？】

他劝艾达夫人不用担心，并告诉她斯坦普·普罗克托上校是一个外强中干的家伙。接着他请菲克斯在这次的决斗中做见证人，菲克斯只得接受了。福格先生仍旧继续打牌，还在平静地打他的黑桃。【名师点睛：决斗近在眼前，然而福格先生还是一贯地冷静如常。】

十一点整，列车的汽笛声响起来了，也就是说，普罗姆河站就在眼前。福格先生立起身，他背后跟着菲克斯，他们一块走上车桥。路路通手里拎着两把手枪，也同福格先生一起走出了车厢。只有艾达夫人独自一人留在车厢内，吓得面如土色。

与此同时，另一节车厢的门也打开了，普罗克托上校也出现在车桥，有一个和他一样傲慢的美国佬跟随在他背后，也来做见证人。当他们快要下车的时候，列车长跑过来，大声叫嚷：

▶ 八十天环游地球

"先生们，不允许下车。"

"怎么了？"上校问。

"列车已迟了二十分钟，所以在这一站不停车。"

"可是我要同这位先生在这里决斗。"

"很对不起，"列车长答道，"列车马上就要走了。听听，开车的钟已敲响了。"【名师点睛：突发事件再次发生，两人的约定不得不停止了。】

钟确实敲响了，列车慢慢驶出了车站。

"先生们，真抱歉，"列车长说，"如果换个时间的话，我一定会尽力效劳。话又说回来，就算你们没有时间在车站上决斗，那没有人阻挡你们在火车上决斗吧。"

"这么一来，也许这位先生不方便！"斯坦普·普罗克托上校语气中带着讥讽。

"我不介意。"福格先生答道。【名师点睛：面对上校的出言不逊，福格先生并未退缩，他看重自己的名誉。】

"看这阵势，我们的确是在美国！"路路通想着，"列车长是世上头等的好人了！"

他跟随在主人后面，想着。

列车长带着两个对手和他们的见证人越过了一节又一节车厢，终于来到最末一节车厢。这节车厢内只有十几位旅客，列车长请求他们暂且离开车厢一下，让给这两个对手，他们将在此决一胜负。

想要决斗！虽然说乘客们大吃一惊，但还是很乐意助这两位先生一臂之力。他们陆续走到车桥上。

此节车厢大约长五十英尺，用作决斗的场地是再合适不过了。两位对手能在当中的过道上面对面向对方开枪，没有哪一场决斗能像这场一样安排得那么容易。福格先生和普罗克托上校每人携带着两把六轮手枪走进车厢里，两位见证人替他们把车门关上，并守在门外。只要火车汽笛一拉响，他们就向对方开火……再过片刻，外面的人便可以进车厢把活着的那位绅士迎接出来。

这事是再简单不过的了。也许是太简单解决了,就连菲克斯和路路通都紧张得心都快要蹦出来了。【名师点睛:越是简单的规则越是令人恐惧,菲克斯和路路通的紧张心情自然可以理解。】

人们都在等待着那事先约定好的汽笛声。就在这时,一阵野蛮的叫喊声霎时间传过来,还伴随着阵阵的枪声,但是这枪声一定不是从决斗的车厢内传出来的。正好相反,整列火车都响起了连续的枪声,从车厢内也传出了人们恐慌的喊叫声。

福格先生和斯坦普·普罗克托上校提着手枪从车厢里跑出来,又朝枪声最密集的车头跑去。

他们发现一群西乌克斯人正在抢劫火车。【名师点睛:决斗尚未开始,但事情一波三折,他们又遭遇了更严重的危机。】

这群胆大妄为的印第安人并非头一回干这种事,他们已不止一次了。他们的一贯做法是,当火车还在前进时,好几百人同时纵身跳上火车的踏板,然后爬上车厢,就像马戏团小丑跃身跳到奔跑的马背上一般。

这帮西乌克斯人都带着步枪,刚才的枪声就是他们发出的,乘客们几乎个个都带着武器,并用手枪朝这帮匪徒还击。一开始,这些匪徒上车之后就直向火车头奔去,司机被他们用大头棒打昏了。其中一个匪徒小头目想把火车停下来,可是他不懂该怎样操作气门。不但没关上气门,相反,把气门开得更大了。如此一来,列车如同脱缰的野马,以惊人的速度向前奔去。【名师点睛:形势愈发危急,列车飞快地向前奔去,情节跌宕起伏。】

然而另外一伙西乌克斯人则试图控制车厢,他们犹如发怒的猴子似的在车厢里面窜来窜去,把车厢门砸开,跟乘客们徒手作战。他们将行李车洗劫一空,并将包裹、箱子扔到铁轨上,此时枪声和叫喊声混成一片。

乘客们同这帮匪徒展开了勇敢的战斗。有些受到围攻的车厢筑起了防御工事,如同一个个移动的堡垒,就在此时,火车头以每小时一百英

八十天环游地球

里的速度朝前方奔去。

正当乘客们同匪徒进行激战的时候，艾达夫人表现得十分勇敢。当几个胆大、野蛮的西乌克斯人向她这边冲过来时，她拿着手枪，从破碎了的玻璃窗处朝敌人射击，进行英勇的自卫。【名师点睛：艾达夫人并非柔弱女子，反而具有强烈的反抗精神。】大约有二十多个西乌克斯人被打死在铁轨之上，车轮好像碾死虫子一样将那些滚落在铁轨上的匪徒压碎了。

有不少乘客也挂了彩，难受地躺倒在长椅上哼哼着。

但是必须尽快结束这场战斗，要清楚战斗已持续了十分钟。如果火车接着行驶的话，那反而对西乌克斯人有利。这里离克尔耐堡站只有二英里，那里驻有一个美国军营。一旦过了军营，西乌克斯人便能够在克尔耐堡站与下一站中间为所欲为了。

这个时候，列车长和福格先生并肩与匪徒展开了战斗，不幸的是一颗子弹打中了列车长，他倒下时叫喊道：

"如果五分钟以后列车仍在行驶的话，我们全都完了！"

"列车一定会停住的。"说完，福格先生准备从车厢内冲出去。

"您不要走，先生，"路路通对他喊叫道，"让我去吧。"

此刻，福格先生没来得及将这位勇敢的年轻人拉住，他已打开了车门，跑到车厢的下边去了，而西乌克斯人并没有看到他。此时，战斗正紧张地进行着，而路路通什么也不顾，充分发挥着马戏团小丑的机敏和灵巧，在车厢下隐蔽地朝前爬行。他攀住铁链，借助刹车柄和车架，灵巧地从一节车厢爬向另一个车厢，终于到达了火车头。匪徒并未看见他，真是太不可思议了。

这时，他一只手攀着车，整个身子悬挂在行李车和煤水车中间，用另一只手把挂钩的链条拉开。但是，机车的牵引力过大，光凭他一人之力，一辈子也不可能解开铁栓。就在这时，机车猛烈地摇晃了一阵，铁栓竟然被震开了。这么一来，火车头同后边的车厢就脱离了，并渐渐拉开了距离，火车头以更快的速度朝前疾驶着。【名师点睛：情势危急，路路通

<u>再一次大显神威,勇救众人。】</u>

列车因为惯性仍旧朝前滑行了一会儿,但是乘客们拧紧了车厢内的刹车柄,如此一来,火车终于停了下来,而这里离克尔耐堡站仅有一百步的距离。

军营中的士兵们听见枪声便急匆匆地赶了过来,还没有等士兵们赶来,火车还没有完全停止之前,西乌克斯人已溜之大吉了。

<u>正当乘客们在站台上数人数的时候,发觉有些人不见了,当中就有那位挺身而出的英勇的法国年轻人。</u>【写作借鉴:设置悬念,大英雄路路通不见了,他去哪里了呢?】

Z 知识考点

1. 丹佛位于＿＿＿＿＿州,是一个蕴藏着大量金矿和＿＿＿＿＿的城市,那里的常住人口有＿＿＿＿＿万人。

2. 列车遭遇了抢劫者,这是一群(　　)。
A. 印第安人　　　B. 美国人　　　C. 不明身份的人

3. 劫车事件发生时,艾达夫人是怎么表现的?这说明了什么?

＿＿＿＿＿＿＿＿＿＿＿＿＿＿＿＿＿＿＿＿＿＿＿＿＿＿＿

＿＿＿＿＿＿＿＿＿＿＿＿＿＿＿＿＿＿＿＿＿＿＿＿＿＿＿

＿＿＿＿＿＿＿＿＿＿＿＿＿＿＿＿＿＿＿＿＿＿＿＿＿＿＿

Y 阅读与思考

1. 福格先生与上校的相遇过程是怎么样的?
2. 劫车危机是如何化解的?

▶ 八十天环游地球

第三十章

福格先生不过在尽心尽责而已

> **M 名师导读**
>
> 　　路路通失踪了,福格先生万分焦急,他甚至向连长请求增援,并亲自带人去营救他。功夫不负有心人,火车上的"失踪者"终于平安归来……

　　包括路路通总共有三位乘客失踪了,他们是在枪战的时候被打死了呢,还是让西乌克斯人给抓走了呢？现在还弄不清实际情况。

　　许多人被打伤了,但是没被打死,伤势最重的是斯坦普·普罗克托上校。在枪战中他一直很英勇,被一颗子弹打中了大腿根部,他倒了下去。他跟其他的乘客立刻被抬到了车站上,需要立即治疗。

　　<u>艾达夫人平安无事。</u>在作战中福格先生尽管表现英勇,可没有擦破一块皮。菲克斯的胳膊被擦伤了,伤势比较轻。可是路路通失踪了,<u>艾达夫人忍不住啼哭起来。</u>【名师点睛:路路通失踪了,大伙都很着急,艾达夫人的表现尤为明显。】

　　一时间,乘客们都走到车厢外。车轮上布满了血渍,轮辐与车毂的上面沾着一块块的皮肉,白雪皑皑的土地上留下了一条长长的红色印迹。逃得最慢的印第安人也消失在共和河的南边了。

　　福格先生交叉着两只胳膊,一动不动地立在那儿,他在思考着一项重要的决定。艾达夫人站在他身旁,盯着他一言不发。他看明白了艾达夫人从眼中流露出来的含义,如果他的随从被捕了,难道不应该牺牲一切去把他救出来吗？

"我必须把他找回来,不管是死是活。"他只是对艾达夫人这样说了一句。【名师点睛:福格先生对路路通的情谊深厚,他是一个有情有义的主人。】

"哎呀!先生……福格先生!"艾达夫人激动地叫喊道,她握住福格先生的手,她的眼泪打湿了这两只手。

"他一定会活着回来的!"福格先生接着又说,"只要我们不再耽误一分钟!"

做出这种打算,福格先生是想牺牲一切了。这等于他自己宣布破产了,如果耽误一天,也来不及乘上开往纽约的船了,他的赌注就肯定输了。但是对于"我应当这样做"这种念头,他没有一点犹豫。【名师点睛:福格先生不仅懂得照顾女士,对于路路通的生命安全也极为看重,甚至不惜放弃自己的全部财产,令人动容。】

带领克尔耐堡士兵的连长就在他的身旁,他带领的一百多名士兵已严阵以待了,倘若西乌克斯人胆敢直接进攻车站,他们便会奋力进行反击。

"先生,"福格先生告知连长,"三名乘客失踪了。"

"是被打死了吗?"

"或许死了,或许被抓去了。"福格先生回答道,"这还都不能肯定,我们必须立即搞清楚。您难道不想去追击这些西乌克斯人吗?"

"先生,这可是件非同小可的事,"连长说道,"这群印第安人会一口气冲到阿肯色河!我不能放弃我所统领的堡垒。"

"先生,"福格先生继续说着,"这可关系到三条人命。"

"没错啊……可是我要拿五十条的性命来换取三条人命吗?"

"我不知道您会不会这样做,先生,可是这是您应该做的。"

"先生,"连长说道,"这里谁也不应该来教导我应当怎样做。"

"那就这样吧。"福格先生漠不关心地说,"我独自一个人去。"【名师点睛:面对连长的犹豫,福格先生做出了破釜沉舟的决定。】

"先生,您一个人去?"菲克斯吃惊地问道,"您独自一个人去追赶那

199

八十天环游地球

些印第安人吗？"

"这位不幸的青年挽救了我们大家的生命，我怎么能眼睁睁地看着他死于印第安人之手呢？我必须要去。"

"不，不准您独自一个人去。"连长激动地对福格先生说，"您的确是一个英雄！……上来三十个志愿者！"他对他的士兵们讲道。

整个连都站了出来，连长只管从这些英勇的青年中挑选就行了。他挑选了三十个士兵，委派一个年长的带队。

"连长，太谢谢您了！"福格先生说道。

"我陪您一块去行吗？"菲克斯向福格先生问道。

"先生，随便，"福格先生告诉他，"但是，要是您愿意帮我个忙的话，就帮我照看艾达夫人吧。万一我发生意外……"【名师点睛：福格先生连自己的命都不在意了，但他依然细心地想到艾达夫人的安全问题。】

侦探的脸立刻变得苍白，他一直步步紧跟着的这个人马上就要与他分开了！他准备一个人到这荒凉的地方去冒险！菲克斯认真地盯着这个先生，虽然他对福格怀有偏见，并且一直同他周旋着，可是看到这平静而坦诚的目光，他最后还是垂下了头。

"我留在这儿。"他说道。

过了一会儿，福格先生与艾达夫人握手分别，而且将那个宝贵的旅行袋给了艾达夫人，然后就尾随军士带领的小分队出发了。

在走之前，他告诉这些士兵说：

"朋友们，如果能将被抓的人营救回来，你们便可以得到一千英镑的赏金。"【名师点睛：福格先生对艾达夫人非常信任，而他的赏金策略则提高了救回路路通的概率。】

这时已到中午十二点零几分了。

艾达夫人走回车站的一间屋子里，独自一人等在那儿，心里默默地思念着福格先生，想着他的行侠仗义和勇敢沉着。福格先生已放弃了他的财产，现在又将性命置之度外。为了责任，他一点也没有犹豫，甚至连一句话也不多说,她所看见的是一条好汉。

　　侦探菲克斯可不是这么认为的,现在的他急得焦躁不安,烦躁恼怒,在月台上踱来踱去。刚刚是他犯糊涂,此刻清醒过来了。福格溜了,让他逃脱了,这件事办得太蠢了。他绕地球一圈的目的是追踪这位福格,现在就这样轻松地叫他溜走了!他旧病又复发了,所以不住地怪罪自己,谴责自己,如同伦敦警察局局长教训一个由于疏忽而叫一个疑犯逃跑的侦探一样。【名师点睛:菲克斯侦探的心机再次发作,他觉得自己错失了好机会,因此后悔至极。】

　　"我太蠢了!"他想着,"路路通肯定会把我的实情对他说的!他跑掉了,肯定不会回来了!现在去什么地方找他呢?我衣袋里还装着逮捕他的逮捕证,我怎么会如此迷糊呢?我的确很愚蠢!"

　　侦探在那里胡思乱想,时间过得非常漫长,他不知道该如何办。突然他心血来潮,愿意告诉艾达夫人一切情形,可他不知道年轻的夫人会怎样看待他。怎么办好呢?他真想穿过白雪覆盖的平原去追赶福格!也许还可以追赶上他。那批队伍路过的地方留有他们的印迹!……但是也会被刚下的雪盖住的。

　　菲克斯想到这儿又灰心丧气了,他心中生出一种难以克制的念头:不再跟踪下去了。而且时机恰好,他可以从克尔耐堡出发,进行这艰难的行程。【名师点睛:这一路的艰辛和挫折令灰心丧气的菲克斯侦探有了放弃的念头。】

　　原来是这样:下午两点的时候,天空中还飘着鹅毛大雪,东方响起了几声长长的汽笛声。随后一个黑乎乎的巨型东西,顶上射出耀眼的强光,缓慢地向这儿驶来。透过大雾它更是巨大无比,显出奇怪的模样。

　　但是谁也想不到火车会从东边开来,拍电报请求增援的火车也不会这么早就到的,但是奥马哈开到旧金山的火车明天才会经过这里。可是人们马上就明白了是怎么回事。

　　这一辆鸣着长笛、缓慢地行驶的火车竟然是刚才的那个火车头。它

201

八十天环游地球

同车厢脱节后,就载着昏迷不醒的司机和司炉以惊人的速度行进着。火车跑出几英里以后,由于燃料太少,火也小了,蒸汽也不够了,慢慢地前行了一个小时后,就在离克尔耐堡二十英里的地方停住了。

司机和司炉仍然活着,他们昏睡了很长时间后又清醒过来了。

火车头停在那儿,司机看见只剩下火车头,尾部的车厢不见踪影时,他明白是为什么了。火车头是怎样同车厢脱节的,他不清楚;可是他明白停留在后边的车厢一定陷入了困境。

司机毫不犹豫地尽他的职责,将火车头驶往奥马哈是最稳妥的;如果再退回去找车厢,可能印第安人仍在强抢,这么做很危险……不管了!司机朝锅炉中填满了煤与干柴,火又旺起来了,动力又增大了。【名师点睛:明知后方的危险可能依然存在,但勇敢的司机依然坚守着自己的职责。】到下午两点钟,火车头又返回到克尔耐堡站,就是它在浓雾之中长鸣。

乘客们看见火车头和车厢对接后欣喜万分,他们又能够继续这糟糕的被中断的旅行了。

火车头刚开进车站,艾达夫人就跑出房间,去问列车长:

"你们马上就发车吗?"

"夫人,马上发车。"

"可是那些被抓走的人怎么办?我们不幸的旅伴怎么办?"

"我不会让火车中断旅行的。"列车长答道,"我们已耽误了三个小时了。"

"从旧金山驶过来的下一趟火车什么时间到这儿?"

"夫人,明天夜晚。"

"明天夜晚,那可就太晚了,你们还是等等吧……"

"这怎么行呢?"列车长回答,"假如您要走的话,请立刻上车吧。"

"我要留下。"夫人答道。【名师点睛:艾达夫人具有勇敢的品格,她没有辜负福格先生对她的信任。】

菲克斯听见了他们的谈话,刚刚车头不在的时候,他准备离开克尔耐堡站;现在车头回来了,马上就要出发了,他只需要回到原来的位置上就可以了,可是此刻他的两条腿如同灌了铅一般,怎么也动不了。月台在烧他的脚,可他又抬不起脚来,心中在做着激烈的斗争。失败的恼火使他窒息,他决心坚持下去。

乘客和几个伤员——包括斯坦普·普罗克托上校,他的伤势比较重——全都上车了。人们听见烧锅炉声,蒸汽从活塞中冒出来。司机拉响了汽笛,火车出发了,一会儿就在烟雾和漫天风雪中消失了。

<u>侦探菲克斯留下来了。</u>【名师点睛:该留下的人都留下了,故事又会出现怎样的转折呢?】

过了几个小时,寒风特别刺骨,天气极其恶劣。菲克斯坐在车站的长椅子上,一动不动,好像睡熟了。艾达夫人冒着风雪,不时走出那间给她安排的房间,来到月台的尽头,迎着风雪瞭望,希望穿过这层阻碍视线的大雾看到或听到点什么,可是一无所获。她被冻僵了,然后返回房间里,打算过一会儿再到外边瞧一瞧,但是仍然没有结果。

<u>天也黑了,那批人马还没有回来。现在他们在什么地方?他们追赶上印第安人了吗?这批人马是在战斗,还是在浓雾中迷失方向了,正在东奔西找呢?克尔耐堡的连长也非常烦躁,虽然他极力掩饰焦急之情,没有将它表露出来。</u>【名师点睛:等待是令人焦急的,而没有答案的胡思乱想更令人担忧。】

夜幕降临了,雪也下得小了,但是冷得更厉害了。不管多么勇敢的人看见这漆黑的夜晚也会害怕的。平原上死一般寂静,没有哪个飞禽走兽来打扰这无边的宁静。

艾达夫人在平原边走了一整夜,心里有股不祥的预感,十分焦躁。她联想到了许多,发现了无数艰难险阻,在这漫长的几个小时里她承受的压力是难以形容的。

菲克斯一直坐在那儿一动没动,实际上他并没睡着。有一回,有人来到他身边跟他说话,他摇了摇头,那人就走开了。

八十天环游地球

　　漫漫长夜就这样过去了,黎明时,半明半暗的太阳穿过云雾从天边升起来,可看到两英里之外的地方。福格先生与小队人马是朝南边走的……可现在南边什么也没有,都已是清早七点了。

　　连长也着急,不知怎么办,他不知道是否该再派一支队伍去增援?该不该为营救起初被抓的人而增派队伍去冒险救援呢?而这种救援又是那样希望渺茫。他并没有迟疑多久,便招来一个排长,吩咐他到南边去侦察一下,正在这个时候,响起了一阵枪响。这是在给我们发信号吗?士兵们立即跑出城堡,走了不足半英里路,就发现那一小队人马井然有序地走回来了。

　　<u>福格先生走在前面,他身旁是从西乌克斯人那儿抢回来的路路通与其他两个乘客。</u>【名师点睛:福格先生英勇地完成了使命,众人平安归来。所有人的心终于放了下来。】

　　在克尔耐堡站南十英里的地方,他们激烈地打了一仗。在小队人马到达以前,路路通同他的伙伴已经和押送他们的人打起来了,这个法国青年赤手空拳就打倒了三个,这个时候他的主人和小队人马赶来支援了。

　　小队人马与被抓者都受到了热烈的欢迎。<u>士兵们分到了福格先生的赏金,路路通始终在说:"说句实在话,我家老爷在我的身上花得不少了!"</u>【名师点睛:福格先生言而有信,路路通则知恩图报。】

　　菲克斯一言不发地盯着福格先生,很难看出他内心矛盾的思想。艾达夫人使劲握住福格先生的手,激动得讲不出一句话!

　　路路通刚到车站便忙着找火车,他觉得火车一定在那里停着,准备去奥马哈,他还想争取到耽误的时间。

　　"火车去哪儿了呢?火车呢?"他喊叫道。

　　"开走了。"菲克斯对他说。

　　"下一趟火车什么时间到?"福格先生问道。

　　"今晚才到。"

　　"噢!"这位沉着而冷静的先生只说了一个字。

Z 知识考点

1. 危机终于结束了,但却有_____名乘客失踪了,其中就包括_____,他们到底是死了,还是被_____抓走了,人们不得而知。

2. 为了将路路通找回来,福格先生破釜沉舟,甚至连艾达夫人的安全都顾不上了。( )

3. 路路通为什么一再念叨着"我家老爷在我身上花得不少了"?

_____
_____
_____

Y 阅读与思考

1. 福格先生找到路路通了吗?
2. 福格先生向谁请求援助了?

▶ 八十天环游地球

第三十一章

菲克斯真心在为福格先生着想

M 名师导读

> 福格先生正在挽回因救路路通而耽误的时间,所以他选择了乘雪橇来节省时间。可是一切并没有如他们所期待的那样,他们终究被通往利物浦的轮船所"抛弃"……

福格先生误了二十个小时,这是路路通无意间引起的,他感到十分内疚;他的主人由于他的原因而破产了。【名师点睛:所有的危机都解除了,但福格先生破产了,他的环球之旅似乎也没有意义了,路路通是最为自责的人。】

就在此刻,菲克斯走到福格先生的身旁,看着他问道:

"说句实在话,先生,您真的着急离开吗?"

"的确如此。"福格先生答道。

"我还想问明白,"菲克斯再次说,"您真的要在十二月十一日晚九点前到达纽约,接着乘坐去利物浦的船吗?"

"一点不错。"

"假如没印第安人拦截列车的事件,在十一日的上午您便会抵达纽约,对吗?"

"对,距离开船还有十二个小时。"

"对,也就是说,您耽误了二十个小时,二十减十二等于八。您只需要补上这八个小时。您想这么做吗?"

"步行?"福格先生问道。

"不,乘坐雪橇,"菲克斯答道,"雪橇上还带帆。有人曾对我提起过。"

【名师点睛:这次谈话意义非凡,菲克斯侦探也开始真心帮助福格先生了。】

这个人就是昨天夜里跟菲克斯聊天的人,那时菲克斯拒绝了他的提议。

福格先生一言不发,菲克斯将那个正在车站的站台前溜达的驾雪橇的人指给他看。福格先生向他那边走了过去,过了片刻,福格先生同这个名叫穆基的美国人来到克尔耐堡车站旁的一间小茅屋中。

福格先生在这间屋中认真地盯着一辆奇形怪状的车:这种雪橇是用两根长木头钉在一起的框架结构,前头有点向上翘,同雪橇的底板有点相似,上边能够乘坐五六个人。一根非常高的桅杆立在雪橇前边的三分之一处,上面挂着一张大方帆。几条铁索紧紧固定着这根桅杆,还有一根用来支撑风帆的铁柱。雪橇后面装有一个做舵的单橹,简而言之,可以掌握方向。

福格先生看到的正是一种单桅船式的雪橇。冬天,在严寒的平原上,倘若大雪影响火车正常前进,这种交通工具便可以把乘客从这一站运到下一站,而且速度相当惊人。雪橇上能挂非常大的风帆,一点也不比进行水上比赛的快船的帆逊色,要是比赛的船悬挂上这样大的帆,那必翻无疑。借着从后边吹来的风,雪橇在冰天雪地的平原上飞速滑行,它滑行的速度即使不比火车快,至少跟火车的速度不相上下。【名师点睛:福格先生又遇到了转机,他的命运能就此改变吗?】

福格先生很快跟这位驾雪橇的美国人谈好了价钱。此时风向非常好,正刮着西风。地上的雪已结了冰,过不了几个小时穆基就能把福格送到奥马哈车站。那儿交通方便,从芝加哥到纽约的火车很多,那样的话,被耽搁的时间很有可能追回来。再怎么冒险也得坐雪橇赶时间了。

因为雪橇的速度相当快,加之在冰天雪地里,艾达夫人未必经受得住,因此福格先生不愿让她遭这份苦楚。他叫路路通陪着艾达夫人在车

八十天环游地球

站上等火车，然后由他在更好的旅行条件下将她带回到欧洲。【名师点睛：为了赶时间，也为了保护艾达夫人，福格先生做出了一个全新的决定。】

但是艾达夫人非要与福格先生在一起不可，艾达夫人的这一决定使路路通感到异常高兴。要知道无论如何，路路通也不能与他的主人离开，菲克斯依旧跟踪着福格先生呢。【名师点睛：三个人不愿分开，看来他们又要共同冒险了。】

倘若说菲克斯现在有什么打算，还一时很难猜到。福格先生的回来使他的信念动摇了吗？或许他确信福格是个极端狡猾的坏家伙，在走遍环游世界的旅行之后就认为在英国可以高枕无忧了吗？或许菲克斯对福格的看法有了改变。可是他还是要履行自己的职责，没有一个人像他那样急匆匆地返回英国。

八点钟，雪橇临行前的一切工作已准备就绪了。旅客们——可以将他们称为旅客——坐在雪橇上，身上紧紧地裹着旅行毯。两张大帆已张起来了。凭借风力，雪橇以每小时四十英里的速度在冰天雪地中向前飞驰起来。

从克尔耐堡至奥马哈的直线距离——美国人将它称之为蜂飞——最多不超过二百英里。如果一帆风顺的话，只需五个小时就能到达目的地。如果途中没什么意外发生的话，午后一点就可以到达奥马哈。

这次的旅行太艰难了！乘客们用力地挤在一块，根本没法说话。要清楚雪橇跑得飞快时，寒风刺骨，让人无法开口说话。雪橇在冰地上滑行，犹如船在水面上行驶一样轻盈快捷，不过小船还会摇摇晃晃，而雪橇却平稳多了。当风从后边吹拂过来时，雪橇仿佛被两张巨大的翅膀一般的白帆托了起来，快速地朝前滑行。穆基紧紧地握住舵把，以使雪橇保持直线前进。雪橇有时斜向一边，只要穆基稍稍将尾舵转动一下，它就能照直向前驶去。前角帆也张开了——大角帆已经不会影响它的风向了。大帆上又加了一根桅杆，顶尖帆也升了起来，整个雪橇的帆面大大地增加了，所以风的推动力随之越来越大了。尽管目前无法精确地算出雪橇的速度,但应该不低于每小时四十英里的速度。

穆基说道:"如果不发生任何意外的话,我们一定可以按时到达目的地。"

穆基非常希望能准点到达,要知道福格先生照例许诺付给他一大笔奖金。

平原一马平川,地势平坦,犹如一片大海,就跟一个冰冻的大湖差不多,雪橇保持直线朝前行进。穿过这一地带的铁路自西南向西北伸展,途经大岛和内布拉斯加州的主要城市哥仑布斯,再经过由休莱、斐尔蒙,最终就到了奥马哈。整条铁路一直沿着普拉特河右岸前进。雪橇笔直地穿过铁路的弧形线,如此一来大大缩短了路程。从斐尔蒙直线朝前行进,穆基并不害怕普拉特河会阻挡前行的道路,要明白河水早已结冰了,在冰天雪地中更有利于雪橇行驶。现在让福格先生担心的有两件事:一是雪橇发生故障;二是风力减弱或风向改变。

不过,风力丝毫没有变弱,就连那条被铁索牢牢绑住的桅杆都给刮弯了。

这些犹如是乐器上的弦,被无形的弓弹出阵阵声响。雪橇在哀怨的乐声和特别紧张的氛围中飞速滑行。【写作借鉴:运用比喻的修辞手法,形象地写出了风势之大,雪橇行驶速度之快。】

"这些铁索发出的声响组成五度音与八度音。"福格先生说道。

在这一段行程中,福格先生仅说了这样一句话。艾达夫人被紧紧地裹在裘皮和旅行大衣里,尽量少受严寒之苦。

路路通的脸红通通的,好像落山的夕阳。清冽的冷风正侵袭着他。他充满强烈的信心,重新萌发出新的希望。【名师点睛:天气严寒,但路路通信心满满,充满了昂扬的斗志和必胜的信心。】倘若上午不能到达纽约的话,至少晚上可以准时到达,很有希望赶上去利物浦的船。

此时,路路通甚至想跟他的同盟者菲克斯紧握一下手。他还没有忘

八十天环游地球

记是菲克斯建议坐带帆的雪橇,并且只有这样才能按时到达奥马哈。不过,出于某种预感,他仍然如往日那样保持沉默。

有一件事让路路通永远也忘不了,那就是为了将他从西乌克斯人手里救出来,福格先生做出了很大的牺牲。福格先生甚至拿他的生命和财产去冒险……一定要铭记于心啊!他的用人一辈子也不会忘记!

乘客们各自想着心事,默然无语,雪橇驰骋在广阔的雪地上。雪橇从小兰河的支流或小支流上经过,但大家并没有注意到。要知道田野和河水都是一片白茫茫的雪地,辨不清哪里是田野,哪里是河水。平原上荒凉寂静,这一片地区成了一个硕大的无人岛,包括泛太平洋铁路和克尔耐堡至圣约瑟夫的支线在内所覆盖的地区。看不到村庄与车站,甚至连一座军堡也没有看到。有时几棵枯树像幻影似的从眼前掠过,好似在风中扭动的白色骷髅。时而有一群群野鸟在雪橇经过的时候惊飞起来。乘客们偶尔可以看见成群结队的平原狼,这些野狼饿得骨瘦如柴,强烈的捕食欲望驱使着它们凶猛地追赶雪橇。路路通手握着枪,随时预备向追赶在最前头的狼开枪。如果此刻雪橇出了毛病不得不停止滑行,他们就会遭受到这群野狼的袭击,那恐怕就性命难保了。【名师点睛:原野上看似平静,但这平静中似乎掩藏了太多的危机。】所庆幸的是,雪橇没有出毛病,很快地朝前滑去,嗷嗷叫的野狼被远远地丢在了后边。

中午十二点钟,从一些标记里,穆基已分辨出他们正穿过结了冰的普拉特河。他什么话也没有说,可是心里很清楚距奥马哈只有二十英里了。

实际上,还没有到一点时,穆基就把舵放下了,将帆收起来了,并卷了起来。借着风速,雪橇在没有帆的情况下又朝前走了半英里,最后终于完全停了下来。穆基用手指着远方一片白雪覆盖的屋顶说:

"我们到了。"

到了!终于到了!终于抵达奥马哈车站了,这里每天都有很多开往美国东部的火车。【名师点睛:两个连续的感叹强化了语气,众人的心情

可见一斑。】

菲克斯同路路通从雪橇上跳下来,将麻木的四肢舒展了一下。然后,他们帮福格先生与艾达夫人下了雪橇。福格先生很慷慨地付给穆基租费和赏金,路路通好像老相识一样与穆基握手分别,他们急匆匆地朝奥马哈车站赶去。

奥马哈是内布拉斯加州的主要城市,太平洋铁路只通向这儿。它与密西西比盆地和大西洋连接着。从奥马哈到芝加哥的铁路被叫作"芝加哥—石岛铁路"。这条铁路一直向东延伸,沿途中有五十多个车站。

与此同时,一辆直达列车即将启程。福格先生一行四人急急忙忙地上了火车,压根儿就顾不上游览奥马哈这个城市一下。路路通对自己安慰说这没什么可遗憾的,游览并非是最主要的。

列车在艾奥瓦州的大地上快速地朝前行驶着,中途经过康西尔布鲁弗、德摩恩及艾奥瓦市。夜晚,列车在达文波特通过密西西比河,再通过石岛,抵达伊利诺伊州。第二日,十二月十日下午四点,列车到达芝加哥。这座屹立在美丽的密执安湖畔的城市已从一堆废墟中再次修建起来,从没有像如今这样自豪地挺立着。

芝加哥离纽约有九百英里,但有好多火车自芝加哥开往纽约。福格先生一行人立即下了这列火车,然后又上了另外一趟火车。这趟"比兹堡—韦恩堡—芝加哥铁路公司"的列车飞一般地朝前开动,仿佛它完全明白福格先生他们一刻也不能耽误。它犹如一道闪电一般地从印第安纳州、俄亥俄州、宾夕法尼亚州和新泽西州飞过,经过一些名字古老的新城市,当中有些城市除马路和电车以外,还不见建筑起来的房屋,最后抵达乌德森河。十二月十一日晚上十一点十五分,列车停靠在这个河右岸的车站,古纳尔轮船公司的码头便在对面,这个公司又叫作英国与北美皇家邮船公司。

但是,在四十五分钟以前,一艘前往利物浦的"中国号"已起航了。

【名师点睛:意外再次降临,福格先生还会得到"幸运女神"的眷顾吗?】

211

▶ 八十天环游地球

Z 知识考点

1. 为了激发士兵的责任感，福格先生提出悬赏_____英镑的赏金以便救回失踪者。因为救人，福格先生的行程被耽误了_____小时。

2. 福格先生匆匆赶火车，没有时间游览奥马哈这个城市。（　　）

3. 对于荒原的描写，作者的用意何在？
_____
_____
_____

Y 阅读与思考

1. 谁提出了乘坐雪橇的办法？

2. 雪橇的速度有多快？

第三十二章

福格先生与突如其来的厄运搏斗

M 名师导读

福格先生没有搭上开往利物浦的轮船，这引起了路路通的自责，但福格先生一直冷静地寻找办法，终于，他找到了一艘即将开往波尔多的轮船……

"中国号"的离港似乎令福格先生失去了最后的希望。

事实上，所有穿梭在欧美大陆的轮船都不能为这位先生效力了。无论是从法国渡过大西洋的轮船，还是"白星航线"的轮船及埃曼公司的轮船，还有汉堡航线的轮船与别的一些船只。【名师点睛：所有的轮船都不能为福格先生效力了，他似乎已经陷入绝境了。】

属于法国横渡大西洋公司的"佩莱尔号"——此家公司的船速不次于别的船，但是要比那些船舒适——要到后天启程，也就是十二月十四日。走汉堡这条线没有办法径直抵达利物浦或伦敦，只能到达法国的勒阿弗尔港。另外加上从勒阿弗尔开向南安普敦的这段额外多出的路程所花的时间，福格先生延误的时间更多了，他最后的努力也会白费，这么一来，他的希望就完全破灭了。

有关埃曼公司的船，一点也用不着去想。这家公司的"巴黎城号"第二天才出发。它主要是拉运移民，发动机的功率十分小，一半的动力来自于蒸汽，运行得非常慢。从纽约开向英国要耗费的时间比福格先生这场赌注余下的时间还要多。

▶ 八十天环游地球

福格先生十分了解这些情况,他手中有本《布哈德修旅行手册》,书中详细介绍了每天横渡大西洋的轮船的动态。【写作借鉴:插叙,介绍福格先生的信息来源。】

路路通几乎急疯了,只迟了四十五分钟未能乘上去利物浦的船,他快要气死了。这都是他自己的错,他不仅没有帮助主人,还在旅途中不停地给主人惹麻烦!在他回想起整个旅途中碰到的种种意外时,他核算了一下主人在他身上花费的钱,还有那笔数额巨大的赌金,再加上大笔的车费和花费,这些都毁于一旦了,他深深地自责,不住地责骂着自己。

福格先生却一句话也没有责备他,只是在离开大西洋公司渡口的时候,他说道:

"我们先从这儿走吧,明天再看看情况吧。"【名师点睛:福格先生保持着一贯的冷静和绅士风度,他没有责怪任何人。】

福格先生、艾达夫人、菲克斯及路路通乘坐上泽西城轮渡过了乌德森河,然后坐上一辆马车来到一家位于百老汇街道的圣尼古拉饭店。他们在饭店订了房间,度过了那一夜,福格先生感觉这天晚上过得相当快,他睡得很好。但是艾达夫人和其他的伙伴却觉得特别漫长,他们忧心忡忡,翻来覆去难以入眠。

第二天是十二月十二日。自清早七点至二十一日夜晚八点四十五分,还余下九天零十三个小时四十五分。假如昨晚福格先生乘上古纳尔公司豪华的"中国号",他便能赶到利物浦,在约定的时间内回到伦敦。

福格先生叮嘱路路通待在饭店内,叫艾达夫人做好随时启程的准备,然后就离开了饭店。【名师点睛:福格先生非常细心,他安顿好一切,又主动出门寻找机会。】

福格先生走到乌德森河边,想从那些码头上与水中停靠的船里寻找一些准备出发的船只。有不少船都准备了起航的标志,只等着涨潮时出港。在纽约这样设备齐全的主要港口,每天都有上百条船只通往世界的各个角落。可是它们大多数是帆船,不适合福格先生坐。

214

或许这位先生连最后的机会也没有了,正当此时,他看见离他十分之一海里之遥的地方有一艘带螺旋发动机的船。船身灵巧,烟道中喷着浓浓的烟雾,表明它就要启程了。【名师点睛:福格先生似乎又得到"幸运女神"的眷顾了。】

　　福格先生喊过来一条舢板船,乘上它很快就到了"亨利埃塔号"的扶梯前,这是一条铁船头、木头船身的船。

　　"亨利埃塔号"的船主就在这条船上,福格上船后就打听船主在什么地方,船主立即朝他走过来。

　　这个人有五十多岁,似乎是个久经风浪的老水手,看样子不太好说话。他睁着两只圆溜溜的大眼睛,棕色的脸膛,深红色的头发,身体强壮,看上去不像一个普通人。

　　"您是船主吗?"福格先生问。

　　"我正是。"

　　"我叫菲利亚斯·福格,来自于伦敦。"

　　"我是安德罗·斯比蒂,来自于卡第夫。"

　　"您这条船是否马上出发?"

　　"再等一个小时。"

　　"您的船要去何处?"

　　"去波尔多。"

　　"船上载的是些什么?"

　　"是些压船的石头,没有什么东西,是空着返航的。"

　　"船上有没有乘客?"

　　"没有,我从来不载乘客,载乘客太麻烦,乘客又啰唆。"

　　"您的船时速是多少?"

　　"每小时十一二海里。'亨利埃塔号'可是最快的。"

　　"您愿意拉我们到利物浦吗?我们有四个人。"

　　"去利物浦?为什么不到中国?"

八十天环游地球

"我说的是去利物浦。"

"不去！"

"是真的吗？"

"反正我就是不去。我准备开往波尔多，去波尔多。"

"无论付给您多少钱您都不同意吗？"

"多少钱都不去。"

船主的语气根本没办法商量。【名师点睛：这位船主非常固执，连金钱也不能打动他。】

"哪一位是'亨利埃特号'的船主……"福格先生继续问。

"我就是船主，"那人答道，"这就是我的船。"

"我想租您的船。"

"不行。"

"我要买下您的船。"

"不卖。"

福格先生半点表情也没有，但是情况非常严重。【名师点睛：形势危急，但福格先生依然不急不躁。】纽约不比香港，"亨利埃塔号"船长并不像"坦喀代尔号"船主。此前福格先生能够用钱来扫清一切障碍，而这次钱可不起作用了。

可是一定要想办法乘船横渡大洋，就算坐气球也可以，而这种冒险的想法不太符合实际，也不安全。

不过，或许福格先生都已经考虑好了，他对船主说道：

"那您愿意带我们到波尔多吗？"

"不愿意，哪怕给我二百美元也不干。"

"那么我付给您两千美元。"

"一个人两千？"

"没错。"

"总共有四人？"

"是的。"

船主斯比蒂开始挠脑袋了,仿佛预备将脑袋抓破。【名师点睛:福格先生做出了退步,而船主似乎也有所动摇。】走的路线不必改变,但是白拿八千美元,这足以能够让他放弃他曾经对所有乘客都抱有的偏见。一位乘客交两千美元,这可并非是乘客,变成贵重的物品了。

"我的船九点出发,"船主仅说了句,"你们来得及吗?"

"我们九点准时来。"福格先生也同样没有多说。【名师点睛:简短的话语宣告着福格先生的交易成功了。】

现在是八点半。福格先生下了"亨利埃塔号",乘上了马车,赶回圣尼古拉饭店,然后叫来艾达夫人、路路通和那个寸步不离的菲克斯,他让菲克斯白乘船。这些事他完全是非常平静地做完的,不管在什么条件下他都没有失去过冷静。

在"亨利埃塔号"即将要出发的时候,他们一行四个人全到了船上。

在路路通打听到所付的最后一次旅费时,他发出一声"哦",声音自高向低,一直到发不出声音为止。

至于菲克斯,他思忖着英国皇家银行不可能毫无损失地了结这个案件。到了英国,这位福格先生也不过才挥霍了有限的一些钱,也只不过是损失了七千多英镑!

217

八十天环游地球

第三十三章

福格先生应付突发事件的能力

名师导读

福格先生想尽办法，克服一切困难，终于到达了利物浦，胜利在望，但菲克斯侦探却露出了他的真面目，他就要逮捕福格先生了……

过了一个小时，"亨利埃塔号"经过了带有乌德森河渡口的灯船，绕过了沙钩角，驶到了一片深水区。在这一整天中，轮船都是顺着长岛边缘而行，同火岛上的警标拉开非常长的一段距离，向东面驶去。【名师点睛："亨利埃塔号"终于出发了，福格先生离他的终点又近了一步。】

第二日，十二月十三日的中午，一个人来到船边确定船的方位。大家肯定以为他是船主斯比蒂！但根本不是！这个人是福格先生。

至于船主斯比蒂，此时正被严严实实地押在船舱中；他大吼大叫着，气愤极了，全要发疯了，这也是相当正常的。

事情的经过原来是这样的，福格先生想到达利物浦，而船主拒绝了。所以福格先生同意去波尔多。坐上船之后，在这三十个小时内，福格用钱来当攻势，这些工作人员中不论是水员还是司机都存在着私心，而且他们都不喜欢船主，所以都赞同福格。因此福格先生替代了斯比蒂船主的位置，船主则被关在舱室里，并且船在向利物浦行驶。从福格先生那老练的操作可以看出，他一定当过船员。

这事的结局如何，过一会儿再说。这时，艾达夫人虽然一言不发，但也会替福格先生担心。起初菲克斯也惊呆了，路路通认为这件事真是了

不起。【名师点睛：作者故意隐去读者所关心的结果问题。营造出"一波三折、悬念丛生"的紧张氛围。】

船主斯比蒂说过"亨利埃塔号"的每小时的速度是十一二海里，现在船正在以这种时速行驶着。

如果——又是如果！——海面不起大风或起东风，如果船能保持正常，机器不出故障，从纽约到利物浦总共三千海里，从十二月十二日至二十一日总共九天，"亨利埃塔号"有足够时间到达利物浦。【名师点睛：三千海里的航程中依然潜伏着各种风险和不测。】但是到达以后，强夺"亨利埃塔号"与银行抢劫罪加在一起，也足够这位先生受了。

开头的几天里，航船走得一路顺畅，海面上风平浪静，始终刮着东北风。船帆都张了起来，船头与船尾的帆都鼓足了劲，看起来"亨利埃塔号"与横渡大西洋的轮船也没有什么不同。

路路通太高兴了，老爷的最后一招令他兴奋异常，他不想看见这一行为的恶果。船员们从来没见过这么快乐、这么活跃的青年。他竭力地讨好水员们，他的杂技表演让他们非常惊讶。他使劲地吹捧水员们，给他们喝最好的酒。为报答路路通，他们像绅士一样认真负责地工作着，烧炉工像英雄一样充满激情地烧起火来。【名师点睛：在福格先生的感召下，路路通也发挥着自己的优势，帮助福格先生渡过难关。】人们都喜欢路路通那乐观幽默的天性和交友的爱好，他把从前的种种烦恼和困难都忘记了，就指望能快点抵达那个近在咫尺的目的地，有时他会急得团团转，好像正忍受"亨利埃塔号"锅炉的烧烤。有时他也会在菲克斯身边转几圈，"意味深长"地注视着他！可是他一句话也不说，这两位老相识不可能肝胆相照了。

菲克斯自己也摸不着头脑！强抢"亨利埃塔号"，收买船员，福格干起这些勾当简直是个熟练的水员。他对这一切都无法理解，他的确不明白怎样去想才好。而他如果可以抢五万五千英镑，今天强抢一艘船也完全可以。因此菲克斯肯定福格先生绝对不会去利物浦，而是到一个安全

八十天环游地球

的地方，从一名盗窃摇身一变成为一个海盗！不能否认他的假设至少看起来是合乎情理的，侦探有些觉得自己陷得太深了。

至于船主斯比蒂，他还在船舱里大喊大叫。路路通负责他的生活，虽然这个年轻人十分强壮，可是他还是小心翼翼的。福格先生好像根本就没有考虑到船上还有一个真正的船主。

十三日，船经过了新地岛，这一段航程相当难走。尤其是冬天，经常是大雾弥漫，狂风肆虐。从昨天晚上起，温度计显示的温度就在迅速下降，说明天气即将发生变化。到了深夜时分，气候真的发生了变化，不再刮西北风，而转为东南风了。【名师点睛：海面环境瞬息万变，现在，风向不利于航行，福格先生又面临着新的危机了。】

真倒霉！为了不偏离航道，福格先生命人收起了帆，加足了马力。可是船速还是慢了下来，海面上的风力越来越猛，变成了一场大风暴，"亨利埃塔号"眼看就要挺不住了，但是要想离开它，就很难猜想到最后的结局了。

路路通的脸就如同阴沉的天空一样难看。这两天以来，他一直在提心吊胆。可福格先生是一个勇敢无畏的好水手，他迎风劈浪，同大海抗争，一直在让船保持前进，船速也没有减弱。当遇到巨浪袭击过来时，"亨利埃塔号"无力冲上浪尖，只好从大浪中穿过去，整个甲板都被海水冲刷过，而船却安全闯过去了。遇到排山倒海般的巨浪时，船尾被掀得高高的，螺旋发动机也露出了水面，疯狂地在空中转动着，而船仍然在继续行进。【名师点睛：这体现出福格先生有着十分丰富的阅历和经验，并且勇于冒险。】

事实上狂风也不像大家所猜想的那么可怕，这不同于那种时速高达九十英里的台风，只是六级大风。糟糕的是始终刮东南风，无法开起船帆航行。据目前的情况分析，船帆仍然是有用的。

十二月十六日，也就是福格先生从伦敦出发后的第七十五天。整体来看，"亨利埃塔号"还没有给行程带来太严重的耽误。航程已经完成了一半,最艰难的地方都跨过来了。如果在夏季,保证是胜利在望。可现在是冬季,大家要听任恶劣气候的摆布。路路通没有讲一句话,他满怀希望,即使风刮得不对头,他还可以指望着蒸汽机。

这天,机务员走上了甲板,碰见了福格先生,就同福格先生高声地说了半天话。

路路通预感到是有问题了,他也说不清楚为什么,只是感到有些担忧。他伸长耳朵听他们的讲话,只言片语听到几句,只听到他的主人说:

"您说的话有把握吗?"

"当然了,先生。"机务员说,"您应该记住,我们从启程到现在,锅炉里一直都是旺火。如果我们烧微火能够由纽约到达波尔多,可是从纽约至利物浦就不够了!"

"我会考虑考虑的。"福格先生告诉他。【名师点睛:最大的问题出现了,福格先生又有什么应对策略呢?】

路路通听明白了,他心急如焚。

燃料要烧完了!

他心中暗想:"要是我家老爷能闯过这场灾难,他可真是了不起!"

路路通遇见了菲克斯,忍不住讲给了侦探听。

"太好了!"侦探气愤地说道,"你还以为我们真的去利物浦呀?"

"当然了!"

"蠢货!"侦探回答后,不以为然地走开了。

路路通想指责菲克斯说的"蠢货",他不明白菲克斯所指的是什么意思。但是他认为菲克斯非常不幸,也许有些沮丧,被刺伤了自尊心,因为他傻乎乎地在地球上绕了一圈,最后一无所获,觉得自己大错特错了。【名师点睛:路路通依然单纯,他永远没有菲克斯那么多的心机。】

现在福格先生该怎么办呢?这也很难猜测了。只是这位先生显然早就拿定了主意。那天黄昏时,他把司机找来,对他说:

"将火烧得旺些,烧光了再想法子。"

221

八十天环游地球

不一会儿,"亨利埃塔号"的烟囱里就冒出了浓浓的烟雾。

船接着高速行驶,正如司机预算的那样,只用了两天,在十二月十八日时,他就告诉福格先生说今天煤就要烧完了。

"不要降火,"福格先生告诉他,"保持火力旺盛。"【名师点睛:福格先生难道一点也不担心吗?从他的命令来看,他已经有了应对的办法。】

到中午十二点,福格先生测量了一下水的深度,测定船的方位后,喊来路路通,让他去请船主斯比蒂,这个青年人现在好像是奉命去给老虎松绑似的,他在走进船舱时还思忖着:

"我敢担保,这个人一定会怒火冲天的。"

的确如此,不一会儿,这支"火药筒"大吼大叫着出现在后舱甲板上,他就是斯比蒂,显然他要发泄了。

"我们开到什么地方了?"他气呼呼地叫嚷着。说真的,这位本分的家伙万一气晕过去,或许就不会醒过来了。

"我们在什么地方?"他气得涨红了脸问。

"还相差七百七十海里就到利物浦。"福格先生平静地回答他。

"强盗!"船主斯比蒂骂道。

"先生,我请您来的目的……"

"你这个强盗!"

"先生,"福格先生接着说,"我希望您将这艘船卖给我。"

"不卖!去做梦吧!我坚决不卖。"

"但是我只得烧船了。"

"将我的船毁掉?"

"对,可以说是烧毁船上的设施,原因是我们的燃料用光了。"【名师点睛:福格先生果然破釜沉舟,他居然想出了这么一个办法。】

"烧毁我的船!"斯比蒂船主叫嚷道,他快气疯了。"这可是五万美元呀!"

"我付给您六万美元!"说完,福格先生将一捆钱交给了斯比蒂船主。

这一举动在船主斯比蒂身上的作用非同寻常。如果对六万美元毫不动心,那他肯定不是美国人,船主立刻就不生气了,不记得好几天的禁闭,也不再怨恨福格先生了。自己的船都工作了二十年,这笔生意实在太值了!"火气筒"不会爆炸了,因为福格先生掐断了出气孔。

　　"那就将铁皮留下来吧。"他非常温和地说道。【写作借鉴:细节、语言描写,船长被金钱打动,已经默认了福格先生的决议。】

　　"我担保把好铁皮和发动机留下来!"

　　"可以。"

　　安德鲁·斯比蒂数了数钱,接着就揣进了衣袋中。

　　见到这样的场面,路路通脸上一点表情也没有,菲克斯也差点昏倒。花了两万英镑,福格先生还答应把船壳和发动机给船主保存好,这些钱能够买一艘船了!显然他从银行抢劫了五万五千英镑!

　　正当安德鲁·斯比蒂装钱的时候,福格先生说道:

　　"先生,希望您不要对这件事感到稀奇。告诉您,如果我在十二月二十一日晚八点四十五分赶不到伦敦,我就要损失两万英镑。因为我在纽约误了船,而您又不愿意送我到利物浦……"

　　"做得不错,我被关几天就可以赚五万美元,至少可以挣四万美元。"

　　接着他又沉重地说:

　　"告诉您,我现在觉得……哦,我忘了,您贵姓,船长!"

　　"福格。"

　　"对了,福格先生,您真像个地地道道的美国人。"

　　他自以为是在赞赏他的乘客,说完他刚要走时,福格先生继续问道:

　　"现在这可是我的船了?"

　　"当然!整个船上的'木头'都归您了。"

　　"行了,我们来拆掉所有的家具门窗,用来点火。"

　　船员们根据机器的需求往锅炉里填了足够的干木材,一天之内,就烧完了船舱、工作室、休息室及下层甲板的木料。【名师点睛:得到了新

八十天环游地球

船主的命令，众人干劲十足，一天就拆除了不少的木料。】

第二天是十二月十九日，大家又烧完了桅杆、桅架和所有的备用木头，帆架也被劈碎了。船员们的干劲非常高，路路通不是用刀劈，就是用斧头砍，或者用锯拉，一个人干了十个人的活，如同发疯般地拆卸。

第三日是十二月二十日，大家把吃水位以上的木制装备和大部分甲板都烧掉了，如今的"亨利埃塔号"变成了一个光秃秃的浮桥了。

也就是这一天，可以远远地看见爱尔兰陆地和法斯耐特的灯塔了。

到夜晚十点，"亨利埃塔号"经过了昆士敦，眼下距离福格先生预定到达伦敦的时间还差二十四个小时。"亨利埃塔号"现在正用最快的速度开往利物浦，可是蒸汽没有办法达到这位先生的需求。

"先生，"船主斯比蒂告诉福格，现在他也在为福格先生的计划担心，"我都替您着急死了，好像什么都跟您作对！我们刚刚抵达昆士敦的外海。"【名师点睛：船主斯比蒂被福格先生的执着打动了，他竟然为福格先生担忧起来。】

"哦！"福格先生说道，"那里有灯光的地方是昆士敦城吗？"

"没错。"

"我们能开往港口吗？"

"还需要等三个小时，等涨潮时才行。"

"那么我们再等等吧。"福格先生平静地说，他又想到了一个主意去战胜厄运，可是他没有一点表露。【名师点睛：福格先生的大胆计划又是什么呢？可真让人揪心。】

昆士敦是爱尔兰海边的一个港口。由美国横渡大西洋的轮船都到这里放下邮件，接着再用快速火车发往柏林，然后又通过快船由柏林拉往利物浦，这样一来，比海运公司最快的船还能提前十二个小时。

美国邮件能够早到十二个小时，福格先生也希望这样做。原来坐"亨利埃塔号"要到第二天晚上才能抵达利物浦，现在可以在第二天中午到达，所以他完全能够在明天晚上八点四十五分之前到达伦敦。

凌晨一点钟,"亨利埃塔号"在涨潮的时候,到达了昆士敦港。福格先生同船主斯比蒂亲热地握手分别以后,便独自将他一人留在了那条光秃秃的铁船壳上,它还能换回一半的价钱!

船上的乘客立即下船上岸了。菲克斯现在非常想逮捕福格先生,但是他没有那样做,是何原因呢?他心中在进行着怎样的斗争呢?他现在站到福格先生一边了吗?他终于发现了自己是不正确的吗?无论怎样,菲克斯都没有放弃福格先生,他依旧跟随着福格先生、艾达夫人和那个非常忙碌的路路通,在凌晨一点钟,乘上了从昆士敦出发的火车,在天亮时分抵达了柏林,接着又坐上了汽船。【名师点睛:菲克斯侦探依然阴魂不散,他有什么目的呢?】这些船的速度相当快,全是现代化的设备。它们轻巧地冲破巨浪。

十二月二十一日中午十一点四十分的时候,福格先生走下利物浦的码头,只需要六个小时便可以到伦敦。

就在这时候,菲克斯走上前,抓住了福格先生的手臂,同时亮出了逮捕证。

"您确实是叫菲利亚斯·福格吗?"

"先生,对。"

"我代表女王陛下来逮捕您!"【写作借鉴:故事结尾设置悬念,使情节再生波澜,吸引读者的阅读兴趣。】

Z 知识考点

1. 福格先生终于在码头上找到了一艘开往＿＿＿＿＿＿的轮船。十二月＿＿＿＿＿＿日中午十一点四十分的时候,福格先生终于到达利物浦码头。

2. 船主答应福格先生的登船请求,因为他将得到(　　)美元的报酬。

A. 八千　　　　B. 一万　　　　C. 四千

3. 在昆士敦,船主为什么也觉得着急呢?

八十天环游地球

阅读与思考

1. 船长同意福格先生的登船要求了吗？条件是什么？
2. 福格先生破釜沉舟的办法，体现了他的哪种性格？

第三十四章

福格先生一行最终抵达伦敦

> **M 名师导读**
>
> 福格先生被捕了，众人万分着急，所幸菲克斯及时发现了自己的错误，但福格先生无论如何追赶，他最终还是没能赢得赌约。更可惜的是，他仅仅迟到了五分钟而已……

福格先生被囚禁起来了。他被关押在利物浦海关大厦的一所房子内，他必须在那里过一晚上，等候押送到伦敦。【名师点睛：已经赶到利物浦了，但福格先生被关起来了，看来他的赌局必输无疑了。】

正当福格先生被抓的时候，路路通恨不得扑向侦探，可被警察拽住了。这种粗鲁的情景把艾达夫人吓坏了，她一无所知，不明白这是为什么，路路通从头到尾解释给她听。这位善良的先生挽救了她的性命，现在反而被当作贼给抓走了。美丽的女人激烈地抗议这种粗暴行为，她愤怒极了，潸然泪下，认为自己无力去解救自己的救命恩人。

至于菲克斯，他逮捕福格先生的理由是，他有职责这样做，不管他是否有罪，法律一定会来处理好这件事的。

这时，路路通想起了一件事，这件事因此带来了一切的厄运！那就是，他一直没有将菲克斯的真实来历告诉福格先生。在菲克斯对路路通说出了他是侦探及肩负的使命时，路路通为什么不对主人讲出实情呢？他的主人如果知道了菲克斯的来历，就会向菲克斯证明自己是清白的，指出那是菲克斯判断的失误。福格先生也不会为这个可恶的侦探付旅

227

八十天环游地球

费了。这个侦探也不会在他刚到达英国的时候,就逮捕他。这个青年回想起自己的失误和粗心就气愤极了,他伤心地流下了眼泪,恨不得撞破自己的头!【名师点睛:路路通认为一切都是由他引起的,因此,他悔恨至极。】

艾达夫人同路路通冒着寒冷守在海关门外的过道里,他们都不愿意走,想再看一眼福格先生。【名师点睛:艾达夫人和路路通是最关心福格先生的人,他们冒着寒冷也要再见他一面。】

这位先生,他一定完全绝望了,正当他即将到达目的地的时候,他竟然遇上了这种事。十二月二十一日中午十一点四十分抵达利物浦,离晚上八时四十五分于改良俱乐部相约的时间还差九个小时十五分钟,然而赶往伦敦仅需六个小时。

这个时间,不管任何一人走进海关的房间,都可以发现福格先生一动也不动地坐在一张椅子上,毫无怒气,相当沉着。他屈服了?不能确定。可这最后的打击没有让他震惊,看起来确实如此。他大概将怒火全都深深地隐藏在心里了,比把这些愤怒压制下来更可怕,可能等在最后关头拼命地爆发出来。那也不好说?福格先生冷静地等……等待什么?他还抱什么希望吗?他都被关押起来了还能有什么希望呢?

无论如何,福格先生平静地把手表搁在桌子上,注视着指针。他默然无语,可他的注意力异常集中。

如此看来,目前的情况是严峻的。对那些不能明白福格先生心中感觉的人来说,可以这样来概括:

如果他是好人,菲利亚斯·福格先生就完蛋了。

如果他的确是盗贼,他就被逮住了。

他想过要逃出去吗?他考虑到去寻找可逃的路了吗?他希望自己逃出去吗?大家可以这么猜想,因为他的确在房子中转悠过。可是门锁得很严,窗子上有封条。他又继续坐下来,从皮夹里面取出旅游的日程表,在最后一行上写道:

"十二月二十一日礼拜六到达利物浦。"

他接着又补充道:"第八十日上午十一点四十分。"

他期待着。

海关大楼的钟敲响了,福格先生发现自己的表比钟快了两分钟。

两点了!倘若此时可以坐上火车,他仍然能够在晚上八点四十五分赶回伦敦,抵达改良俱乐部。他轻轻挤了一下眉头……

当两点三十三分的时候,传来了一阵嘈杂声,门被推开了,福格先生分辨出是路路通与菲克斯的声音。

福格先生看到了希望。

房间的门被推开了,他看到艾达夫人、路路通及菲克斯向他奔跑过来。【名师点睛:希望终于出现了,从众人的表现看,似乎是好的结果。】

头发非常乱的菲克斯上气不接下气地来到福格先生跟前,都说不出话来了。

他结结巴巴地说道:

"先生,先生……对不起……那个贼长得太像您了……三天之前就给抓起来了……您……可以离开了!……"【名师点睛:菲克斯侦探的结巴,表明了时间的紧急和他的懊悔。】

菲利亚斯·福格先生没有罪了!他走到侦探跟前,狠狠地盯着他,他从来没有做过,并且也有可能在今生就这么一次吧!他将两个手臂朝后一晃,接着狠狠地打了这个混蛋侦探两拳。

"打得妙!"路路通兴奋地大嚷道,他接着讲了句讥讽的话,用他那法国人纯正的口音。然后他接着说道:"瞧!这才是地地道道的英国拳击术呢!"

被打在地上的菲克斯什么话也没有说,他罪有应得。福格先生、艾达夫人及路路通立即跑出海关,坐上了马车,用了几分钟便到达了利物浦火车站。

福格先生打探是否有立即出发去伦敦的火车……

八十天环游地球

这个时候都两点四十分了……前一趟火车刚刚开出三十五分钟。

福格先生准备雇一辆专车。

站台上停着几辆高速机车，但是按照铁路规定，专车要在三点钟以后才可以出发。

三点，福格先生给司机许诺了赏金，然后带上艾达夫人与他忠诚的随从坐火车去伦敦了。

用五个半小时从利物浦到达伦敦，这是可以做到的，只要保证全部旅程畅通无阻。可是途中还是有些耽搁了，在他到达伦敦火车站时，伦敦的大钟全都指着八点五十分。

福格先生结束了环球一圈的计划，但是多用了五分钟！……

他打赌没有赢。【名师点睛：福格先生的失败令人唏嘘。接下来又要发生什么呢？】

第三十五章

福格先生用不着对路路通重复他的命令

M 名师导读

> 破产的福格先生有条不紊地安排着家中的一切,他将自己仅剩的一笔钱留给艾达夫人,但有情有义的艾达夫人不愿离开他,甚至主动表白了自己的心迹,两颗心终于连在一起。

第二日,倘若萨维尔街的某个居民说福格先生回来了,他们肯定都会吃惊的。因为福格先生家的房门同窗子都没打开,给人的感觉与往日没有变化。

实际上,福格先生到达伦敦火车站,便吩咐路路通去买一些日常用品,他自己直接回家了。

这位先生仍然保持着昔日的沉着来承受这次厄运。钱都输完了!都怪那个笨蛋侦探!他凭借自己坚定不移的毅力坚持到了最后,历尽了艰难险阻,遇到了种种阻碍,途中还做了不少好事,反倒在大功即将告成之时毁于一旦。这突如其来的灾难,他完全没有防备到。这简直太可怕了!他出发时拿出的一大笔钱如今就剩下那可怜的一点了。【名师点睛:福格先生因为一场无端的误会而破产了,他内心不可能没有一丝怨恨。】他的所有家产也就只剩下在巴林银行里所存的那两万英镑了。然而这两万英镑已付给改良俱乐部的朋友们了。按照旅行中的花费来看,即使他没输,也赚不到什么钱。显然,福格先生并不是为了钱才打这个赌的,他为的是荣誉。可是他输了,他也就彻底破产了。还有,这位先生已有主意了,他清楚该如何去安排日后的事。【名师点睛:这样的结局不免令人感到难过,而福格先生急着为大伙谋划日后的生活,更令人心酸。】

艾达夫人住在萨维尔街福格先生为她找的一间房子里。她感到非常绝望,从福格先生的只言片语中,她明白他正在酝酿一个悲惨的计划。

大家知道,福格先生是那种性格怪异、爱钻牛角尖的英国人,极有可能找一种极端的方法。路路通表面上看起来还十分平静,但在背地里却时刻注意着主人的每一个动作。

这个忠诚的年轻人还是先走回自己的睡房,关上了那个使用了八十天的煤气开关。他从信箱里翻出了一张煤气公司的交费通知,他觉得应该马上关掉煤气。【名师点睛:路路通犯了大错,但他并没有躲避,也没有推卸自己的责任。】

这一个夜晚什么事也没有。福格先生也一样去睡了,但是他有没有睡熟呢?然而艾达夫人,她始终没有合过眼。路路通一直忠实地守候在他主人的房间外。【名师点睛:陷入绝境中的三个人,各怀心事,但他们谁也没有想到一走了之,路路通更是非常细心地保护着自己的主人。】

第二日,福格先生叫来了路路通,只叮嘱他几句,让他去安排艾达夫人的午饭,他自己就喝了一杯茶,吃了一片烤面包。艾达夫人完全没有因为福格先生不能陪她一块吃午餐和晚餐而不高兴,因为他需要用所有的时间来料理自己的事务。他没有下楼,一直等到夜晚,他才要求艾达夫人去和他谈一谈。

路路通知道每天的工作日程,只管遵照行事就行了。他感觉主人一直稳如泰山,他拿不定主意该不该走进他的房间。他的情绪特别沉重,非常内疚,一直在深深地责备自己犯下的不可挽回的过错。正是这样!倘若他早点把侦探的真相告诉主人的话,福格先生一定不会把他带到利物浦,那也就……

路路通太难过了。

"福格先生,我的老爷!"他叫喊道,"您诅咒我吧!全是我的过错……"

"我不怨恨任何人!"福格先生沉着地说道,"你回去吧!"

路路通离开老爷的房间,去艾达夫人那里,说了福格先生的打算。

"夫人,"他继续说,"我的确是无能为力了!我无法改变福格先生的看法。也许您能够……"

"我能对他有什么帮助呢?"艾达夫人答道,"他不会听任何人的!他是否考虑到我对他的感激已经超越了感激的限度了呢?……我的朋友,您不可以留下他一个人,一刻也不行。您的意思是说他今晚准备找我聊聊?"

"是的,夫人。肯定是有关于您留在英国的问题。"

"那我们就等着看吧。"她若有所思地答道。

<u>这个星期日,萨维尔街的房子里似乎无人居住。</u>【写作借鉴:环境描写,明明三个人都在,却像无人居住一样,写出了房间里寂静的状态。】就在国会大楼的钟敲响十一点半时,福格先生也没有赶到改良俱乐部,这可是他搬入这座房子之后的第一次。

这位先生为什么要到改良俱乐部去呢?他的朋友们都不会在那里等他的。昨晚是星期六,重要的是十二月二十一日晚上八点四十五分福格先生没有返回俱乐部,他输了。他也用不着到巴林银行取他的两万英镑了,他的朋友们手中有一张他签名的支票,只需到巴林银行去过一道手续,他们便拥有这笔钱了。

福格先生不用出门了,因此他就没有出去。他关在屋里,整理自己的东西。路路通在楼上楼下跑动,他认为时间实在太漫长了。他走到老爷的房间外边听一听,提示自己一定不要马虎。他透过锁孔向屋里望,他认为他应该这样做。路路通始终都在担心老爷身上会有可怕的事情发生,偶尔想起了菲克斯,他也不再那样对待菲克斯了。<u>他也不怨恨菲克斯了,菲克斯与其他人一样对福格先生产生了误会。他跟随着福格先生,逮住他,也是在履行他的职责,可是他自己呢……他苦恼透了,感觉</u>

八十天环游地球

自己是罪大恶极的人。【名师点睛：路路通善解人意，他原谅了所有人，就是不能原谅自己。】

路路通无法忍受内心的痛苦，便去敲响了艾达夫人的房门。他走到她的屋里，坐在一边一言不发，盯着始终在思考问题的艾达夫人。

到晚上七点半的时候，福格先生派路路通去问问艾达夫人能否来。过了一会儿，只有福格先生与艾达夫人留在了房间内。

福格先生拿过来一张椅子，坐在火炉旁边，注视着艾达夫人。他一点表情都没有显露出来，返回后的福格同离开时的福格一模一样，仍然平静而沉着。【名师点睛：此时的福格先生依然保持着平静沉着的状态，他不愿让别人看到他的悲伤。】

他坐在那里有五分钟都没有说一句话，最后他终于抬起头对艾达夫人讲道：

"夫人，您能否原谅我将您带到了伦敦？"

"我原谅您？福格先生！……"艾达夫人答道，她竭力压制着剧烈跳动的心。

"我还没有说完，"福格先生继续说，"在我决心要让您远离那个危险的地方时，我还非常富有，我那时打算把我的一些财产分给您。您就能够舒心快乐地生活了，现在我倾家荡产了。"

"福格先生，我知道。"她答道，"我也期望您听一句，您不要介意我一直跟着您，而且——谁能知道呢？——耽误了您的时间，拖累得您倾家荡产了呢？"

"夫人，您一定要离开印度。您必须避开那些狂热的信徒，让他们找不着您，您才会平安无事。"

"正是这样，福格先生，"艾达夫人继续说，"您不仅救我脱离了苦难，还提供我在国外的花费。"【名师点睛：艾达夫人通情达理，她对福格先生的照顾已经是感激不尽了。】

"是的，夫人。"福格先生答道，"然而事与愿违。我只想把所剩无几的钱给您,希望您收下。"

"可是,福格先生,您以后怎么办呢?"艾达夫人问。

"我?夫人,"福格先生冷静地说,"我不再需要什么了。"

"但是您如何看待您的未来呢?"

"听天由命吧。"福格先生说道。

"只不过,像您这种人一定会幸福的。您的朋友……"

"我向来是没有朋友的。"

"您的亲戚……"

"我的亲戚都不在了。"

"我替您难过,福格先生。孤单一人是非常痛苦的。您就不找个人来分担您的痛苦吗?大家经常说,一个人的痛苦如果由两个人来分担,会好一点的!"

"从习惯上来说是这样的,夫人。"

"福格先生,"艾达夫人立起身来,将手递给福格先生,"您愿意同时得到一个亲戚和一个朋友吗?您愿意娶我为妻吗?"【名师点睛:艾达夫人重情义,她勇敢地表露出自己的心迹,她愿意同福格先生共渡难关。】

福格先生听到这里不由得站起身来,他的眼前掠过一线不寻常的光彩,嘴也在微微发抖。艾达夫人深情地望着他。从这个漂亮夫人的双眼里流露出真诚、直率、坚强和柔和,一开始他还感到有点吃惊,接着也被深切地打动了。他轻轻地闭上了眼睛,好像在逃避那双含情脉脉的眼睛……在他又重新睁开眼睛的时候,说:

"我爱您!"他简单地说道,"真的,是发自内心的话,以世界上最神圣的物品来证明,我爱您,您是我的所有!"

"呀!"艾达夫人将手放在胸口上,高兴地喊道。

路路通听到铃声便立刻进屋了,此时福格先生还握着艾达夫人的手。路路通明白是什么事情了,他那张宽脸庞高兴得像落日一样光彩夺目。【写作借鉴:运用比喻的修辞手法,生动形象地再现了路路通的兴奋。】

235

▶ 八十天环游地球

福格先生向路路通问现在到玛丽勒波尔教堂去请萨缪尔·威尔逊神甫举办婚礼是否晚了。

<u>路路通都要笑晕了</u>。【名师点睛：此刻的路路通早已是福格先生最亲密的朋友，他比福格先生还要高兴。】

"什么时间都不晚。"他说道。

现在是八点五分。

"但是婚礼要等到明天举行，明天是星期一。"他道。

"放到明天能行吗？"福格先生望着艾达夫人说。

"就在明天举行吧！"艾达夫人说。

路路通跑出了房门。

Z 知识考点

1. 福格先生被逮捕了，就关在＿＿＿＿＿大厦的一所房子里。最后关头是＿＿＿＿＿通知他可以离开了。

2. 福格先生没有赢，但他仅仅迟到了五分钟而已。（　　）

3. 路路通为什么要笑晕了？

＿＿＿＿＿＿＿＿＿＿＿＿＿＿＿＿＿＿＿＿＿＿＿＿＿＿＿＿＿＿＿＿
＿＿＿＿＿＿＿＿＿＿＿＿＿＿＿＿＿＿＿＿＿＿＿＿＿＿＿＿＿＿＿＿
＿＿＿＿＿＿＿＿＿＿＿＿＿＿＿＿＿＿＿＿＿＿＿＿＿＿＿＿＿＿＿＿

Y 阅读与思考

1. 菲克斯侦探是如何意识到自己抓错人了的？

2. 艾达夫人为什么会做出那个出人意料的举动？

第三十六章

"福格"股票在股市行情大涨

> **M 名师导读**
>
> 自从福格先生完成环球之旅的消息传到伦敦之后,"福格"股票行情大涨。到了约定的日期,改良俱乐部的会员们焦急地等待着结果,然而就在最后几秒,福格先生出现了……

盗窃银行的贼的名字叫詹姆斯·斯特朗,于十二月十七日在爱丁堡被捕获。现在我们来谈一谈这件事给联合王国带来的影响。

三天前,警察还把福格先生当作罪犯来拼命追捕,现在他变成了最正直的人,他及时地完成了他的环球旅程。【名师点睛:真正的盗贼被捕了,福格先生的处境也发生了天翻地覆的变化。】

报纸上大肆地讨论这件事,争执得热火朝天!所有用福格之旅来下赌注的人早就忘记了这件事,现在又奇迹般大张旗鼓地重新开始了。全部赌契又可买卖了,全部契约价格都上涨了。必须说明的是现在下的赌注更多了,市场上再次响起了福格先生的名字。

改良俱乐部的那五个牌友,在这三天中一直提心吊胆,这个在他们的脑海中已经被遗忘了的福格先生又出现在他们眼前了。他现在在什么地方呢?十二月十七日捕获了詹姆斯·斯特朗,而福格先生自伦敦离开也到了七十六天了,但是没有他的一点音信!他是死了吗?他承认失败了吗?还是依旧在按照计划的线路旅行呢?十二月二十一日星期六八时四十五分,他会准确无误地走到改良俱乐部大厅的入口处吗?【名

八十天环游地球

【名师点睛：改良俱乐部的会员们还不知道福格先生已经平安归来了呢！】

要详尽描述出这几个英国人这三天的焦急情绪太难了，为打探福格先生的下落，大家向美洲与亚洲发了无数个电报！早上和晚上都有打探消息的人去看看萨维尔街的住房……半点音信也找不到。警察局也不知道那个跟踪假盗贼的不幸的菲克斯到了哪儿。但是，这些仍然不影响大家继续用福格的输赢来下赌注，而且不断增加。福格先生仿佛一匹赛马，跑完了最后一圈。"福格"股票成交价冲破了一百比一，上涨到二十比一，十比一，五比一了。瘫痪在床上的老公爵阿尔贝马尔差不多也用一比一的价买下了。

星期六的晚上，帕马尔街道和附近的几条街都挤满了人，似乎这些股票的股东在改良俱乐部的周围安营扎寨了。路堵塞了，大家大声辩驳着，高喊"福格"股票的底价，同其他的金融交易一样。警察在这里也很难维持秩序了。伴随着福格先生返回时刻的迫近，人们的心情就越激动了。【名师点睛：连警察都出动了，可见人们的热情有多高涨。】

当天，福格先生的那五位牌友从清早九点钟开始就聚集在改良俱乐部里了。两个银行家约翰·苏里旺与萨缪尔·法朗丹、英国皇家银行股东戈蒂埃·拉尔夫、工程师安德鲁·斯图亚特，还有啤酒商人托马斯·弗拉纳甘，几人都在焦急地等待着。

正当大厅的时钟走到八点二十五分时，安德鲁·斯图亚特站起来说道：

"先生们，二十分钟之后，就到菲利亚斯·福格跟我们约定的期限了。"

"从利物浦发出的最后一班车何时到达？"托马斯·弗拉纳甘问道。

"七点二十三分，"戈蒂埃·拉尔夫答道，"下一班车在夜晚十二点十分到达。"

"太好了，先生们，"安德鲁·斯图亚特继续说道，"倘若菲利亚斯·福格先生坐上了七点二十三分的这班火车，他现在就待在这里了。我们此刻可以判断他输了。"

"稍等一下,不要过早下定论。"萨缪尔·法朗丹说道,"你们清楚我们的这个朋友是非常古怪的人。他是众人皆知、准确守时的人,他向来不会来得太早也不会太晚。他如在最关键的一分钟赶到,我不会感到吃惊的。"

"我可不这样认为,"总有些精神不正常的安德鲁·斯图亚特说,"我要去看一看,我就是不信。"

"事实上,"托马斯·弗拉纳甘说道,"菲利亚斯·福格先生的环球计划太荒唐、愚蠢了。无论他怎么准时,他都不能逃避那些必然会有的耽搁。倘若耽误两三日,他的旅行就没有成功。"

"还有,"约翰·苏里旺又道,"我们得不到任何有关他的消息,尽管他的旅途中有许多电报局。"【名师点睛:改良俱乐部的会员也在焦急地等待着最后的结果。】

"他输了,"安德鲁·斯图亚特继续说道,"他肯定输定了!告诉你们,仅有'中国号'能够准时从纽约开往利物浦。但是这艘船昨天就到达港口了。这是《航远报》推出的旅客名单,里边找不着菲利亚斯·福格的名字。即使我们的朋友运气好,他现在也还待在美洲。我猜他至少要耽搁二十天,而阿尔贝·马尔爵士也需要赔上他的五千英镑!"

"是的,"戈蒂埃·拉尔夫答道,"我们明日就能够提出巴林银行属于福格先生的支票了。"

此时,大厅的钟敲响了八点四十分。

"还有五分钟。"安德鲁·斯图亚特说。

这五个牌友彼此看着对方,他们的心在加速地跳动着,经常打赌的人这个时候也变成了这个样子,理由是赌注太大了,然而他们又不想流露出来,【名师点睛:事关重大,每个人的心理都非常紧张。】在萨缪尔·法朗丹的建议下,他们围在牌桌边上坐了下来。

安德鲁·斯图亚特坐下后说道:

"即使某人用三千九百九十九英镑买,我也绝不会卖出我四十英镑

八十天环游地球

的赌注！"

此时大钟都指向八点四十二分了。

人们都拿着牌，但他们的眼睛却一直望着大钟。可以这么说，无论他们对不输掉这次打赌有多大把握，这几分钟过起来还是无比漫长的！

"到八点四十二分了。"托马斯·弗拉纳甘说道，他还换了一张戈蒂埃·拉尔夫的牌。

接下来是一片寂静，俱乐部的大厅中悄无声息，外边的喧闹声中不时夹带着刺耳的叫喊，时钟还在不紧不慢地一秒一秒地走着，他们都可以听清楚震动着他们鼓膜的每一秒的嘀嗒声。

"八点四十四分到了！"约翰·苏里旺说道，露出一种激动的音调。

再过一分钟，就可以拿到赌注了。安德鲁·斯图亚特同他的会友们放下了手里的牌，将牌甩到桌子上，开始数时间！【名师点睛：银行家等人认为自己即将胜利，他们的兴奋之情溢于言表。】

到四十秒时，什么事也没有；到五十秒时，依然没有什么事！

到五十五秒时，他们听见外面传来了潮水般的鼓掌声、欢呼声，好长一段时间才停止下来。

他们都站起了身。

到第五十七秒时，大厅的门被拉开了，钟还未来得及敲第六十下，福格先生便进来了，一批兴奋的群众前呼后拥着他，只听他平静地说了声：

"我回来了，先生们！"

第三十七章

福格先生的环球之行除了幸福什么也没得到

M 名师导读

这次旅行,福格先生经历了千辛万苦,也战胜了无数困难,他不仅赢得了赌注,更获得人生最宝贵的情感。而读者朋友们,你们又从这次冒险中获得了什么呢?

是的!进来的正是菲利亚斯·福格。

大家或许没有忘记在当天晚上八点五分时,恰好是他们到达伦敦之后的二十五个小时,路路通被派去告知萨缪尔·威尔逊神甫,请他第二天给福格先生举行婚礼。

路路通愉快地离开了,他到神甫那里,然而神甫没有在。路路通便等了一会儿,足足有二十分钟。

当他从神甫那儿离开时都八点三十五分了。可是看他是何等的模样呀!乱蓬蓬的头发,帽子也没有了,没命地奔跑,奔跑,从来没有发现过如此不要命去跑的人。他撞到了很多路人,从人行道上像一阵龙卷风一般地越过!【名师点睛:路路通这是怎么了,为什么要没命地奔跑?看来是有好消息出现了。】

只用了三分钟他便跑回了萨维尔街的住所,他一下子跌进福格的屋子里,上气不接下气地说不出话来。

"怎么了?"

"先生……"路路通结结巴巴地说道,"婚礼……不会……"

八十天环游地球

"不会？"

"明天不可以举行。"

"为什么？"

"明天是星期日！"

"是星期一。"福格先生答道。

"不对……今天……是星期六。"

"今天是星期六？不可能吧！"

"是，是，是的！"路路通叫喊道，"您弄错时间了！我们少用了二十四小时到达伦敦……然而现在仅有十分钟了！……"【名师点睛：路路通上气不接下气，他既着急又兴奋。】

路路通一下抓住了老爷的衣领，没命地拖着老爷跑！

被强制拖出来的福格根本没工夫去想，就离开了家，乘坐上一辆马车，许诺给车夫赏金一百英镑，一路上马车压死了两条狗，撞坏了五辆马车，这才最后到达了改良俱乐部。【名师点睛：街上的狼藉，说明了马车的速度之快。】

当他到达改良俱乐部的时候，恰好是八点四十五分钟……

福格先生用了八十天的时间环游地球一周！……

福格先生拿到了两万英镑的赌金！

现在我们要弄清楚的是，福格先生这样精确无误地掌握时间的人为什么会搞错时间呢？他到达伦敦时是十二月二十日星期五，从他出发时算起，才过了七十九天，他怎么会认为是十二月二十一日星期六晚上了呢？

事实上搞错的原因也非常简单：

福格先生在旅程中迷迷糊糊多赢得了一天的时间；原因是他的行程始终是向东走，假如他往西前进的话，便会晚到二十四个小时。

实际上，福格先生始终是朝东方迎着太阳走的，所以每越过一条经线,他就节省了四分钟,将整个地球划分成三百六十度,三百六十乘四分钟,刚好是二十四小时,也就不知不觉地提前了一天。换句话说,在福格先生朝东看到第八十天太阳的时候,伦敦的友人们只看到了第七十九次。所以这天是星期六,并非是福格先生所想象的星期日,所以他的牌友们才可能到改良俱乐部的大厅里等他。【名师点睛:作者解释了福格先生提前到达的原因,为读者进行了一次科普教育。】

倘若路路通一直使用着显示伦敦时间的大银表,靠它指示的日期,他们也就不可能弄错了!

菲利亚斯·福格就这样赢得了两万英镑!但是他在路上花费了将近一万九千英镑,也挣不到一点钱。只不过,我们一开始就介绍过这位有怪癖的先生下赌注的目的并不在于赚钱,他的目标只在于输赢。余下的那一千英镑给了老实的路路通与倒霉的菲克斯,福格先生从未嫉恨过菲克斯,但是说好了的,福格先生按照规矩仍旧扣除了因用人的粗心大意而不停地烧了一千九百二十个小时的煤气费。

就在当天夜晚,福格先生还是没有一点表情,冷静地对艾达夫人说道:"夫人,现在您对我们的婚事还有什么想法吗?"

"福格先生,"艾达夫人说,"应当由我来问这个问题。您本来一无所有,如今您又富有了……"

"不要介意,夫人,这笔财产是您的。如果没有您的求婚,我的用人就不可能去找萨缪尔·威尔逊神甫,也不会知道我弄错了日期……"

"亲爱的先生……"艾达夫人说道。

"亲爱的艾达……"福格先生答道。【名师点睛:福格先生和艾达夫人的对话有情有义,他们终于获得了幸福。】

四十八个小时以后,他们举行了婚礼。路路通扬扬得意,红扑扑的脸颊,非常有气势,他兴高采烈地做艾达夫人的证婚人,是他挽救了艾达夫人,显然应当由他得到这样的荣誉。

八十天环游地球

第二天清晨,路路通急匆匆地敲开了老爷的房门。

门打开以后,先生沉着地走了出来。

"怎么回事,路路通?"

"老爷,是这么回事。我才知道……"

"知道什么?"

"我们环球一周只花费七十八天就环游完了。"

"或许吧。"福格先生答道,"如果我们不经过印度,我也不能救出艾达夫人,她也不可能做我的夫人……"

福格先生平静地把房门关上了。

福格先生就是这样获得了打赌的胜利。他用了八十天环游地球一圈!这次旅行他使用了所有的代步工具:轮船、游船、商船、火车、马车、雪橇,还有大象。在这次旅途之中,完全表露出这位怪异先生的沉着冷静和精确无误。可是最后呢?他得到了什么?在这次旅游中收获到了什么?

没有一点收获?可以这么说,倘若不算那位美丽的艾达的话。这一切都如同做梦一般,可是艾达夫人使这位先生变成世界上最幸福的人!

【名师点睛:长途跋涉的旅行让福格先生失去了很多金钱,但他收获了终生的幸福,这对于一个人来说是更有意义的。】

事实上,人们能不能用更短的时间去做同样的环球旅行呢?【写作借鉴:作者以疑问句结尾,再次设置悬念,引发读者思考。至于答案,自然是不同时代的读者有不同的回答了。】

知识考点

1. 在第_____秒时,改良俱乐部大厅的门被拉开了,福格先生回来了。他获得了打赌的胜利,只用_____天就环游地球一圈。

2. 福格先生虽然赢了赌局,但因为旅途中花销太大,因此,他什么都

没有得到。(　　)

　　3. 为什么说福格先生是世界上最幸福的人？

_____

_____

_____

阅读与思考

　　1. 福格先生把仅剩的一点钱分给了谁？

　　2. 在这次环球之旅中，福格先生都用到了什么交通工具？

八十天环游地球

《八十天环游地球》读后感

在暑假里,我读过许多书,但是《八十天环游地球》这本书让我深有感触。

《八十天环游地球》讲的是主人公福格先生和自己的朋友打赌自己八十天就能环游地球,并拿出自己所有的积蓄去做赌注。他带上了自己的用人并决定在八十天内环游地球,可是在出发时,却被侦探菲克斯误以为是偷盗银行的大盗,而且福格先生的财产与大盗偷来的钱十分相近,这就让菲克斯认定福格先生就是那个偷银行的大盗。在一路上,菲克斯百般阻挠福格先生,可是福格先生总是沉着地应对困难,最终他成功地赶到英国时,菲克斯将他拘留了起来……过了不到一天的时间,菲克斯收到消息,真正的大盗已经找到了,而福格先生却因此迟到了五分钟,他十分失落。但是,因为福格先生绕了地球一圈,各个地方都有时差,这样算来,福格先生不仅没有迟到,还剩下了很多时间,他一得知这个消息,立刻跑到俱乐部,向和自己打赌的人证明了自己八十天内环游了地球。

在这本书中,主人公福格先生不像他的用人和朋友一样遇到困难时十分焦虑,而是用自己冷静的大脑,思考着该如何解决要面对的问题,冷静的头脑使他和他的朋友总能克服一个个困难。福格先生之所以能够在八十天内环游地球,所凭借的除了他那一贯冷静的大脑之外,还有他那惊人的毅力。

正是福格先生这种处事不惊、坚持不懈的精神让他们克服了一切困难。其实现实世界中,也有人像福格先生一样不仅有冷静的头脑,还有顽强的毅力。有一些癌症病人就有着这样可贵的精神:我曾经在电视上看见一个人经过医院的检查得知自己得了癌症，他并不是和其他病人一样十分恐慌，认为自己活不了多久而不去跟病魔对抗。他反而十分冷静，听医生的话，不能吃的食物他就不吃，不能做的事他也不去做，他努力和病魔对抗。医生原本预计他活不过半年，可他在自己的坚持下，创造了奇迹，成功地活了十年之久才离开人世，连医生也不敢相信，认为这是一个真正的奇迹。

　　读了《八十天环游地球》之后，我懂得了一个道理：做事一定要坚持，但不仅仅是坚持，还要有一个冷静的头脑，要处事不惊，这两者缺一不可。如果你有冷静的头脑，却不会坚持，那你无论无何也成功不了；如果你只会坚持，而遇事十分焦虑，怎么也冷静不下来，那你也只能一事无成，不会成功的。

编　者
2021 年 3 月

参考答案

第一章

知识考点

1. 拜伦　伦敦
2. ×
3. 两人初次见面,就因时间相差几分钟这样的小问题发生争执,场面富有趣味,暗示了两个人都是讲原则且耿直的人。

第二章～第三章

知识考点

1. 《泰晤士报》《标准报》
2. C
3. 福格先生离群索居的原因是他觉得与人交往会费时误事;他不愿意把精力浪费在无意义的社交上。

第四章～第五章

知识考点

1. 议员　阿拉巴马
2. √
3. 改良俱乐部的会员心情一定非常复杂,不敢相信福格先生真的去做了。

第六章

知识考点

1. 三　蒙古利亚　东方半岛
2. √
3. 没有,这从领事大人的很多话语和行为表现上就可以看出来,他并不完全相信菲克斯侦探的判断。

第七章～第八章

知识考点

1. 三　非　两
2. √
3. 向伦敦发电报,请示快速邮寄捕证来孟买。他乘"蒙古利亚号"一路追踪到印度,在英国的管辖范围内抓捕福格先生。

第九章～第十章

知识考点

1. 一千三百一十　惠斯特　孟买
2. ×
3. 福格先生怀疑这只"兔子"是用猫冒充的,但他用幽默的方式讽刺了厚脸皮的老板。

第十一章

知识考点

1. 两千
2. C
3. 弗朗西斯·柯罗马蒂旅长。

第十二章

知识考点

1. 铁路　森林　二十
2. √
3. 这群传教士的一切物品都是令人恐惧的,透露着残忍和杀意,因此遭到了路路通的漫骂。

第十三章

知识考点

1. 天黑 小刀
2. C
3. 面对青年女子即将被"行刑"的惨状,即使是久经沙场的旅长也忍不住颤抖,而福格先生更是做出了拼命的架势。

第十四章

知识考点

1. 乔尼 恒 祖姆纳
2. √
3. 在印度半岛的经历中,虽然计划有被延迟的危险,但福格先生毫无怨言,因为一切日程依然在他的预料之内。

第十五章

知识考点

1. 路路通 艾达夫人 香港
2. ×
3. 福格先生主动缴纳了两千英镑的保释金。

第十六章

知识考点

1. "仰光号" 香港
2. A
3. 因为煞费苦心的菲克斯侦探没有得到预想中的答案,失望极了,只能转移话题。

第十七章~第十八章

知识考点

1. 马六甲 十一月
2. A
3. 福格先生很有担当,面对意外情况,他总能立刻想到办法,并且不会让艾达夫人感到难堪。

第十九章

知识考点

1. 香港 菲克斯 沮丧
2. ×
3. 路路通中了菲克斯的诡计,被灌了不少的酒,还吸了大烟,因此昏迷不醒,没法回酒店。

第二十章

知识考点

1. 《伦敦新闻画报》
2. B
3. 福格先生和艾达夫人的回眸,再次体现了他们对于路路通的担心。

第二十一章

知识考点

1. 福建 上海
2. √
3. 不顺利,因为他所搭乘的小船遭遇了暴风雨。

第二十二章

知识考点

1. 七 香港 日本 空
2. C
3. 因为他身无分文。

第二十三章~第二十四章

知识考点

1. 格兰特将军 三
2. ×
3. 因为狡猾的菲克斯侦探又在耍花招欺

骗单纯的路路通了。

第二十五章～第二十六章

知识考点

1. "泛太平洋铁路" "驱牛器"
2. C
3. 路路通终于开窍了,这是因为他始终把福格先生的利益放在第一位。

第二十七章

知识考点

1. 摩门教　威廉·赫奇
2. ×
3. 体现了路路通好奇心很重的性格特点,他对一切都充满了探索的兴趣。

第二十八章

知识考点

1. 斯坦普·普罗克托
2. B
3. 先让旅客们走过桥之后再上火车,让火车空着开过去。

第二十九章

知识考点

1. 科罗拉多　银矿　五
2. A
3. 艾达夫人勇敢地开枪还击,这说明她并非柔弱女子,反而具有强烈的反抗精神。

第三十章

知识考点

1. 三　路路通　西乌克斯人
2. ×
3. 福格先生的有情有义感动了路路通,而路路通也是一个知恩图报的人,他非常

感激福格先生的搭救。

第三十一章

知识考点

1. 一千　二十个
2. √
3. 此处的环境描写,作者的用意在于表现平静的原野上实则依然是危机四伏的。

第三十二章～第三十三章

知识考点

1. 波尔多　二十一
2. A
3. 他被福格先生的执着打动了,也为福格先生担忧起来。

第三十四章～第三十五章

知识考点

1. 海关　菲克斯侦探
2. √
3. 此刻的路路通早已是福格先生最亲密的朋友,他比福格先生还要高兴。

第三十六章～第三十七章

知识考点

1. 五十七　八十
2. ×
3. 长途跋涉让福格先生失去了很多金钱,但他收获了终生的幸福,这对于一个人来说是更有意义的。